湯顯祖集全編

六

[明]湯顯祖 著

徐朔方 箋校

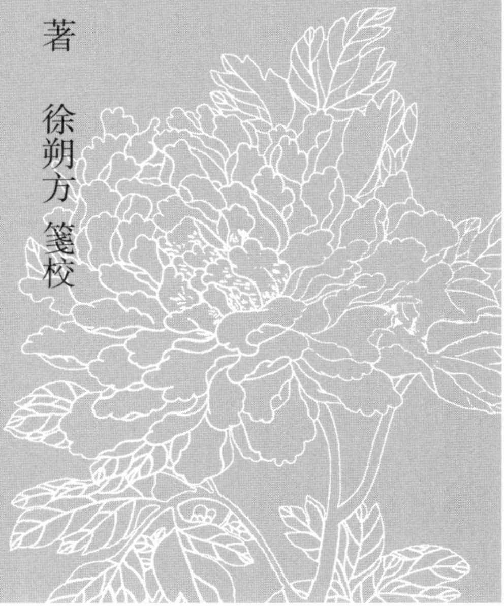

上海古籍出版社

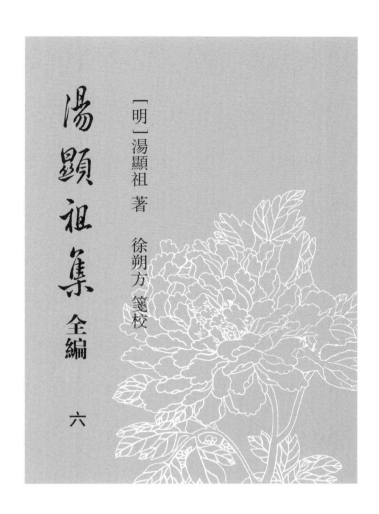

湯顯祖集全編戲曲卷之四

南柯記

南柯記目録

【箋】

明刊臧懋循本題詞署萬曆庚子夏至，知作於二十八年（一六〇〇），家居。五十一歲。

題詞所云「本傳」指唐人李公佐小説南柯太守傳，見李肇國史補。太平廣記卷四七五題爲淳于芬（棼）。

傳奇南柯記，一作南柯夢記，與邯鄲記合稱二夢。湯氏尺牘卷四答張夢澤云：「謹以玉茗編紫釵記操縵以前。餘若牡丹魂、南柯夢繕寫而上。問黄粱其未熟，寫盧生于正眠。蓋唯貧病交連，故亦嘯歌難續。」據玉茗堂文卷八渝水明府夢澤張侯去思碑，張師繹自萬曆二十八年至三十年任新喻知縣。此信作於二十九年，其時南柯記已成。

作此記前一年，湯氏以若士爲號，棄官後出世思想日深。禪友李贄、達觀又先後來訪。長子士蘧則逝於此記成後二月許。

本書以明萬曆刊本爲底本。

第一齣　提世

【南柯子】①〔末上〕玉茗新池雨，金柅小閣晴。有情歌酒莫教停，看取無情蟲蟻，也關情。　國土陰中起，風花眼角成。契玄還有講殘經。爲問東風吹夢，幾時醒？

登寶位槐安國土。　隨夫貴公主金枝。
有碑記南柯太守。　無虚誑甘露禪師。

【校】

①【南柯子】，即【南歌子】。

第二齣　俠概

【破齊陣】〔生佩劍上〕壯①氣直冲牛斗，鄉心倒掛揚州。四海無家，蒼生没眼，拄破了英雄笑口。自小兒豪門慣使酒，偌大的煙花不放愁，庭槐吹暮秋。

【蝶戀花】秋到空庭槐一樹，葉葉秋聲，似訴流年去。便有龍泉君莫舞，一生在客飄吴楚。那得胸懷長此住，但酒千杯，便是留人處。有個狂朋來共語，未來先自愁人去。小生東平人氏，複姓淳于，名棼。始祖淳于髡，善飲，一斗亦醉，一石亦醉，頗留滑稽之名；次祖淳于意，善醫，一男不生，一女不死，官拜倉公之號。傳至先君，曾爲邊將。投荒久遠，未知存亡。至于小生，精通武藝。不拘一節，累散千金。養江湖豪浪之徒，爲吴楚遊俠之士。曾補淮南軍裨將，要取河北路功名。偶然使酒，失主帥之心；因而棄官，成落魄之像。家去廣陵城十里，庭有古槐樹一株。枝榦廣長，清陰數畝，小子每與羣豪縱飲其下。偶此日間，羣豪雨散。則有六合縣兩人：武舉周弁，吾酒徒也；處士田子華，吾文友也。今乃唐貞元七年暮秋之日，分付家僮山鷓兒，置酒槐庭，以款二友。山鷓兒何在？〔丑扮僮上〕腿似水牯子，臉像山鷓兒。稟告東人：置酒槐陰庭下，二客早到。

【搗練子】〔净扮周、末扮田上〕花月晚，海山秋。人生只合醉揚州，慣使酒的高陽吾至友。

〔周〕小子潁川周弁是也。〔田〕小子馮翊田子華是也。〔周田〕我二人將歸六合，去與淳于兄告別。〔丑〕主人槐陰庭等候。〔見介〕【集唐】縣古槐根出，秋來朔吹高。黄金猶未盡，終日困香醪。〔生〕數日門客蕭條，令人困悶。〔周田〕連小弟二人日晚歸舟，竟來告别。〔生〕二兄也要回去，好不悶人也。槐庭有酒，且與沈醉片時。〔酒介〕

【玉交枝】〔生〕風雲識透，破千金賢豪浪遊。十八般武藝吾家有，氣冲天楚尾吴頭。一官半職懶踟躕，三言兩語難生受。悶嘈嘈尊前罷休，恨叨叨君前訴休。

〔周田〕槐庭下勾尊兄飲樂也。

【前腔】〔生〕②把大槐根究，鬼精靈庭空翠幽。恨天涯摇落三杯酒，似飄零落葉知秋。怕雨中妝點的望中稠，幾年間馬蹄終日因君驟。論知心英雄對愁，遇知音英雄散愁。

〔周田〕二弟辭了。〔生〕送賢弟一程。

【急板令】道西歸迎鑾③鎮頭，順西風薔薇玉溝。送將歸暮秋，送將歸暮秋。舉眼天長，桃葉孤舟。去了旋來，有話難周。〔合〕向晚霞江上銷憂，還送送、怎遲留。

〔周田歎介〕二弟此去，可能更來。〔生〕兄弟怎出此話？

【前腔】〔周田〕歎知交一時散休，到家中急難再遊。猛然間淚流，猛然間泪流。可

爲甚攜手相看，兩意悠悠。腸斷江南，夢落揚州。〔合前〕

【尾聲】〔生〕④恨不和你落拓江湖載酒遊，休道個酒中交難到頭。你二人去了呵，我待要每日間睡昏昏長則是酒。〔周田下〕

〔生弔場介〕他二人又去了，空庭寂静，好是無聊。山鷓兒，揚州有甚麽會耍子的人麽？〔丑〕那裏討？則那瓦子鋪後，有個溜二、沙三兄弟會耍。〔生〕你去請來。

一生遊俠在江淮，　未老芙蓉説劍才。
寥落酒醒人散後，　那堪秋色到庭槐。

【校】

① 壯，萬曆、清暉閣、竹林三本俱作「將」。此據六十種曲本改。　② 生，萬曆本無，據六十種曲本補。　③ 迎鑾，在今江蘇儀徵縣。鑾，各本都誤作「鸞」。　④ 生，據六十種曲本補。

第三齣　樹國

【海棠春】〔蟻王引衆上〕江山是處堪成立，有精細出乎其類。萬户繞星宸，一道通槐里。〔衆〕絳闕朱衣，丹臺紫氣，別是一門天地。〔合〕把酒玉階前，且慶風雲際。

〔衆行禮介〕我王千歲。【清平樂】〔王〕緑槐風下，日影明窗罅。寶界嚴城宫殿灑，一粒土花金價。

千年動物生神，端然氣象君臣。真是國中有國，誰言人下無人。自家大槐安國主是也。本爲螻蟻，別號蚍蜉。行磨周天，頗合星辰之度；存身大地，似蟄龍蛇之居。一生二，二生三，生之者衆；萬取千，千取百，衆即成王。臭腐轉爲神奇，真乃是明則動，動則變，變則化；太山之於丘垤，故所謂均無貧，和無寡，安無傾。一年成聚，二年成邑，到三年而成都，寡人有些羶行；夏后以松，殷人以柏，及周人而以栗，敝國寄在槐安。火不能焚，寇不能伐。三槐如在，可成豐沛之邦；一木能支，將作酒泉之殿。列蘭錡，造城郭，大壯重門；穿户牖，起樓臺，同人棟宇。清陰鎖院，分雨露於各科；翠蓋黄扉，灑風雲於數道。長安夾其鸞路，果然集集朱輪；吴都樹以葱青，委是躭躭玄蔭。北闕表三公之位，義取懷來；南柯分九月之官，理宜修備。右邊憲獄司，比棘林而聽訟；左側司馬府，倚大樹以談兵。丞相閣列在寢門，上卿蚤朝而坐；大學館布成街市，諸生朔望而遊。真乃天上靈星，國家喬木。樹在王門之内，待學周武王神禁，無益者去，有益者來；聲聞鄰國之間，要似齊景公號令，犯槐者刑，傷槐者死。此乃爲君之法度，要全立國之根基。所喜内有中宫之賢，外有右相之助。今日政機多暇，且與君臣同遊。筵宴已齊，右相早到。

【海棠春】①〔右相上〕日晏下彤闈，承詔又趨丹陛。

〔行禮介〕右丞相武成侯臣段功叩頭，千歲。〔王〕賜卿平身。今日召卿，知吾意乎？〔右〕愚臣未知。〔王〕國家所慮者，天地人三不同。且喜我國中天無陰雨之兆，地無行潦之侵。有禮有法，國中無漏網之鯨；無害無災，境外有玄駒之馬。便是檀蘿無警，足知你槐棘有人。待與卿遨翔宫樹之前，逍遥封壤之内。卿意云何？〔右〕君臣同遊，太平盛事。但國家還有十八路國公，四門王親，禮當侍駕。〔王〕衆國公王親别行賜宴，槐階之下，但與卿同。〔行介〕紫殿肅陰陰，彤庭赫弘敞。風動萬年枝，日華承露掌。〔衆〕酒到。〔右進酒介〕願我王進千秋萬歲酒。

【惜奴嬌】②〔王〕大塊無私，費工夫點透了，幽瑣玄微。謾道是帝虎人龍，立定朝儀。區區，也教分取，河山王氣。〔合〕希奇，今日風色晴和，暫擁出宫庭遊戲。

【前腔】③〔右〕階墀，新築沙堤。看高官貴種，絳幘黄衣。總千門萬户，熉星點綴。依希，太乙薇垣，吾王端冕，任意往來巡歷。〔合前〕

【前腔】〔王〕須知，粃粟能飛。一星星體性，誰無雄氣？恨些須封壤，草朝粗立。吾志，要行天上磨，還聽海中雷。〔合〕且徘徊，看地利天時，再行移徙。

〔右〕臣啓大王：敢嫌國土微小？

【前腔】思之，蟣虱臣微，共立成一國，非同容易。歎生靈日逐，貧忙一粒。何必，平中堪取巧，節外更生枝。〔合前〕

〔王〕久不曾槐陰下一遊，今日盡興觀賞。

【錦衣香】荷濃陰，葉兒翠。映春光，幹兒碧。來去瞻依，縱横條直，眼見參天百尺枝。似樓桑村裏，殢柳叢祠，一般兒重重遮蓋，到登基龍庭朝會。但有分成些基業，豈嫌微細？人衆成王，排班做勢。

【漿水令】謝蒼穹調勻風日，承后土盤固根基，九重深處殿巍巍。一綫之間，九曲巡迴，穿巷陌，列朝市。土階穴處今何世？拜的拜，跪的跪，君臣有義；走的走，立的立，赤子無知。

【尾聲】俺建邦起土登王位，右相呵，你入閣穿宮拜相奇。但願俺大槐安萬萬歲根兒蟠到底。

萬物從來有一身，一身還有一乾坤。
敢於世上明開眼，肯把江山别立根。

【校】

①葉堂四夢譜以爲當作【劍器令】前二句。②【惜奴嬌】，葉譜題作【黑夜行】，以爲【黑麻序】犯【夜行船】。③【前腔】，當作【黑麻序】，換頭。

第四齣　禪請

〔净扮老禪師上〕【集唐】老住西峯第幾層，琉璃爲殿月爲燈。終年不語看如意，長守林泉亦未能。自家契玄禪師是也。自幼出家修行，今年九十一歲。參承佛祖，證取綱宗。從世尊法演於西天，到達摩心傳於東土。無影樹下，弄月嘲風；没縫塔中，安身立命。可以浮漚復水，明月歸天。只爲五百年前有一業債，梁天監年中，前身曾爲比丘，跟隨達摩祖師渡江。比揚州有七佛以來毗婆寶塔，老僧一夕捧執蓮花燈，上於七層塔上，忽然傾瀉蓮燈，熱油注於蟻穴之内。彼時不知，當有守塔小沙彌，顔色不快，問他敢是費他掃塔之勞？那小沙彌説道：不爲别的，以前聖僧天眼算過，此穴中流傳有八萬四千户螻蟻。但是燃燈念佛之時，他便出來行走瞻聽。小沙彌到彼時分，施散盞飯，與他爲戲。今日熱油下注，壞了多生。老僧聞言，甚是懺悔，啓參達摩老師父。老師父説道：不妨，不妨，他蟲業將盡，五百年後，定有靈變，待汝生天。老僧記下此言，三生在耳。屈指到今，恰好五百來歲。欲往揚州，了此公案，老病因循。你看：這潤州城對着金焦，好不山川攢秀。禪堂幽静，我且入定片時，看做甚麼境界也。〔衆扮僧俗四人持書上〕有時鶴去愁衝錫，何處龍來喜聽經。小僧和這居士們，是對江揚州孝感禪智二寺主持，祗因十方大衆之發心，求契玄禪師而説法。此間是甘露寺方丈，捧書而進。呀，禪師入定，敲他雲板三聲。〔敲介〕〔净醒介〕四衆何爲而來？〔衆跪介〕揚州合郡僧俗，敬選七月十五日大會盂蘭，虔請大師升座，十方善信書疏呈上①。〔呈書介〕〔浄〕起來，將書表白一番。〔展書念介〕竊以某等生維揚花月之區，豈無惡業；接古潤金焦之境，亦有善緣。凡依玉蕊之花，盡抱香檀之樹。恭惟甘露山主契玄大師座下：性融朗月，德普慈雲。中含三點之藏，帶一轉二；外示六爻之相，互五重三。鐘鼓不交參，截斷衆流開覺路；風幡無動相，掃除塵翳落空華。見三世諸佛面目本來，入一切衆生語言三昧。盂蘭盆裏，喝開朵朵金蓮；寶月燈中，打破重重玉網。但見飲光微笑，普同大衆歸心。惟願慈悲，和南攝受。〔浄〕貧僧老病將臨，不奈過江也。〔背介〕纔想起揚州螻蟻因果，敢在此行？

正宮【端正好】我則是二文殊，降下這三天竺，渡江南一蟻菰蘆。金焦擺列鐘和鼓，這寺裏有名甘露。

〔回介〕不去罷。我看衲子們談經説誦的，不在話下。一般努目揚眉，舉處便喝，唱演宗門，有甚裏交涉也？

【滚繡球】但説的是附鴈傳書有，要還鄉曲調無。怎生是石人起舞？怎生是新婦騎驢？那裏有笑拈花，喫荔枝？則許你單刀直入，都怎生被箭逃虚？我這裏君臣位上賓和主，水月光中我帶渠，世界如愚。

〔衆作請介〕〔浄〕既十方懇請，則待過江走一遭。

【倘秀才】恁待要三千界樓臺舌鋪，不消的十二部經坊印模。禪門三下板，你塵世一封書。目前些子，看何如？我這裏親憑佛祖。

四衆先行，貧僧分付你：

【煞尾②】先在禪智院立一本百千萬億投名簿，後在孝感寺掛一軸五十三參聽講圖。除了那戒壇上石點頭，則待看普諸天花下雨③。

安排寶蓋與幡幢，　方便乘杯一渡江。

地震海潮人施法，　管教螻蟻盡歸降。

【校】

①上，據六十種曲本補。

②「尾」字，據葉譜補。

③「雨」字下，原有「下」字。

第五齣　宫訓

【夜遊宫】〔老旦國母引宫娥上〕宫樹槐根隱隱，從地府學成坤順。〔衆〕畫扇影隨宫燕引，聽重門，晝漏聲，花外盡。

〔衆叩頭介〕宫娥叩頭，娘娘千歲。【清平樂】〔老〕大槐秋色，世外朱塵隔。歌吹重門情脈脈，怕道有人傾國。　孔雀扇影分行，宫娥半袖通裝。卻是洞門深杳，折旋消得君王。自家大槐安國母是也。初爲牝蟻，配得雄蜉。細如蟣虱之妻，大似蚊虻之母。偶爾稱孤道寡，居然正位中宫。有女瑶芳一人，號作金枝公主。姿才冠世，婚嫁及期。授書史於上真仙姑，學刺繡於靈芝國嫂。昨承我王之命，要求人世之姻。必須有眼之人，方得有情之壻。我想起來，則有姪女瓊英郡主，能會瞧人。待我先唤公主出來，示以此意。然後分付姪女，依計而行。〔衆〕公主到。

【前腔】〔旦扮公主上〕幻質分靈蠢，也會的施朱傅粉。一般人物嬌和嫩，這芳心，洞房中，誰簇緊？

〔見介〕女兒瑶芳叩頭，娘娘千歲千千歲。〔老〕公主，你年已及笄，名方弄玉。今日依於國母，他日宜其家人。四德三從，可知端的？〔旦〕女兒年幼，望母親指教。〔老〕夫三從者：在家從父，出嫁從夫，老而從子。四德者：婦言，婦德，婦容，婦功。有此三從四德者，可以爲賢女子矣。聽我道來。

【傍妝臺】①〔老〕一種寄靈根，依然樓閣賀生存。論規模雖小可，乘氣化有人身。中宮忝作吾王正，下國憑稱寡小君。掌司陰教，齊眉至尊，你須知三貞七烈同是世間人。

【前腔】〔旦〕小小贅芳塵，念瑤芳生長在王門。雖不是人間世，論相同掌上珍。寒餘窈窕深閨晚，暖至豐茸別洞春。父王庭訓，娘親細論，難道這三從四德微細的不如人？

【翫仙燈】〔貼瓊英上〕踏綻鞋跟，蚤向朱門步穩。②

自家蟻王姪女瓊英便是。娘娘有召，敬入則個。〔見，叩頭介〕郡主瓊英叩頭，娘娘千歲。〔見旦介〕公主見禮。〔旦〕尊姊到來。〔老〕郡主聽旨：近因瑤芳長成，堪招駙馬。君王有命，若於本族内選婚，恐一時難得智勇之士，不堪扶持國家，要於人間招選駙馬。聞得七月十五日，這揚州孝感寺禮請契玄禪師講經，人山人海，都往禪智寺天竺院報名。到得其時，郡主可同靈芝夫人、上真仙子三人同往聽講，但有英俊之士，便可留神。〔貼〕謹遵懿旨。

【傍妝臺】③〔老〕女大急須婚，不拘門户則待有良姻。龍類中能賁海，蝶夢裏好移魂。〔貼〕知他同誰虰作夫妻分？了你蛘親父母恩。俺抛眉暈，忍笑痕，可甚麼人煙聚裏看不出有情人？

〔旦〕瓊英姐，俺便同你去聽講，何如？〔貼〕公主體面，未宜出遊。〔旦〕這等奴有金鳳釵一對，文犀盒一枚，奉獻禪師講下，表我微情。

【前腔】光景一時新，待相同隨喜終是女兒身。獻釵頭金鳳朵，盛納盒錦犀文。〔貼〕也知妹子無他敬，如是觀音着我聞。我將爲信，去講座陳，管教他靈山會裏直着個有緣人。

〔老〕郡主，此非小可之事。

【尾聲】到花宮不少的兒郎俊，打疊起横波着人。你去呵，休得漏洩了機關要老娘心上穩。

選佛場中去選郎，禪牀側畔看東牀。

疾去疾來須隱約，好音先報與娘行。

【校】

①【傍妝臺】，葉譜題作【傍甘羅】，云【傍妝臺】犯【八聲甘州】、【皂羅袍】。 ②【翫仙燈】，下面省略四句。 ③【傍妝臺】，葉譜題作【傍甘歌】，指【傍妝臺】犯【八聲甘州】、【排歌】。

第六齣　謾遣

【字字雙】〔溜二上〕小生家住古揚州，鋪後。祖宗七輩兒喜風流，自幼。衣衫破落帽兒彫，狐臭。能吹木屑快扶頭，即溜。

自家揚州城中有名的一個溜二便是。一生浪蕩，半世①風流。但是晦氣的人家，便請我撮科打閧；不管有趣的子弟，都與他鑽懶幫閒。手策無多，口才絶妙。有那等弔眼子，敲他幾下，叫做打草驚蛇；無過是脱稍鬼，鬆他一籌，則是將蝦釣②鯉。着甚麽南莊田，北莊地，有溜二便是衣食父母；難起動東鄰邀，西鄰請，則沙三是個酒肉弟兄。知音的説是個妙人、好人、老成人；少趣的叫我敗子、倈子、光棍子。且自由他笑駡，只圖自己風光。這幾日不見沙三，尋他閒串去。

【前腔】〔沙三上〕賤子姓沙行十三，名濫。就似水底月兒到十三，圓泛。六兒七兒巧十三，胡蘸。官司弔起打十三，扯淡。

〔溜〕沙三，你犯夜了。〔沙〕不犯夜不是子弟也，哥。〔溜〕兄弟，這幾日喘閒了。〔沙〕和你大路頭站去。〔丑上〕白雲在何處？明月落誰家？〔沙〕小哥，落在這裏。〔丑〕大哥，我東人淳于家要請溜二、沙三官耍子，住在那門？〔溜沙〕我二人便是。你東人做甚麽生意？〔丑〕做裨將。〔沙〕做皮匠，叫我去幫鑽？〔丑〕軍營裏副將哩。〔溜〕是那能飲酒③的淳于公麽？〔丑〕着。〔溜沙〕便去，便去。有酒舊傾蓋，無錢新白頭。〔下〕〔生上〕【集唐】棄置復何道，悽悽吳楚間。相憶不相見，秋風生近關。我淳于棼，休官落魄，賴酒消魂。争奈客散孟嘗之門，獨醉槐陰之市，想吾生直恁無聊也。

【錦纏道】我本待，學時流立奇功俊名，談笑朔風生。怎如他，蒼生口説難憑？便道你能奮發有期程，則半盞河清。拚了滴珠槽浸死劉伶，道的個百無成，只杜康祠蘸住了這窮三聖。做個帶帽兒堵酒瓶，頭直下酒淹衣褙。難道普乾坤醉眼偏只許屈原醒？

〔丑同溜沙上〕三家酒注子，一對色哥兒。〔丑報介〕溜二沙三官到。〔見介〕〔溜〕小人名溜二，〔沙〕賤子即沙三。〔生〕久聞纔識面，〔合〕十個更酸鹹。〔生〕怎生十個更酸鹹？〔溜〕適間老翁説，把九文錢喫個麵没鹽醋的，因此小子加上一文。〔生笑介〕敢問二位在城？在鄉？

【好姐姐】〔溜沙〕廣陵，郡中一城，識溜二沙三名姓。玲瓏剔透，人前打眼睛。隨尊興，哩嗹花囉能堪聽，孤魯子頭嗑得精。

〔溜做隻脚跪，嗑連二④頭叫爺介〕〔沙唱哩囉嗹介〕淳于兄，孤老院耍去。〔生〕貧子行處，怎生好去？〔沙〕不是，是表子鋪。〔生〕揚州諸妓，我已盡知。可別有甚麼消遣？〔沙〕有，有，孝感寺中元盂蘭大會，僧俗男女都去潤州甘露寺請契玄禪師講經。〔生〕便去聽講如何？〔沙〕那裏喫素，淳于公貪酒哩。〔生〕那有此話？

【前腔】吾生，醉鄉酩酊，飲中仙也有個逃禪中聖。長齋繡佛，到莊嚴得人世清。

山鷓兒看馬。堪乘興，行隨白馬藏鞭影，坐聽黄龍喝棒聲。
忽忽意不樂，留人相伴閒。
上方隨喜去，秋色滿盂蘭。

【校】

①世，原作「死」。殆誤。②鈞，原作「弔」，當改。③酒，原作「作」。④連二，似當作「淳于」。

第七齣　偶見

【普賢歌】〔僧上〕終朝頂禮拜如來①，人肉樣的蓮花業作臺。一家兒酒和色，三分氣命財，領着個鐵圍山難佈擺。

小僧揚州府禪智寺一個五戒是也。五戒五戒，好些尷尬。近因孝感寺作中元盂蘭大會，十方僧俗，去請潤州契玄禪師講經。那禪師法旨威嚴，凡有聽講者，先于小寺投牒報名，方去聽講。卻有西番一個婆羅門②，名喚石延，客居小寺天竺院。此人善作西番胡旋舞，但有往來報名男女來此，他便施舞一回。俺寺中好不鬧熱也。目今天竺院水月觀音座前點起香燭，看甚人報名？咱且迴避。正是：此中留半偈，別院演三車。〔下〕

【前腔】〔貼瓊英老旦靈芝小旦道扮上真姑上〕天生微眇小身材，也逐天香過院來。一尖紅繡鞋，雙飛碧玉釵，小玉納汗巾兒長袖灑。

〔貼〕奴家瓊英郡主，承國母之命，和這靈芝國嫂，上真仙姑，同來禪智寺報名，孝感寺聽經。就裏將瑤芳妹子玉釵犀盒，施於禪師講前。看有意氣郎君，招與瑤芳爲壻。這是禪智寺天竺院了，池邊好座紫竹觀音。那香案之上，有報名疏簿，我們不免焚香，拜了簽名。〔三旦同拜介〕

【黄鶯兒】一點注香沈，禮南無觀世音。花根本③艷低微甚，趨蹌寶林。威光乍臨，今生打破前生蔭。〔合〕拜深深，姻緣和合，蟲蟻一般心。〔貼〕俺三人還將瑶芳妹子婚姻之事，密禱一番：〔拜介〕

【前腔】槐殿欲成陰，把金枝付瑟琴，尋花配葉端詳恁。於中細任，其間暗吟，無明到處情兒沁。〔合前〕

〔小旦〕俺們池邊消遣一會。呀，一個回回舞上來了。

【點絳脣】〔回子上〕生小西番，恭持佛讚，朝炎漢。驀入禪關，日影金剛燦。

自家婆羅門弟子石延的便是。行脚中華，寄食天竺禪院，好不奈煩，散心一會。呀，三位女菩薩，從何而來？請看俺婆羅門胡旋舞一會也。〔三旦笑介〕請了。〔内鼓介〕

【對玉環帶過清江引】④〔石舞介〕拍手天壇，風飄長繡幡。答刺兜綿，腰身拴束的彎。衫袖打斕斑，西天俏錦闌。燕尾翩翻，觀音座寶欄。合掌開蓮瓣，散天香婆羅門回笑眼。

〔内喝采介〕〔石〕一個騎馬官兒來，俺去了也。〔下〕〔貼衆〕有人來，我們且池邊浣手去。〔洗手介〕

【縷縷金】〔生騎從上〕無聊賴，不自憐。特來禪智院，打俄延。花落蒼苔面，誰舞胡旋？門前繫馬接了金鞭，有人兒咱瞧見。

〔到介〕竹徑通幽處，禪房花木深。觀音座前，疏簿在此，我淳于棼就此拈香報名。〔拈香拜介〕

【江兒水】⑤淳于弟子，愁情一片，銷愁無處去聽閒經卷。俺待僉名。〔寫介〕僉名自僉，觀音試觀。〔作見貼介〕水竹池邊，因何活現？

〔貼笑回身介〕靈芝嫂，溼透這汗巾兒，掛在那處好？〔生背介〕此女子秀入肌膚，香生笑語，世間有此天仙乎？〔回介〕小娘子的汗巾兒，待小生效勞，掛於竹枝之上。〔貼笑遞汗巾〕〔生接掛介〕這汗巾兒粉香清婉，小生能勾似他，懷卿袖中，浥卿香汗。〔貼衆笑不應介〕池光花影，娟娟可人。〔生歎介〕俺淳于棼可是遇仙也？他三回自語，一顧傾人。急節中間，難以相近。不如且自孝感寺聽經去。山鷓，看馬來。〔上馬介〕紫騮嘶入落花去，見此踟躇空斷腸。〔下〕〔貼〕此生，有情人也。他也去聽講，咱瞧他去來。〔老〕咳，俺去不得。俺真是個信女，把水月觀音倒做了。〔小旦〕怎麼説？〔老〕月信來了。〔貼〕罪過人！這等，咱和上真姑去便了。

【尾聲】過別院，聽談禪，老靈芝去也咱和這上真仙。到講堂呵，把俺這覷郎君的眼稍兒再拋演。

為看婆羅舞，相逢騎馬郎。
尋荷終得藕，池上白蓮香。

【校】

①【普賢歌】首句七字，「禮」字據清暉閣、獨深居、竹林三本補。下一曲「小」字，同。

② 婆，原誤作「波」，當改。　③ 本，原誤作「木」，當改。　④【對玉環帶過清江引】，葉譜題作【玉環清江引】。　⑤【江兒水】，葉譜題作【江水東風】，云【古江兒水】犯【沈醉東風】。

第八齣　情著

〔雜扮首座僧持釣竿上〕佛祖流傳一盞燈，至今無滅亦無增。燈燈朗耀傳今古，法法皆如貫所能。貧僧乃潤州甘露寺中契玄禪師首座弟子是也。自幼出家，參承多臘。常只是朝陽縫破衲，月下了殘經。近乃揚州孝感寺請師父説法，貧僧領着衆僧，安排下香燈花菓，禪牀浄几，待師父升座。大衆動着法器者。〔内鼓樂介〕〔浄扮老禪師拄杖拂子上〕〔升座介〕高臨法座唱宗風，翠竹黄花事不同。但是衆星都拱北，果然無水不朝東。〔提拄杖介〕賽卻須彌老古藤，寒空一錫振飛騰。拄開妙挾通宗路，打斷交鋒迴避僧。〔執拂子介〕豎起清風灑白雲，河沙無地可容塵。將軍一事無巴鼻，兔角龜毛拂着人。取香來。〔拈香介〕此香，不從千聖得，豈向萬機求？虚空觀不盡，大地莫能收。拈香指頂，透十方之法界，薰四大之神州；爇向爐心，祝皇王之萬歲，願太子之千秋。〔垂釣介〕手把金鉤月一痕，乘槎獨坐到河源。悠悠泛泛經千載，影落魚龍不敢吞。〔首座〕如何空即是色？〔浄〕東沼初陽疑吐出，南山曉翠若浮來。〔首座〕如何色即是空？〔浄〕細雨濕衣看不見，閒花落地聽無聲。〔首座〕如何非色非空？〔浄〕歸去豈知還向月，夢來何處更爲雲。〔首座〕多謝我師，今日且歸林下，來日問禪。〔末下〕〔浄〕大衆，若有那門居士，禪苑高僧，參學未明，法有疑礙，今日少伸問答。有麽？〔外扮老僧上〕有，有，有，敢問我師如何是佛？〔浄〕人間玉嶺青霄月，天上銀河白晝風。〔外〕如何是法？〔浄〕緑簑衣下攜詩卷，黄篾樓中掛酒蒭。〔外〕如何是僧？〔净〕數莖白髮坐浮世，一盞寒燈和故人。〔外〕多謝我師，今日且歸林下，來日問禪。〔下〕〔净垂釣介〕釣絲常在手中拿，影得遊魚動晚霞。海月半天留不住，醒來依舊宿蘆花。大衆，還有精通居士，俊秀禪郎，未悟宗機，再伸問答。有也是無？

【謁金門前】〔生上〕閒生活，中酒嗔花如昨。待近爐煙依法座，聽千偈瀾翻個。

小生淳于棼，來此參禪。想起來落托無聊，終朝煩惱，有何禪機問對？就把煩惱因果，動問禪師。〔見介〕小生淳于棼稽首，特來問禪。如何是根本煩惱？〔净〕秋槐落盡空宫裏，凝碧池邊奏管絃。〔生〕如何是隨緣①煩惱？〔净〕雙翅一開千萬里，止因棲隱戀喬柯。〔生〕如何破除這煩惱？〔净〕惟有夢魂南去日，故鄉山水路依稀。〔生沈吟〕〔净背介〕老僧以慧眼觀看，此人外相雖癡，到可立地成佛。

【謁金門後】〔小旦道扮同貼上〕蓮步天臺踍跐，還似蟻兒旋磨。上真仙，竹院人兒情似可，再與端詳和。

〔净笑〕淳于生，你帶着眷屬來哩。〔生回介〕是好兩位女娘。〔背嘆介〕禪師，怎知我原無家室？〔貼見介〕大師稽首。〔净〕蟻子爲何而來？〔貼〕爲五百年因果而來。〔净背笑介〕是了，是了。叫侍者鋪單。〔末鋪座介〕〔響唱介〕五十三單整齊。〔净〕舉來。〔貼響唱介〕妙法蓮花經觀世音菩薩普門品。〔净〕六萬餘言②七軸裝，無邊妙義廣含藏。白玉齒邊流舍利，紅蓮舌上放毫光。喉中玉露涓涓潤，口内醍醐滴滴涼。假饒造罪過山嶽，不須妙法兩三行。

【梁州序】③人天金界，普門開覺，無盡意參承佛座。以何因果，得名觀世音那？

佛告衆生遇苦，但唱其名，即時顯現無空過。貪嗔癡應念，總銷磨。求女求男智福多。〔合〕如是等，威慈大，是名觀世音菩薩。齊頂禮，妙蓮花。

〔衆〕觀世音菩薩，云何游此世界？云何而爲衆生説法？方便之力，其事云何？

【前腔】〔浄〕有如國土，衆生應度，種種法身隨化。因緣説法，以觀世界娑娑。一切天龍人等，急難之中，與他怖畏輕離脱。十方齊現豁，似河沙，遊戲神通一刹那。〔合前〕

〔生〕後來無盡意菩薩云何？〔浄〕爾時無盡意菩薩啓過佛爺：叫世尊，我今當供養觀世音菩薩了。當即解下頸上寶珠瓔珞，價值紫金百千兩，獻與觀世音菩薩，説道：願仁者受此法施。那觀世音菩薩不肯受。爾時佛告觀世音：你可哀愍無盡意和這四衆，權受下了這寶珠瓔珞。那觀世音菩薩因佛爺有言，受了瓔珞，分作兩分：一分奉釋伽牟尼佛爺，一分奉多寶佛爺的塔。你衆生們聽講這經，要知觀世音菩薩有如是自在威神，普同發心供養。〔衆〕弟子們頂禮受持。〔生〕謹參大師：小生曾居將帥，殺人飲酒，怕不能度脱也？〔浄〕經明説着：應以天大將軍身度者，菩薩即現其身而度之。有甚分別？〔貼問介〕稟參大師：婦女如何？〔浄笑介〕經明説：應以人非人等度者，即現其身而度之。〔貼驚，對小旦背介〕這大師神通廣大，不説應以女身得度，到説個人非人。你再問他。〔小旦問介〕大師，似我作道姑的，也可度爲弟子乎？〔浄〕你那道經中，已云道在螻蟻。則看幾粒飯，散作小須④彌。怎度不的？〔貼小旦跪介〕大師真個天眼通。有個妹子瑶芳，深閨嬌小，未克參承，附有金鳳釵一雙，通犀小盒一枚，願施講筵，望大師哀愍。〔起唱介〕

【前腔】紫衣師天眼摩訶，他頸鶯嬌幾曾有瓔珞？待學盡形供養，化身難脱。待把寶珠抽獻，比龍女如何？自笑身微末，施的些兒個。恨無多，一分能分做兩分麽？〔合前〕

〔生背介〕奇哉此女！〔回介〕大師，金釵犀盒，願一借觀。〔看介〕〔回盼小旦、貼介〕人與物皆非世間所有。

【前腔】巧金釵對鳳飛斜，賽煖金一枚犀盒。〔背介〕看他春生笑語，媚翦層波。把靈犀舊恨，小鳳新愁，向無色天邊惹。〔净冷笑介〕〔生回唱〕價值千百兩，未多些，一笑拈花奉釋迦。〔合前〕

〔生〕大師，此女子從何而來？〔净背介〕此生癡情妄起，倩觀音座前白鸚哥叫醒他。〔内作鸚哥叫〕蟻子轉身，蟻子轉身。〔净〕淳于生可聽的麽？〔生〕道是女子轉身，女子轉身。〔净笑介〕日中了，法衆住參，咱入定去來。大千界裏閒窺掌，不二門中暗點頭。〔下〕〔生〕禪師去了，到好絮那小娘子一會。敢問小娘子尊姓？〔小旦貼不應介〕〔生〕貴里？〔又不應介〕〔生〕敢便是前日禪智寺看舞的小娘子麽？〔小旦貼笑介〕是也。〔生〕哎喲，

【節節高】雙飛影翠娥，妙無過，這人兒則合向蓮花座。〔貼笑介〕我有個妹子還妙哩。

〔生笑介〕纔説那鳳釵犀盒，就是那妹子附寄的麽？他言輕可，誰看破？空提作，世間人敢則有那人問貨。妹子，妹子，你有鳳釵犀盒，央他送在空門，何不親身同向佛前囉，和我拈香訂做

金鈿盒？〔小旦〕啐！你也叫他妹子哩。〔生〕呀，我淳于棼好是無聊。小娘子請了。無語落花還自笑，有情流水爲誰彈。〔下〕〔貼〕上真子，這生好不多情也。〔小旦〕看來駙馬無過此人。

【前腔】相逢笑臉渦，太情多，暮涼天他歸去愁無那。牙兒嗑，影兒那，心兒閣，向人天結下這姻緣大。〔貼〕這生我常見他來。〔小旦〕你不知，和我國裏相近，淳于生名棼的便是。〔合〕大槐邊宋玉舊東家，做了羅浮夢斷梅花卧。

我們歸去來。

【尾聲】這一座會經堂高過似綵樓多，是個人兒都不着科。瑤芳，瑤芳，我和你選這個人兒剛則可。

似蟻人中不可尋，　觀音講下遇知音。

有意栽花花不發，　無心插柳柳成陰。

【校】

①「緣」字，據六十種曲本補。　②言，原誤作「年」，當改。　③【梁州序】，當作【梁州新郎】。　④須，原作「沙」，當改。

第九齣　決壻

【西江引①前】〔老引衆上〕螻蟻也知春色，宮槐夜合朝開。生香一搦女嬌孩，少甚王孫帝子②。

自家蟻王娘娘是也。爲遣姪女瓊英參禪聽講，方便之中，因爲公主瑶芳選取駙馬。蚤晚到來，宮娥伺候。〔宮娥應介〕

【西江引後】〔貼上〕郎客青袍駿馬，女兒窄袖弓鞋。他生未卜此生諧，還則要宮闈聽采。

〔見叩頭介〕啓娘娘：郡主瓊英復命。〔老〕講座之中，可得其人？〔貼〕有一偉秀人才，姓淳于，名棼，是這廣陵人氏。同在講筵，我和上真子於講下獻上公主的犀盒金釵，此生顧盼有餘，賞歎不足。他既垂情于咱，咱堪留目於他。若壻此人，堪持咱國。

【黄鶯兒】天竺見他來，順稍兒到講臺，眉來語去情兒在。睃他外才，瞟③他内才，風流一種生來帶。娘娘，你道此人住居那裏？〔合〕暢奇哉！槐陰不遠，連理就中開。

【前腔】〔老〕天與巧安排，逗多情看寶釵，向燒香院宇把人兒賽。貪他俊才，賠他

個女才，這姻緣一種前生債。〔合前〕

【尾聲】便奏知國王如意如宣差，差的紫衣使者去相迎待。待他睡夢了呵，少不得做駙馬吾家居上宰。

選郎須得有情人，誰似④淳于好色身？

欲附玄駒爲貴壻，始知騏驥在東鄰。

【校】

①【西江引】，借詞調西江月爲引子。後半曲同。②獨深居本批云：「子字叶鄉音，謬。」按，支思與皆來韻通押，在永樂大典本南戲中已有先例，非江西鄉音也。③瞟，原作「彯」，當改。④誰似，原作「一寺」，據六十種曲本改。

第十齣　就徵

【駐雲飛】〔生作懶態上〕伶俐癡呆，萬事難消一字「乖」。有的是年華大，没的是心情奈。咳，獨自倚庭槐，把日遮天矮。聽他唧嚠蚼蟧，絮的我無聊賴。死向揚州不醉咍，記得誰家金鳳釵？

我淳于棼，人才本領，不讓於人。到今三十前後，名不成，婚不就，家徒四壁，守着這一株槐樹，冷冷清清，淹淹悶悶。想人生如此，不如死休。前在孝感寺，聽了禪師講經回來，一發無情無緒。我可甚打起頭腦來？止有一醉而已。古人説的好：事大如山醉亦休。罷了，獨言獨語，撇下了山鷓兒，我儘意街坊遊去。但有高酒店鋪，顛倒沈醉一番。正是：不消阮籍窮途哭，但學劉伶死便埋。〔下〕〔山鷓上〕好笑，好笑，没煩惱，趁煩惱。我東人百般武藝，做了個淮揚裨將，使酒丢了這官，鬱鬱不樂。那酒友周弁、田子華，又散歸六合去了。不禁蕭索，請的個溜二、沙三，陪話解悶罷了。被那溜二、沙三，勸我東人去孝感寺聽講甚麽經。自那聽經回來，一發癡了，不是醉，便是睡，没張没致的。恰纔我溪邊檀樹下歇晝來，不知東人就往那裏去了？怕他鬼迷一般，或是醉倒在街坊不雅相。待去尋他，又無人看家，怎生是好？〔望介〕好了，好了，溜二、沙三官正來哩。〔溜沙上〕酒見酒，好朋友。酒見茶，是冤家。山鷓哥，主人在麽？〔丑〕正來央你二位看家，我尋主人去。〔溜沙〕恰好，恰好，你迎接

主人去。持將可憐意，看取眼前人。〔下〕

【前腔】〔丑一手提酒壺，肩扶生醉上〕〔丑〕落托摩陀，爛醉如泥可奈何？你嚨的喉兒挫，俺閃的肩兒那。〔内笑介〕好醉也！〔丑〕哥，醒眼看人多，恁般低垛。半落殘尊，又帶去回家嗑。萬事無過一醉魔，萬醉無過打睡魔。

〔溜沙上〕哎喲，這是怎的來？〔丑〕好笑，好笑，再尋不見，可憐醉倒在禪智橋邊酒樓上。扶的下樓，又捨不的這半瓶酒，可爲甚來？東人，到家了，醒①忪些。

【前腔】〔生〕這幾日迷癡，〔做跌介〕眼似瞢瞪脚似槌。有個青兒背，少個紅兒睡。〔沙叫介〕淳于兄，你何處來？醉的不尋常也。〔生作不知介〕誰？道俺去何來？尋常沾醉。醉影柴門，亂踏的斜陽碎，老向霜紅葉上偎。

〔吐介〕〔溜沙〕哎也，一肚子都倒在我兩人腿脚上，好酒，好酒。山鷓哥快取茶來。

【前腔】你汎濫流瓊，倒玉山因一盞傾。待把你衣冠正，你好把蹺兒定。〔取茶進介〕兄，靠着小圍屏，一杯清茗。消灑西風，醒後留清興，和你待月乘涼看小螢。

〔生倦介〕扶俺東廡下睡去。那瓶酒好放着。〔丑〕東人，你醉的這般，還記的這瓶酒。

【前腔】好不惺憁，似太白驢馱②壓繡驄。醉的那軀勞重，枕席無人奉。〔生〕空③，江冷玉芙蓉，水天秋弄。門院蕭條，做不出繁華夢，〔扶睡介〕只落得枕上涼蟬訴晚風。

〔丑〕再煎茶去。〔溜沙〕我們洗脚去，隨他睡覺。這是：人家堂上堪飲酒，自家房裏好安眠。〔下〕

〔扮二黑巾紫衣，衆引牛車上〕爲築王姬館，叨乘使者車。俺兩人大槐安國使者便是。奉國王命，召請淳于公爲駙馬。他正睡在東廊，直入則個。〔叫〕淳于公。〔生驚醒介〕是誰？〔紫衣跪介〕

【鎖南枝】槐安國，王者都，吾王遣臣來奉書。〔生〕因何而來？〔紫〕主命有些須，微臣敢輕露？〔生〕睡得正甜。〔紫扶生起介〕請下榻，俺紅袖扶。俺那裏有東牀，坦君腹。

【前腔】〔生〕從空下，甚意兒？正秋牕風翦槐葉初。一枕黑甜餘，雙星使臨户。咱朦朧醒，中欠舒。整衣行，懶移步。〔車牛上介〕

【前腔】〔紫〕有青油障，小壁車，駕車白牛當步趨。〔紫請生上車介〕左右有人俱，扶君出門去。〔生〕向那裏去？〔紫〕此古槐樹穴下而去。〔生〕怎生去得？〔紫〕古槐穴，國所居。若遲疑，請前驅。〔一紫衣先下〕〔生問一紫衣介〕槐樹小穴中，何因得有國都乎？〔紫〕淳于公，不記漢朝有個竇廣國，他國土廣大，也只在竇兒裏；又有個孔安國，他國土安頓，也只在孔兒裏。怎生槐穴中没有國土？古槐穴，國所居。莫遲疑，但前去。〔下〕

〔右相上〕秋光滿槐葉，春色候桃夭。自家槐安國右相武成侯段功便是。吾王傳令：請東平淳于生爲駙馬。請到時，東華館中少待，俺相見過，次後朝見。只駙馬初到此中，精神恍惚，恐其不安。

他平日有個酒友周弁，有個文友田子華，已奏過吾王，攝取他來。將周弁補司隸之官，領軍吏數百，巡衛宮殿；請田子華替他賓館中更衣贊禮。這不在話下。又國母懿旨：着上真姑和靈芝夫人、瓊英郡主，同去賓館中探望駙馬，調熟其心，方纔請去修儀宮，與金枝公主成禮。我如今且待駙馬到東華館，拜望去。正是：仙郎高館下，丞相小車來。〔下〕〔前二紫衣同生車上介〕

【前腔】〔生〕車箱路，古穴隅，豁然見山川風候殊。〔低語介〕怎生有這一段所在？不斷的起城郛，車輿和人物。奇怪，奇怪，一路來，但是見我的，都迴避起立，何也？附車者，儘傳呼。爲甚呵，着行人，多避路？

〔紫跪介〕已到國門。〔生〕好一座大城，城上重樓朱户，中間金牌四個字：〔念介〕大槐安國。〔内扮一旗卒上〕傳令旨，傳令旨，王以貴客遠臨，令且就東華館暫停車駕。〔卒叩頭走起，同向前道行介〕〔生〕城樓門東有這座下馬牌，怎左邊廂朱門洞開？〔紫〕到東華館了，請下車。〔生下車入門，背笑介〕這東華館内，綵檻雕楹；華木珍果，列植於庭下；几案茵褥④，簾幃肴膳，陳設於庭上。俺心裏好不懽悦也。〔内響道介〕〔紫〕右相到。〔右相見介〕寡君不以敝國遠僻，奉迎君子，托以姻親。〔生〕棼以賤劣之軀，豈敢是望？〔右〕有紫衣官在此演禮，五鼓漏盡，相引見朝。

且就東華館，　通宵習禮儀。
鷄鳴傳漏曉，　駙馬入朝時。

【校】

①醒，疑當作「惺」。　②馱，原作「駄」。據六十種曲本改。　③空，原作「東」，據六十種曲本改。　④褥，原作「蓐」，當改。

第十一齣 引謁

【點絳脣】〔周弁領直殿，同黄門官上〕古洞今朝，一般籠罩，山河小。鐘隱鳴梢，緑滿宫槐道。

請了。緑槐根裏侍朝班，一點朱衣劍佩環。盡道官除漢司隸，此間那得似人間。自家周弁是也。平生好酒使氣，今日大槐安國中作一司隸之官，統領軍吏數百，擁衛殿門。有故人淳于棼新招駙馬，初到朝見，不免和黄門官在此候駕。

【前腔】〔蟻王插花引衆上〕素錦雪袍，朱華玉導，紅雲曉。槐殿裏根苗，也引的紅鸞到。

朱華一粒戴鼇魚，洞府深深小殿居。開着五門遥北望，外頭還似此間無。自家槐安國王，有女金枝公主，去請淳于棼爲駙馬，想已到來，不免升殿宣見。〔黄門跪介〕奏知我王，駙馬已到。〔王〕①着右丞相引他升殿。〔黄門應介〕領旨。

【絳都春序】〔生隨右相上〕〔生〕槐陰洞小，怎千門萬户，九市三條？猛然百步把朱門到，段老先生呵，怎生金殿上爐煙繞？〔右〕是吾王端嚴容貌。看殿頭左右，金瓜玉斧，明晃一周遭。

【前腔】〔生作怕介〕猛然心跳，便衣衫未整②，造次穿朝。〔周弁見介〕駙馬行動些，殿上等久。〔生〕呀，怎生將駙馬來相叫？〔低語介〕喜得周弁也在此，向前欲問難親靠。〔右〕駙馬近前，一同拜舞，丹墀下揚塵舞蹈。〔生同俯伏介〕〔右〕微臣奏復：天顔有喜，駙馬來朝。

〔黄〕右丞相起，駙馬高聲致詞。〔右相叩頭呼千歲，起立介〕〔生跪高聲奏介〕前淮南軍裨將臣東平淳于棼見。〔黄門贊拜、興、拜、興三叩頭介〕〔黄〕駙馬俯伏聽令旨。〔王〕寡人有女瑶芳，封爲金枝公主，前奉賢壻令尊之命，不棄小國，許以金枝，奉事君子。〔生俯伏介〕千歲，千歲。〔王〕駙馬且就賓館。〔黄門官唱「駕還宮内」，鼓響，道王還宮〕〔生右跪送介〕

殿上初行叔孫禮，
宫裏纔成公主親。

【校】

① 王，原誤作「内」。

② 「未整」二字，據葉譜補足五字句。

第十二齣　貳館

〔聽事官上〕出身館伴使，新陞堂候官。前程螻蟻大，禮數鳳凰寬。自家槐安國東華館一個堂候便是。我王新招駙馬見朝，暫停賓館。今夕良時，往修儀宮，與金枝公主成親。你看：一路上擺列金羔銀雁各二十對，鸞凰錦繡各百二十雙，妓女絲竹之音，車騎燈燭之豔，無不齊備。真個天上牛女，地下螻蟻也。遠望駙馬蚤到。

【上林春】①〔生盛服上〕平步忽登天子堂，尚兀自意迷心恍。

俺淳于棼，有何姻緣？得到此間。瞻天仰聖，説及成親一事，「承賢壻令尊之命」，此話好不蹺蹊。我父昔爲邊將，未知存亡。或是北邊番王與這槐安國交好，家父往來其間，致成玆事，也未可知？呀，兀的三位女客來了。

【出隊子】②〔小旦道扮，同老旦貼上〕鳳冠明漾，鳳冠明漾。綵碧金鈿珠翠香，煙絲繡帔晚風颺。誰在東華屋裏張？呀，恭喜淳于郎到此。〔生羞避介〕〔衆〕卻是淳郎，做了阮郎。〔衆旦〕淳于郎。〔生作揖介〕〔小〕淳于郎比前興了些。〔貼〕瘦了些。〔老〕向前摸摸他，是興是瘦？〔生作羞避介〕〔小旦〕淳于郎粗中有細。〔貼笑介〕還是細中有粗。〔老〕好一個赤琅當五寸長牛鼻子。〔生作不奈煩介〕〔老〕中元之日，俺們禪智寺天竺院看舞婆羅門，足下與瓊英娘子，結水紅汗巾，掛于竹枝之上。君獨不憶念之乎？〔生想，歎介〕〔貼〕俺們曾於孝感寺，聽契玄師講觀音經，俺於講下供養金釵犀盒。足下於筵中賞歎再三，顧盼良久。頗亦思念之乎？〔生想介〕中心藏之，何日忘之？〔小旦〕不意今日，與此君遂爲眷屬。俺們且去修儀宮相候。卻是淳郎，做了阮郎。〔下〕

【前腔】〔田子華冠帶引隊子上〕綵樓賓相，綵樓賓相，不向天臺向下方。金枝公主字瑶芳，得尚淳于一老郎。他帽兒光光，風流這場。

〔見介〕〔田〕駙馬請上，別來無恙？謹奉王命，來爲賓相。〔生〕子非馮翊田子華乎？〔田〕便是。〔生〕子華何以在此？〔田〕小弟閒遊，受知於右相武成侯段公，因而棲托在此。〔生〕周弁也在此，可知之乎？〔田〕周弁，貴人也，職爲司隸，權勢甚盛，小弟數蒙其庇護矣。〔生笑介〕三人俱聚于此，庶免羈孤之歎，可喜，可喜。〔紫上〕駙馬，吉時進宮成禮。〔田〕不意今日，覩此盛禮，願無相忘。便請升車。〔紫衣扶生升車介〕〔雜執燈上行介〕

【前腔】〔衆〕步圍金障，步圍金障，彩碧玲瓏數里長，花燈引道照成行。〔生〕子華兄，咱端坐車中意惚恍。〔田笑介〕駙馬享用，禮之當然。且自安詳，何須悒怏。〔下〕

【前腔】〔貼衆上〕〔奏樂戲笑介〕翠羅黃帳，翠羅黃帳，夜合宮槐覆苑墻。偶然同向佛前香，粉帕金釵惹夢長。〔生衆上介〕〔合〕眼色相將，迎歸洞房。

〔生衆作引車，避看衆旦下介〕〔生〕子華兄，那羣姑姊妹，各乘鳳輦，往來此間。便是仙姬奏樂，宛轉淒清，非人間之所聞聽也。〔田〕吉時將近，便好趲行。

【前腔】〔生〕仙音淒亮，仙音淒亮，來往仙姬輦鳳凰。似洞庭哀響隱瀟湘，使我心中感易傷。〔田〕人生如寄，聞樂不樂何也？休憶人間，相逢未央。

前面修儀宫，請下車。羣仙姊妹，紛然在旁，小弟告辭了。正是：

襄王赴神女，

宋玉轉西家。〔下〕

【校】

①【上林春】，當作【步蟾宫】，下面省去二句。

②此曲本荆釵記第十三齣「追思前事」一曲。

第十三齣　尚主

【清江引】〔貼衆奏樂上〕仙家姊妹迎仙眷，飛仙鳳凰輦。仙樂奏鈞天，儀從來仙苑。教仙郎，下車拜着修儀殿。

〔老旦〕請公主升殿。

【女冠子】〔扇遮公主上〕彩雲乍展，下妝臺回眸低盼。纔離月殿，試臨朱户，知爲誰綣①繾，教人腼腆？〔貼衆笑介〕〔老〕請駙馬上殿開扇。〔生上〕天仙肯臨見，好略露花容，暫迴鸞扇。〔合〕這姻緣不淺，金穴名姝，絳臺高選。

〔老贊拜天地介〕〔轉向拜國王國母千歲介〕〔贊「駙馬拜見公主」、「公主答拜」介〕〔内使送酒介〕槐安國裏春生酒，花燭堂中夜合歡。國主娘娘欽賜駙馬公主合巹之酒。〔生旦叩頭謝恩介〕〔老〕駙馬公主，飲合歡之酒。〔合巹介〕

【錦堂月】〔生〕帽插金蟬，釵簪寶鳳，英雄配合嬋娟。點染宮袍，翠拂畫眉輕綫②。君王命即日承筐，嫦娥面今宵卻扇。〔合〕拈金盞，看緑蟻香浮，這翠槐宮院。

【前腔】〔旦〕羞言，他將種情堅，我瑶芳歲淺，教人怎的支纏。院宇修儀，試學壽陽

妝面。號金枝舊種靈根，倚玉樹新連戚畹。〔合前〕

【前腔】〔老小貼背介〕姻緣，向雨點花天，香塵寶地，無情種出金蓮。〔迴介〕偶語低迴，一笑鳳釵微顫。你百感生仙宅瓊漿，一捻就兒家禁臠。〔合前〕

【前腔】〔衆〕天然，主第亭園，王家錦繡，妝成一曲桃源。窅窕幽微，樂奏洞天深遠。〔背介〕西明講士女諠壇，東華漏王姬築館。〔合前〕

〔衆〕月上了。

【醉翁子】簾捲，看明月秦樓正滿。〔生〕把弄玉臨風，笑拈簫管。今晚，煙霧雲鬟，家近迷樓一笑看。〔合〕曾相見，是那一種瓊花，種下槐安。

【前腔】〔生低介〕真罕，一霎兒向宮闈腹坦。想二十四橋，玉人天遠。深淺，隻影孤寒，怎便向重樓曲户眠？〔合前〕〔行介〕

【僥僥令】槐餘三洞暖，花展一天寬。記取斜月鸞迴笑歌嚫，春壓細腰難，愁遠山。

【前腔】淳于沾醉晚，滅燭且留殘。試取新紅粗如人世顯，渾似遇仙還，雲雨間。

【尾聲】儘今宵略把紅鸞蘸，五鼓謝恩了，蚤畫蛾眉去鴛鷺班，則怕你雨困雲殘新睡懶。

〔集唐〕帝子吹簫逐鳳凰，斷雲殘月共蒼蒼。
傳聲莫閉黃金屋，好促朝珂入未央。

【校】

①獨深居本無「綣」字，是。按，此爲四字句。

②綫，疑當作「淺」。

第十四齣　伏戎

【賀聖朝】（檀蘿王赤臉引隊衆上）大地非常變化，成團占住檀蘿。黄頭赤脚瘦挼莎，牛鬭看成兩下。

草昧成中國，城池隔外邊。豈無刀畫地，仍有氣冲天。自家乃槐安國東檀蘿國主是也。我國東盡白檀，西連紫邏。子孫分九溪八洞，門户有百孔千窗。滕薛同朝，山有木而誰能争長；槐檀一火，天有時而豈可鑽先。止因他是玄駒，咱形赤駁。遂分中外，致有高低。恃他如赤象之雄，覷我如黍米之細。近日得他文書，于槐安國上，加了一個「大」字，好不小視人也。隔江是他南柯郡，地方魚米，不免聚集部落，搶殺一番。（衆演介）

【豹子令】同是蟻兒能大多？分土分兵等一窩。欺負俺國小空虚少糧食，不知俺穿營驀澗走如梭。（合）安排個個似嘍囉。

【前腔】隔江西畔有一郡南柯，他聚積的羶香可奈何？要那槐安安不的，俺征西旗上也寫着個大檀蘿。（合前）

地接羅施鬼，人稱藤甲兵。

南柯堪一葦，同去覓羶腥。

第十五齣　侍獵

【寶鼎現】〔王引衆上〕緑槐風小，正絳臺清暇，日華低照。巧江山略似人間，立草昧暗憑天道。〔生同右相上〕且喜君臣遊宴好，南郡偶然邊報。〔合〕看尺土拳山，寸人豆馬，一樣打圍花鳥。

〔見介〕【玉樓春】〔王〕吳頭楚尾我家國，臺殿玲瓏秋瑟瑟。〔生〕萬年枝上最聲多，報道蛩寒清露滴。〔右〕日高風細爐煙直，洞壑朝天天咫尺。〔合〕諸邦蟻伏盡無虞，惟有檀蘿費裁劃。〔王〕昨日覽奏，檀蘿侵攪南柯郡界。國久無事，人不知兵。右相欲請寡人畋獵龜山，以講武事。不知本朝先世曾有征戰之事乎？〔右〕有。祖宗朝的故事：漢乾封元年，曾在河内人家，千人萬馬，從朝至暮而往來。晉太元中，曾在桓謙之家，披甲持槊，沿几登竈而飲食。元魏天安元年，在兗州赤黑相鬭，赤者斷頭而死。東魏武定四年，在鄴都黄黑交戰，黄者班師而薨。此吾國征伐之故事也。〔王〕先朝可有畋獵之事乎？〔右〕南齊朝，曾在徐玄之家，武士數千，縱横於花氈之上，不止火獵，兼之水嬉，網罟數百，釣于硯山之池，獲魚數百千頭。此我國畋獵之故事也。〔王〕獵於龜山者，何也？〔右〕天上星宿，龜爲玄武。以此國家講武，應向龜山。〔王〕右相言之有理。陪從官員，可已齊備？〔生〕已着司隸校尉臣周弁掌武，處士臣田子華掌文，臣棼與右相段功護駕。〔王〕這等，就此駕行。〔行介〕

【好事近】遊踐海西郊，擺鑾輿天開黃道。陣旗花鳥，閃開了獸喧禽噪。連天金鼓，山川草木驚飛跳。揀良時奏旨施行，圍子①内聽號頭高叫。

〔到介〕〔王〕此所謂龜山乎？上隆法天，下平法地。背有盤文，以法星宿。昔人九月登龜伐黿，良有以也。且是豐草茂林，禽多獸廣。長楊上林，可以方矣。分付六軍，大煞手打圍。〔衆應領旨介〕〔擂鼓殺介〕〔射作擒虎介〕〔射雁介〕

【千秋歲】展弓刀，便有翅飛難道。看紛紛驚彈飛砲，地網天牢，地網天牢，索撞着，掘海爬山神道。接着的剽，踏着的擣。騎和步，横叉直鈔。〔衆喊介〕拿倒穿山甲！〔王大笑介〕此俺國世仇也。〔衆〕任你穿山攬，這風毛雨血，天數難逃。

〔田〕處士臣田子華，文墨小臣，躬逢盛典，謹撰大槐安國龜山大獵賦奏上。〔王〕奏來。〔田跪念介〕

幽哉！大槐安之爲國也。前衿龍嶺，後枕龜山。龜山者，玄武之精也。西望則有西王母之龜峯焉。東顧則有東諸侯之龜蒙焉。爾其爲山也，其上穹窿，其中空同。形如巴丘之蜕骨，勢似鼇山之頂蓬。草木生其背，禽獸穴其胸。文有河洛之數，武有介胄之容。駙馬都尉臣淳于棼右丞相臣段功等，仰首歎曰：丕休哉龜山！鬱鬱葱葱。吾王不遊，虎兕出於匣外；今日不樂，龜玉毁於櫝中。君王感焉，武功其同。是月也，涼風至，草木隕。鷹擊鳥，豺祭獸。君王乃冠通天之冠，被玄衮之袍。佩干將，登華芝。雨師灑道，風伯清塵。因是以左成侯，右淳侯，率其蟻附之屬，若大若小，紛紛蟄蟄，乘玄駒而綴步趨者，殆以萬計。金鼓震天，旌旗耀日，雷砲霜刀，風矰雨畢，周圓而陣於七十二鑽之上。

時至令起，人喧物嘩②。掛飛猿，跐長蛇。碎熊掌，糜象牙。咀豹文，嘬犀花。髓天鷄，腦神鴉。至於雉兔數萬，他他藉藉，君王未之顧也。最後得一甲獸，蓋鯪鯉云③。帶穿山之甲，露浮水之嘴，舐啖至毒，不可勝紀。穴于山腹，火而獻之。君王欣然，仰天而嬉曰：龜山有靈，此其當之矣。寡人鄙小，其敢朵頤？蓋兹山以土石爲玄殼，以草樹爲緑毛，今此之獵盡矣。乃遂收旗割鮮，鳴鐘舉酒，凱歌而旋。既醉既飽，微臣授簡作頌，獻于座右。頌曰：隆隆龜山，龍岡所蔽。玄玄我王，卜獵斯至。非虎非羆，曰雨曰霽。服猛示武，遺膻去智。願以龜山，卜年卜世。螻蟻微臣，願王千歲千千歲。〔王大笑介〕妙哉賦也！昔漢武皇見司馬相如子虛賦，歎恨不得與他同時。今寡人與子同時，幸哉！

【好事近】④一聲驚破紫霞毫，賦就上林分曉。堂堂一貌，好個田郎京兆。飄飄，凌雲氣色争高。

駙馬，這田子華才子之文，不可泯滅，可雕刻在金鑲玉板之上，顯的俺國中有人，添故事與龜山榮耀。賞他何官則好？笑子虛烏有，寡人得侍同朝。

右侯，今日之獵樂乎？〔右〕今日以南柯有警，講武兹山，非樂也。臣已于國史之上書了一行。〔王〕怎麼書？〔右〕大槐安國義成元年秋八月，大獵於龜山，講武事也。〔王〕這等，可傳旨：再講武一番。〔鼓吹演介〕

【千秋歲】演龍韜，把猛獸似誅强暴，密札札做勢兒圍繞。〔演介〕一點旗摇，看一點旗摇，齊聲殺上，休教流落。鈀兒罩，鎗兒照。前頭跳，後頭撲着，就裏把兵機討。看這臂鷹老手，汗馬功勞。

〔王〕傳旨衆軍，罷獵回朝。〔衆應介〕〔鼓吹介〕

【越恁好】大打圍歸去，打圍歸去，畢崩崩鼓細敲，迸鉦鉦點鐃。齊悉索齊獲鐸，唧喳喳玉簫，玉簫，間着匹喇喇笛聲兒，嚌嘈嘈喉嘹。翦茸茸翠稍，齊臻臻馬道兒，立着隊梢。盔纓繳撒袋兒摇，一個個把歸鞭裊裊。順西風揚疾，馬上調笑。〔傳旨趲行介〕

【前腔】灑風塵故道，風塵故道。呆咍咍狡獸挑，喘吁吁想逃，狗兒載鷹兒套。窣泠泠樹梢，蘸着溼漈漈獸巢兒，暫蕭條這遭。鬧炒炒氣淘，打孩孩順哨兒，前喝後邀。觀禽貌揣獸膘，猛説山川小。有這些殺獲，不算窮暴。

〔右〕奏知俺王：已到都門了。

【紅繡鞋】聽諸軍肅静囉唣，囉唣。賀君多得腥臊，腥臊。有分例，大賞犒。毛赤剥，肉生燒。沾老小，祭鎗刀。

【尾聲】倚長空秋色打圍高，暗藏着觀兵演哨。〔衆〕願萬萬歲龜山鎮國寶。

〔王〕國家大閲禮成，駙馬中宮留宴。右相可陪衆國公王親以下，賜宴槐角樓，商議南柯一事。〔衆應介〕

曾濟齊師學陣圖，　千人萬馬出郊墟。

吾王所饌能多少，　一獵歸來滿後車。

【校】

①子，原誤作「了」，當改。　②嗶，原作「華」，當改。　③云，原誤作「雲」，當改。

④【好事近】，犯【刷子序】、【普天樂】。

第十六齣　得翁

【蓦山溪】〔生上〕人間此處，有得神仙住。春色錦桃源，蚤流入秋光殿宇。〔旦〕細腰輕展，漸覺水遊魚。嬌波瀲灩横眉宇，翠壓巫山雨。

【阮郎歸】〔生〕藕絲吹軟碧羅衣，縷金香穗飛。〔旦〕緑窗槐影翠依微，出花宫漏遲。〔生〕穿玉境，侍瑶姬，微生遭際奇。〔旦〕駙馬呵，和你歡多怕忘卻蚤朝時，歸來人畫眉。駙馬到此月餘，情義日深，榮華日盛。出入車服，賓御遊宴，次於王者，意亦可矣。然竊觀駙馬，常有蹙眉之意，如聞嗟嘖之聲。含愁不語，卻是爲何？〔生〕小生落魄多年，榮華一旦。不説傾宫羅綺，盡世膏粱。且説貴主嬌姿，儘我受用。有何不足？致動尊懷。所以然者，遇貴主有天上之樂，想亡親有地下之悲耳。〔旦〕這等，公婆前過幾年了？〔生〕婆婆葬在家山，禪智橋邊好墓田；則你公公可憐也。〔旦〕駙馬試説其情。

【白練序】〔生〕心中事，待説向妝臺自歎吁。吾先父，爲將佐邊頭失誤。〔旦〕原來老老爺用兵失利？可得生還？〔生歎介〕身歿，〔旦〕歿在何地？〔生〕他歿在胡。〔旦〕幾年上有音信？〔生〕可十數年來無寄書。近來卻是古怪。〔旦〕怎的來？〔生〕前日成親，蒙千歲親口分付，係俺父親之命，那時好不疑惑。〔旦〕便好問俺父王所在了。〔生〕以前未敢造次，直待龜山罷獵，留宴内庭，纔敢動問：千歲既知臣父親所在，臣請敬往問安。那時千歲劈口應説：親家翁職守北土，音問不絶。卿但具書相問，未可便去。公主呵，何緣故？教人平白地，暗生疑慮。

【醉太平】〔旦〕聽語，你少年孤露。這遇妻所，拾得親父。〔生泣介〕知他北土怎的？〔旦〕既然守土，知他那裏歡娱。〔生又泣介〕俺待稟過公主，潛去北土，打聽父親消息。〔旦〕模糊，那胡沙如夢杳如無，不明白怎尋歸路？〔生〕待俺再奏過千歲，分明而去。〔旦〕他眼前兒女，幾日成親，便教卿去？

【白練序】〔生〕難圖，怎教他，在北土天寒草枯？似俺這洞府比他何如？〔旦〕且依父王旨，先寄問安書。〔生〕踟躕，空寄書。〔旦〕也寄些禮物去。〔生泣介〕要報陽春寸草無。〔旦〕這等，怎好？〔生泣介〕賢公主，似這般有子，等如無物。

【醉太平】〔旦背介〕真苦，他身爲贅壻。要高堂禮節，内家區處。〔回介〕駙馬，想起來你在俺國中，豈可空書問候。奴家早已做下長生襪一雙，福壽鞋一對，可同書寄去。〔生〕這等，生受了！〔旦〕些微針指，也見俺一房兒婦。〔生〕有誰將去？〔旦〕你修書，俺依然送與父王知，便千里一時將去。〔生〕這等，俺即刻封了書禮，只煩公主入宫，轉達下情。〔旦〕使得。奴便與繫書胡雁，怎教駙馬，不報慈烏？

〔旦〕還一件，請問駙馬：你如今可想做甚麽様官兒？〔生〕俺酣蕩之人，不習政務。〔旦〕卿但應承，妾當贊相。

【尾聲】俺入宫闈取禮和你送家書，見父王求一新除。（生）這等，做老婆官了。（旦）便做老婆官，有甚麼辱没你淳于家七代祖？

驥子書猶隔，　　鸞儔鏡乍輝。

緑槐無限好，　　能借一枝棲。

第十七齣　議守

【繞池遊】〔右相上〕金章紫綬，獨步三台宿，正朝下日移花甃。看簪髮絲稠，帶腰圍瘦，無非爲國機謀。

平明登紫閣，日晏下彤闈。未奉君王召，高槐晝掩扉。自家右相武成侯段功，忝掌朝綱，留心邊計。昨因檀蘿數爲邊患，我主賜宴槐角樓，與一衆科道商議，奏選南柯太守，未知意屬何人？紫衣官蚤到也。〔紫上〕晝漏希傳高閣報，君顔有喜近臣知。〔見介〕段老先生蚤朝辛苦。〔右〕恰待文書房相問，奏補南柯郡太守一事，旨意可下了？〔紫〕右侯不得知，恰好此本上去，正直公主入宫，一來替駙馬寄書令尊，二來替駙馬求官外郡①。則怕就點了南柯之缺，也未可知。〔右〕這卻難道。

【剔銀燈】論南柯跨踞雄州，近檀蘿要習邊籌。那淳于貴壻性豪杯酒，怎生任得邊州之守？〔合〕許否？心中暗憂，宫庭事又難執奏。

【前腔】〔紫〕論朝綱須問君侯，大地方有得干求。則一件，君侯疎不問親了。他與玉人金屋並肩交肘，怎佩不得黄金如斗？〔合前〕

〔右〕許他也索罷了，則怕此君權盛之後，於國反爲不便。且自由他。

欲除新太守，不少舊英豪。
且順君王意，相看兒女曹。

【校】

①郡，原誤作「那」，當改。

第十八齣　拜郡

【西江引】〔生上〕本自將門爲將，偶來王國扶王。風流偏打内家香，更有甚中情未講？

【集唐】秦地吹簫女，盈盈在紫微。可中纔望見，花月後門歸。日前公主入宫，一來寄書禮於家尊，二來替我求一官職。這晚近一路紗燈，公主到來也。

【前腔】〔旦引女官，燈籠上〕幾夜宫闈宴賞，爹娘愛惜瑶芳。月高燈火照成行，款蹙金蓮步障。

〔見介〕〔生〕公主入宫數晚，小生殊覺淒涼。書奉家尊，可曾寄去？〔旦〕聽道來：

【玉胞肚】將書傳上，父王言禮儀合當。即時間人往邊鄉，臨付與叮嚀停當。

〔生〕怕回書遲慢。〔旦〕粗將孝意表高堂，但取平安要怎忙？

〔丑扮小軍上〕爲人莫做軍，做軍多苦辛。俺小軍從北邊來，取了駙馬老老爺平安書，不免投上。〔見叩頭介〕小人北邊送書禮，老老爺十二分歡喜，回書呈上。〔生驚喜介〕起來，起來。真個有了回書，我的親爹呵！〔捧書開看介〕平安報付男淳于棼。呀，八個字分明老父手筆。〔旦〕你且念書奴家聽。〔生念書介〕伏承大槐安國王前示，欲汝尚主。得書履禨，知盛典成就，加以貴主有禮，喜慰發狂！别近廿載，朝夕憶念。兒以槐序，備國肺腑，百宜周盛。頗憶生平，親戚里閭，存旺餘幾？宜詳再信，助展遐繾。欲往視兒，奈彼此路道乖遠，風煙阻絕。父不見子，抱恨重深。汝且無便來覲①，歲在丁丑，當與汝相見。〔生拍書痛哭介〕俺的爹，相去十七八年，只道故了。何意今朝重見平安書迹，居然如在。不能勾往見他，要兒子何用也？〔哭倒〕〔旦扶介〕駙馬，休得過傷。

【前腔】〔生〕端然無恙，如昔年教誨不忘。問親鄰興廢存亡，叙風煙悲楚哀傷。

〔旦〕約丁丑年相見，好了。〔生〕知他後會可能相②？怎得溫衾扇枕牀？

【粉蝶兒】③〔紫衣捧詔上〕詔選黃堂，捧到秦樓開放。

令旨已到，跪聽宣讀。詔曰：昔稱華國，左戚右賢，文武並茂。吾南柯郡政事不理，太守廢黜。欲藉卿才，可屈就之，便與小女同往。欽哉！謝恩。〔生旦起〕〔紫見叩頭介〕恭喜公主，駙馬黃堂之尊了。千歲還有别旨。

【玉胞肚】叫有司停當，把太守行裝備詳。掌離珠感動娘娘，出傾宮錦繡奩房。

〔旦〕還有？〔衆〕④車騎僕妾都列在廣衢傍，鑾駕親身餞遠行。

【前腔】〔生喜介〕敢前希望，憶年時醉遊俠場。普人間没俺東牀，湊南柯飲着瓊漿。〔合〕這是有緣千里路頭長，富貴榮華在此方。

【尾聲】〔紫〕從來尚主有輝光，你整朝衣五鼓朝廊，謝恩了辭朝做一事講。

〔衆下〕〔生〕多謝公主擡舉，有此地方。〔旦〕惶愧，惶愧。〔生〕還要請教：南柯大郡，難以獨理。加以小生素性酣放，意下要奏請田子華、周弁二人同典郡政，何如？〔旦〕但憑尊裁。

新命守南柯，恩光附女蘿。
明朝有封事，數問夜如何？

【校】

①觀，疑當作「覲」。見本傳。②獨深居本眉批云：「用歇後韻，不佳。」可見原以「相」字協韻，後人于「相」字下補一「見」字。③【粉蝶兒】，應有六句，下面省去四句。④衆，疑當作「紫」，下同。

第十九齣　薦佐

【生查子】〔紫引隊子上〕一掌瞰宫墀，洞府晨光露。萬點正奔趨，遍起了朱門户。〔衆〕將軍上殿，俺大槐安國今日駙馬辭朝，各官在此候駕。

【前腔】〔生朝服捧表上〕槐殿隱香爐，禁幄承恩處。五馬更踟躕，御道裏開賢路。〔紫〕駙馬請上御道。〔生跪介〕新除南柯郡太守駙馬都尉臣淳于棼謝恩。即日之任，敬此辭朝。〔生三叩俯伏介〕〔紫〕駙馬謝恩表就此披宣。〔生〕臣此表章，不止謝辭恩寵，兼之舉薦賢才，伏望俺王聽啓：

【桂枝香】念臣將門餘子，素無材術。誠恐有敗朝章，至此心慚覆餗。待廣求賢士，廣求賢士，備臣官屬，與臣咨助。〔紫〕駙馬所薦何人？〔生〕伏見司隸穎川周弁，忠亮剛直，有毘佐之器。處士馮翊田子華，清慎通變，達政化之源。二人與臣有十年之舊，備知才用，可託政事。周弁請署南柯郡司憲，田子華請署南柯郡司農。庶使臣政績有聞，憲章無紊。念臣愚，願得從銓補，南柯治有餘。

〔紫〕駙馬起候旨。〔生起介〕想令旨必然俯從，周司隸、田秀才有此遭際也。〔内「令旨到」〕駙馬薦賢

爲國，寡人喜悦，依奏施行。〔生叩頭呼千歲起介〕

【神仗兒】〔周田上〕蒙恩點注，蒙恩點注。南柯太守，淳郎推舉，做司憲司農前去。來闕下叫山呼。

〔跪介〕新除南柯郡司憲前司隸臣周弁，新除南柯郡司農處士臣田子華，叩頭謝恩。〔叩頭呼千歲，起介〕〔相見介〕〔生〕二君恭喜了。〔周田〕謝堂翁擡舉之恩。〔紫〕駙馬便當起程，國王國母螽已關南有餞。

〔集唐〕濯龍門外主家親，半歲遷騰依虎臣。
卻羨二龍同漢代，出門俱是看花人。

第二十齣　御餞

〔二紫衣上〕玉樓銀榜枕嚴城，翠蓋紅旗列禁庭。二聖忽排鑾輅①出，雙仙正下鳳樓迎。今日國王國母餞送駙馬公主之任南柯，鑾輿蚤到。

【傳言玉女】〔王同老旦引宫娥上〕玉洞煙霞，一道晴光如畫。回首鳳城宫院，見琉璃碧瓦。〔衆〕宫娥侍長，半插貂蟬隨駕。〔合〕送一對于飛，鳳嬌鸞姹。

〔紫衣見介〕千歲千歲。〔王〕筵宴齊備麽？〔紫〕俱已齊備。〔王〕已勑有司備辦太守行李？〔紫〕行李整齊。〔宫娥〕娘娘傳旨：房奩、金玉、錦繡、車馬、人從，都要列於通衢之上，許萬民縱觀。〔紫〕知道。

【疎影】〔生旦上〕冠裳俊雅，正瑶臺鏡裏，鳳妝濃乍。〔旦〕好夢分明，素情嬌怯，慢引香車隨馬。〔紫催介〕君王國母親臨餞，快疾着緑槐幢下。〔合〕真乃是夫貴妻榮，一對堪描堪畫。

〔紫衣報介〕駙馬公主見。〔生旦俯伏介〕微臣夫婦沾恩，遠勞聖駕，無任誠懽誠忭！誠惶誠恐！〔王〕本不忍處卿於外，南柯有卿，免寡人南顧之憂耳。〔老旦泣介〕俺的公主兒，遠行苦也！〔旦作泣介〕俺的親娘呵！〔王〕在家爲公主，出嫁爲郡君，有何所苦而泣乎！〔生旦叩頭介〕微臣忝受鴻私，願大王國母千

歲千歲千千歲。〔王〕願汝夫婦同之。〔生旦進酒介〕

【畫眉序】〔王〕晴拂御溝花，祖帳②城南動杯斝。儘闕南一面，借卿彈壓。憑仗你半壁門楣，看覷俺一分天下。〔合〕南柯太守風流煞，一路裏威儀瀟灑。

〔老〕公主呵，今日南柯，便是你家了。俺宮中寶藏，盡作賠奩，你看通衢之上呵，

【前腔】雲樹玉交花，日影光輝度塵罅。但閨房所要，盡情相把。擺天街色色珍奇，出關外盈盈車馬。〔合前〕

【前腔】〔生〕平地折宮花，大郡猥當歎才乏。便尋常餞送，敢煩鑾駕。祝泰山泰水千秋，喜治國治家一法。〔合前〕

【前腔】〔旦〕生小正嬌花，酬謝東風許花發。但隨夫之任，賜妝如嫁。因夫主占了兒家，爲郡君將離膝下。〔合前〕

〔生旦跪介〕微臣何德？煩動至尊。敢問南柯以何而治？〔王〕南柯，國之大郡，土地豐穰，民物豪盛，非惠政不能治之。況有周田二卿贊治。卿其勉之，以副國念。〔生叩頭介〕微臣謹遵王命。〔老〕公主行矣，聽母親一言：淳于郎性剛好酒，加之少年。爲婦之道，貴乎柔順，爾善事之，吾無憂矣。南柯雖封境不遥，晨昏有間。今日暌别，寧不沾巾！〔老同旦泣介〕〔旦〕謹領慈命。〔拜别介〕

【滴溜子】〔王〕南柯郡，南柯郡，弗嫌低亞。公案上，公案上，酒杯放下。有脚的

陽春五馬，休只管戀着衙，長放假。他那裏地方，人物稠雜。

〔王〕傳旨：鼓吹旗幟送過長亭。〔行介〕

【鮑老催】〔衆〕街衢鬧雜，街衢鬧雜，鸞輿直送仙郎發，秦簫吹徹鸞同跨。看乘龍，乘的是，五花馬。君王駙馬多懽哈，則娘娘公主悽惶煞，留不住雙頭踏。

〔衆〕千歲爺，過長亭了。〔王〕終須一別，駙馬公主勉之。〔生旦俯伏介〕微臣夫婦不敢有忘，願我王娘娘千歲千歲千千歲。〔生旦下〕〔王〕傳旨回宮。

【雙聲子】〔衆〕力力喇，力力喇，都是些人和馬。嚌嚌咋，嚌嚌咋，兩下裏吹和打。嘻嘻哈，嘻嘻哈。去了價，去了價。向槐陰路轉，數點宫鴉。

【尾聲】看他們時至氣化，一鞭行色透京華，似這樣夫妻人世上寡。

〔集唐〕雙鳳銜書次第飛，　騤騤羽騎歷城池。
瓊簫暫下鈞天樂，　今日河南勝昔時。

【校】

①輅，原誤作「路」。當改。　②帳，原誤作「葬」，當改。

第二十一齣　録攝

【字字雙】〔丑扮府幕官上〕爲官只是賭身强，板障。文書批點不成行，混帳。權官掌印坐黄堂，旺相。勾他紙贖與錢糧，一搶。

自家南柯郡幕録事官是也。闕下正堂，小子權時署印。日高三丈，還不見六房站班，可惡，可惡。

【前腔】〔吏上〕山妻叫俺外郎郎①，猾浪。吏巾兒糊得翅幫幫，官樣。飛天過海幾樁樁，蠻放。下鄉油得嘴光光，〔揖介〕銷曠。

〔丑惱介〕咄！幾時不上公堂望，摇摇擺擺來銷曠。莫非欺負俺老權官，教你乞拷在眉毛上。〔吏跪介〕恩官興頭忒莽撞，百事該房識方向。〔作送鷄介〕下鄉袖得小鷄公，送與恩官五更唱。〔丑〕好個鷄兒，鷄兒。②〔吏〕聽得老爺好睡覺，出堂忒遲，因此告狀的候久都散了。小的想起來，老爺寸金日子不可錯過。小的下鄉，撈的兩隻小鷄，母的宰了，公的送爺報曉。一日之計，全在于寅。〔丑〕有意思，有意思，我的都公請起。〔丑跪，扶吏起介〕我從來衙裏，没有本大明律，可要他不要？〔吏〕可有，可無。〔丑〕問詞訟可要銀子不要？〔吏〕可有，可無。〔丑惱介〕不要銀子，做官麽？〔吏〕爺既要銀子，怎不買本大明律看，書底有黄金。〔扮報子上〕〔見介〕飛報送上。〔丑看報介〕右相府一本，南柯缺官事。奉令旨：駙馬淳于棼有點。呀，新官到了，寸金日子丢在那裏？〔報〕駙馬爺馬牌到。〔丑〕叫各房打理迎接。〔吏〕都有舊規。〔丑〕舊規不同，要起駙馬府，公主殿。要珍珠轎，銷③金傘，女户扛擡。〔吏〕小的知道。如今事體迫了，爺兩隻手標票兒纔好。〔丑作兩手標票介〕〔吏〕一票，叫吏房知會官吏。一票，户房支放錢糧。一票，兵房差點吹手、皂快、轎馬勘合。一票，禮房知會生儒、耆老、僧道；又要幾個尖嘴的教坊。〔丑〕要他怎的？〔吏〕會吹。一票，刑房查點囚簿送刑具。一票，工房修理府第家火。第一要個馬子綫香。〔丑〕這緩得些。〔吏〕奶奶下了轎，滿地跳。一票，架閣庫整頓卷宗交代。一票，承發科寫理脚色憲綱。一票，雜辦吏鋪氈結綵。一票，帶辦吏送心④紅紙張。一票，各馬驛下程中火。一票，各社總選門子，要一丈二尺長。〔丑〕太長了。〔吏〕新太爺還長一丈八。一票，娘娘廟借珍珠八角轎傘。一票，表子鋪借鋪陳、臙粉、馨香。〔丑〕這個使不得，要星夜製造纔是。

【亭前柳】此郡鎮南方，前任總尋常。緣何差駙馬，甚樣有輝光。〔合〕憲綱，前件開停當。分付該房，須急切要端詳。

【前腔】珠翠縷金裝，怕没現錢糧。〔吏〕没錢糧有處，因公且科派，事後再商量。〔合前〕

權官纔打劫，　正官便交攝。
支分各色人，　遠遠去迎接。

【校】

①外郎郎，原作「外郎外郎」，衍一「外」字。此是七字句。　②鷄兒鷄兒，原作「鷄鷄兒」。

③銷，原誤作「綃」。　④心，疑當作「猩」。

第二十二齣　之郡

〔隊子上〕〔集唐〕結束征車換黑貂，行人芳草馬聲嬌。紫雲新苑移花處，洞裏神仙碧玉簫。請了。俺們駕上差來，護送公主駙馬爺南柯赴任去，迤邐①數程。公主駙馬起早也。

【滿庭芳】〔生旦衆上〕紫陌塵閒，畫橋風淺，鸞旗影動星躔。〔旦〕朝雲濃淡，行色映花鈿。爲問夕陽亭餞？下鸞輿慘動離筵。〔合〕關南路，春暉緑草，何日再朝天？

【木蘭花令】宮花欲唤流鶯住，恰是南柯遷鶯處。繡簾嬌馬出都城，寶蓋斜盤金鳳縷。華年得意頻相顧，笑問卿卿來幾許？緑槐風軟度行雲，回首沁園東畔路。〔生〕公主，自拜辭了君王國母，不覺數程，此去南柯相近了。左右趲行。〔行介〕

【甘州歌】宮闈別餞，擺五花頭踏，迤邐而前。都人凝望，十里繡簾高捲。四方宦遊誰得選？一對夫妻儼若仙。〔合〕青袍舊，緑鬢鮮，大槐宮裏着貂蟬。香車進，寶馬連，一時攜手笑嫣然。

〔官吏上〕南柯郡録事差官吏投批，迎接爺爺。〔生取看介〕發批迴，前去伺候。〔官吏應介〕

【前腔】〔生〕宮花壓帽偏，問有何能德，紫綬腰懸？玉樓人並，翠蓋緑油輕展。指揮風景遲去輦，爲惜流光懶下鞭。〔合〕攜琴瑟，坐錦韉，一條官路直如絃。遊春樣，盡世緣，秦樓蕭史弄雲煙。

〔衆〕稟爺：南柯郡界了。〔丑〕南柯郡録事參軍迎接老大人。〔生〕遠勞了。〔丑〕不敢。有新轎轍、兵衛、男女轎夫，齊站下班迎接。〔生〕知道了，就回。〔丑應下〕〔内介〕合郡官吏迎接爺爺。〔生〕起去伺候。〔内介〕生儒迎接老大人。〔生〕請起，郡中相見。〔應介〕〔内介〕僧道、耆老迎接爺爺。〔生〕都起去。〔内介〕教坊女樂們迎接爺爺。〔生〕趲行。〔衆妓鼓吹引介〕

【前腔】鸞鈴動翠鈿，看滿前旗影，冠佩翩聯。争來迎跪，陌上紅塵深淺。邦君夫人鸞鳳侶，父老兒童竹馬年。〔合〕軍民鬧，士女諠，妓衣時雜紫衣禪。彈箏覷，擊鼓傳，錦車催怕日華偏。

〔生〕遠遠望見，如煙如霧，鬱鬱葱葱者，是何地方？〔衆〕十里之近，南柯郡城。〔生〕公主，真好一座城臺。

【前腔】遥遥十里前，見葱葱佳氣，非霧非煙。雉飛鸞舞，臺觀疊來蒼遠。似蘭亭景幽園翠嶺，春穀泉鳴浸玉田。〔合〕山如畫，水似纏，自憐難見此山川。重門擁，旌旆懸，玉樓金榜洞中天。

〔内燈籠接上介〕〔衆〕稟太爺：進城。〔生〕今夕公館休息，五鼓陞任。

【尾聲】閃紗燈一道星球轉，曜街衢棨戟森然。公主，和你且把下馬公堂笑鋪展。

〔集唐〕露冕新承明主恩，　山城別是武陵源。
笙歌錦繡雲霄裏，　南北東西拱至尊。

【校】

① 邐，原作「遞」，當改。下，同。

第二十三齣　念女

【夜遊朝】①〔老旦引衆上〕窣地榮華開内苑，紫雲袍花勝朝天。〔衆〕扇影斜分，宮娥慢擁，望南柯阿嬌仙眷。

【憶秦娥】〔老〕屏山列，香風暗展青槐葉。〔衆〕青槐葉②，洞天深處，綵雲明滅。〔老〕女兒十五辭宮闕，南柯婉晚西樓月。〔合〕西樓月，南飛鵲影，照人離別。自家大槐安國母，一女遠在南柯，將二十年。昨有書來，説他兒女累多，肌瘦怕熱。近於瀍江城清涼地面，築一座瑤臺城避暑，要請佛王經千卷供養。已着郡主去禪智寺，請問契玄師父，還未到來。

【翫仙燈】〔貼持經上〕禪智談玄，又請下的法王經卷。〔見叩頭介〕郡主瓊英叩頭，千歲。〔老〕平身。手中所進，是何經卷？〔貼〕到問契玄禪師，他説凡生產過多，定有觸污地神天聖之處，可請一部血盆經去，叫他母子們長齋三年，總行懺悔，自然災消福長，減病延年。娘娘聽啓：

【玉山頹】③這血盆經卷，大慈悲孩兒目連。〔老〕因何？〔貼〕目連尊者爲救母走西天，經過羽州追陽縣，曠野之中，見一座血盆池地獄。有多少女人，散髮披枷，飲其池中污血。目連尊者動問獄主：此是因何？獄主言道：這婦人呵，生產時血污了溪河，煎茶供厭污了良善。〔老〕是了，供奉三寶的茶水，被血水污，因此果報。後來？〔貼〕目連尊者聽見，大哭起來，俺母親也應受此苦楚了。竟以神通，走向佛所，致心頂禮，願祈世尊爲我等開示：云何報答慈親，脱離此苦？佛言：善哉！待酬恩睠，則三年内長齋拜懺，聲聲把彌陀念。〔老〕念了怎的？〔貼〕有好處，渡河船，便是血盆池上産金蓮。

【前腔】〔老〕佛爺方便，向諸天把真言示宣。想來則有婦女苦，生男種女大家的，便是産時昏悶，傾污水於溪河，也是丈夫之罪。怎那經文呵，明寫着外面無干，偏則是女人之譴？便宜紫衣官一員，分付馬上捧持此經一千部，星夜前去。紫衣乘傳，直齎到瑤臺宮院，免到追陽縣。説與公主呵，教他廣流傳，把俺老娘三世也帶生天。

古來兒女得娘憐，女病娘愁各一天。
惟有受經勤懺悔，南柯應産玉池蓮。

【校】

①【夜遊朝】，據南詞新譜卷二二，曲牌名當作【夜遊湖】。 ②原缺「青槐葉」疊句一句。

③【玉山頽】，當作【玉山供】，謂【玉胞肚】犯【五供養】也。

第二十四齣　風謡

【清江引】〔紫衣走馬，捧經，背勑上〕紫衣郎走馬南柯下，一軸山如畫。公主性柔佳，駙馬官瀟灑。俺且在，這裏整儀容權下馬。

事有足嗟①，理有故然。自家紫衣官是也。承國王國母之命，送佛經與公主供養，並加陞駙馬官爵門廕。纔入這南柯郡境，則見青山濃翠，緑水淵環。草樹光輝，鳥獸肥潤。但有人家所在，園池整潔，簷宇森齊。何止苟美苟完，且是興仁興讓。街衢平直，男女分行。但是田野相逢，老少交頭一揖。曾遊幾處，近②見此邦。且住，待俺借問公主平安，看百姓怎生議論？前面幾個父老來了。

【孝白歌】③〔衆扮父老捧香上〕征徭薄，米穀多，官民易親風景和。老的醉顔酡，後生們鼓腹歌。你道俺，捧靈香，因甚麽？〔紫前問介〕敢問老官人：公主好麽？〔父老歎介〕〔唱前〕你道俺，捧靈香，因甚麽？〔下〕

〔紫〕這些父老們歡歡喜喜，唱個甚的？又邀④的幾個秀才來了。

【前腔】〔衆扮秀才捧香上〕行鄉約，制雅歌，家尊五倫人四科。因他俺切磋，他將俺琢磨。你道俺，捧靈香，因甚麽？〔紫〕敢問秀才：公主好麽？〔秀才歎介〕〔唱前〕你道俺，捧靈

香，因甚麼？〔下〕

【前腔】〔扮村婦女捧香上〕多風化，無暴苛，俺婚姻以時歌伐柯。家家老小和，家家男女多。你道俺，捧靈香，因甚麼？〔紫〕敢問女娘們：公主好麼？〔婦歎介〕〔唱前〕你道俺，捧靈香，因甚麼？〔下〕

【前腔】〔扮商人捧香上〕平稅課，不起科，商人離家來安樂窩。關津任你過，晝夜總無他。你道俺，捧靈香，因甚麼？〔紫〕大哥幾分面善。〔商〕俺是京師人，在此生意。〔紫〕正是。聽見公主可好？〔商〕俺們正去太爺生祠進香，保祝駙馬公主二人千歲千歲。〔紫〕你又不是這境内人民，保他則甚？〔商〕淳于爺到任二十年，人間夜户不閉，狗足生毛。便是俺們商旅，也往來安樂，知恩報恩。〔紫〕前面一夥老的，一夥秀才，一夥婦女，都捧着香往那裏去？唱些甚麼？〔商〕你是不知，這南柯郡自這太爺到任以來，雨順風調，民安國泰。終年則是遊嬉過日，口裏都是德政歌謡，各鄉村都寫着太爺牌位兒供養。則這是大生祠，祠宇前後九進，堂高三丈，立有一丈五尺高的幾座德政碑，碑上記他行過德政。二十年中，便一日行一件，也有七千二百多條，言之不盡。〔紫〕想是學霸刁民胡弄的。〔商作惱介〕〔唱前〕咳，你道俺，捧靈香，因甚麼？〔下〕

〔紫〕奇哉，奇哉，真個有這等得民心的官府。

二十年事事循良，偏歌謡處處焚香。

立生祠字字紀實，　　詔書中一一端詳。

【校】

①嗟，原作「差」。當改。下句「故」，通「固」。　②近，獨深居本作「僅」，當從。　③【孝白歌】，前五句是【孝順歌】。葉譜題作【孝南枝】，謂【孝順歌】犯【鎖南枝】，實非也。牡丹亭第八齣亦有【孝白歌】，結尾句格與此曲異。　④邀，原誤作「遨」，當改。

第二十五齣　玩月

〔録事官上〕官居録事尊崇，放支帳曆粗通。再不遇缺官看印，教我録事衙門嗑風。新近一場詫事，公主生長深宮。二十年南柯地方怕熱，訪知瀆江城西北涼風。築一座瑶臺城子，單單一個公主避暑其中。周田二公督造，果然不日成功。怎生喚做瑶臺城子？四門有高臺玉石玲瓏。駙馬公主新來便待賞月，那頭行的正是周田二公。〔虛下〕

【繞池遊】〔扮周田上〕人間怎麽？地下爲參佐，乘公暇得從深座。玉鏡臺移，絳橋星度，下秦樓雙鳴玉珂。

〔周〕下官司憲周弁。〔田〕下官司農田子華。〔周〕蒙太老先生提挈，贊相有年。近因公主避暑，于瀆江西畔築了座瑶臺城，今夕駙馬公主駕臨，正當明月三五，良可賀也。〔田〕以下官所言，瑶臺雖則壯麗，江外切近檀蘿，公主移居，深所未便。〔周〕有瀆江城一衛兵馬，可保無危。〔内響道介〕〔田〕駙馬公主蚤來，我們且須迴避。〔虛下〕

【破齊陣】〔生旦引衆上〕繞境全低玉宇，當窗半落銀河。月影靈娟，天臨貴壻，清夜暫迴參佐。同移燕寢幽香遠，並起鸞驂暮靄①多，何處似南柯？

〔周田上〕〔吏進稟介〕司憲司農稟見。〔生〕叫該房稟知：公主在此，不便請見，請二位老爺先回。〔吏應稟〕〔周田下〕〔生〕我爲公主造此一城，都是白玉砌裏，五門十二樓，真乃神仙境界也。今夜月明如洗，傾倒一杯。〔老貼酒上〕金屋人雙美，瑤臺月一輪。酒到。

【普天樂犯】②〔生〕蹍光華，城一座，把温太真裝砌的嵯峨。自王姬寶殿生來，配太守玉堂深坐。瑞煙微香百和，紅雲度花千朵。有甚的不朱顔笑呵？眼見的眉峯皺破。對清光，滿斟一杯香糯。

〔旦歎介〕甚般好景，苦没心情。奈何？奈何？〔生〕是了，你飲興欠佳，叫孩子們勸你。請王孫貴女出來。〔雜扮二小男小女上〕月兒光，月兒光，娑婆樹下好燒香。老爺，親娘，喫一杯酒兒麽？〔灌旦酒〕〔旦笑介〕我喫，我喫。

【雁過沙犯】③〔旦〕姮娥，自在争多。養孩兒恁個，那些兒不病過。念載光陰一擲梭，大的兒攻書課，次的兒敢聰明似哥，小丫頭也會梳裏。霎兒間眼前提着，又校得心頭活。

【傾杯犯】〔生〕嬌波，倚瑤臺，新鏡磨，嵌青天，人負荷。〔雜〕消多，幾陣微風，一莖清露。半縷殘霞，淡寫明抹。稱道你洞府仙人，清涼無暑，愛弄娑婆。〔合〕好大槐安，團圓桂影今夜滿南柯。

〔旦〕夫妻兒女，真是團圞。只爲哥兒們長成，親事未定，熱我心懷。〔雜〕娘住這瑤臺之上，怕忒高寒些兒。

【山桃紅犯】④〔旦〕一些些思量過，悶喲喲怎題破？看這座瑤臺是不比其他，界斷銀河冷澹些兒個。便似背兒夫竊藥向寒宫躲，念瑤芳怎學的姮娥？

〔内介〕報，報，報，令旨到。〔紫衣上〕〔宣旨介〕令旨到，跪聽宣讀。制曰：寡人聞之，治國之法：一曰賢賢，二曰親親。恩禮之施，用此爲準。咨汝公主瑤芳，厥配南柯郡太守駙馬都尉淳于棼，自下車以來，將二十載。仁風廣被，比屋歌謡，寡人心甚重之。兹特進封食邑三千户，爵上柱國，集議院大學士，開府儀同三司，仍行南柯郡事。二男二女，俱以門蔭授官，許聘王族，與國咸休。欽哉！謝恩。〔生旦叩頭〕千歲千歲千千歲。〔紫衣叩頭見生旦介〕恭喜駙馬公主高陞。〔生扯紫介〕勞了。〔紫〕娘娘還有懿旨：請下血盆經千卷，送與公主供養流傳，消災長福。〔生〕齊家治國，只用孔夫子之道，這佛教全然不用。〔旦〕奴家一向不知，怎生是孔夫子之道？〔生〕孔子之道，君臣有義，父子有親，夫婦有別，長幼有序，朋友有信。〔旦〕依你説，俺國裏從來没有孔子之道，一般立了君臣之義，俺和駙馬一般夫婦有別，孩兒們一樣與你父子有親，他兄妹們依然行走有序，這卻因何？〔生笑介〕説是這等説，便與公主流傳這經卷罷了。

公主瑤臺養病身，　一天恩詔滿門新。
但願福隨長命女，　相依佛度有緣人。

【校】

①靄，原誤作「藹」，當改。②【普天樂犯】，謂【普天樂】以【玉芙蓉】爲尾也。③【雁過沙犯】，謂【雁過聲】犯【風淘沙】。④【山桃紅犯】，即【小桃紅】。南詞新譜卷四【小桃紅】云：「或作【山桃犯】，亦非。」可證當時有人以【山桃犯】名【小桃紅】者。

第二十六齣　啓寇

【梨花兒】〔丑扮賊太子上〕小小的檀蘿生下咱，生下咱太子好那查。没有了老婆較子傻，嗏，但婆娘好把咱檀郎打。

自家檀蘿國王位下四太子是也。小名檀郎，性格風灑。父王分下咱三千赤駁軍，鎮守全蘿西道。日昨喪了房下，急切要尋個填房，恰好一場天大姻緣。那大槐安國金枝公主，嫁了南柯郡守，隨夫之任。怕府裏地方燥熱，單築瑶臺城一座，在漸江地面，與俺國相近。老天，老天，他那裏是怕熱？是不耐煩，要撇開漢子自由自在，分明天賜我姻緣也。我待點精兵一千，打破瑶臺城，搶了公主。則未知他意思如何？早已差小卒兒，扮作賣花郎打看去，早晚到來。〔貼扮報子花鼓上〕報，報，報，好事到。〔丑〕快説來。

北【脱布衫】〔報〕小番兒蚤離了檀蘿，無明夜打聽南柯。做探子的精細無過，横直着貨郎兒那些貨。

好一座瑶臺城！〔丑〕怎見得？

【小梁州】①〔報〕真乃是玉砌金裝巧甃羅，繞殿宫娥，珍珠壘就翠銀河。無彈破，一曲錦雲窩。

〔丑〕可到得公主跟前？〔報〕小的賣花，宫娥引見。

【幺】賣花聲斜抹着宫墻過，那穿宫引見俺妝標垛。〔丑〕公主可要了些花兒？〔報〕便叫貨郎，有甚妝花名數？小的應説：有，有，有，絨綫花、通草花、縷金花、攢翠花，數上百十樣，他府中都有，則留下兩種兒。〔丑〕那兩種？〔報〕是寶檀絲粟點香和；小裝窩那翠翦蘿；春纖兩朵斜插笑鏡兒睃。

〔丑作昏跌介〕妙也！妙也！寶檀花，翠蘿花，正是「檀蘿」二字，公主接下這花，天緣也。報子，還則怕他漢子守着？〔報〕一個駙馬，回南柯管事去了。〔丑〕有這等一個鬆駙馬。

【要孩兒三煞】②〔報〕駙馬呵，他守着個鬧喳喳的畫卯堂着甚科？倒把個翠臻臻畫眉臺脱了窩。俺偷風斫砦尋閒貨，則要俺蛇皮鼓再打向花廊過。少不的會温存的飛虎把河橋坐，少不得怕聒炒的昭君出塞和。是惹起風流禍，爲一個觀音菩薩，起三千拚命嘍囉。

【尾聲】③太子呵，你先把撞門羊宰了大犒賀，把拖地錦做征旗尾後拖。搶到公主呵，偏背那撲楞生老淳于干別煞了他，成就這悄不剌小檀郎快活煞了我。〔下〕

〔丑弔場介〕好稱心的事兒也。就分一枝兵，蘸住塹江城，俺親自搶公主去。正是：

他要伐檀來不得，

咱自無媒去伐柯。

【校】

①【小梁州】，與上曲【脱布衫】都是正宫北曲，【小梁州】上原注中吕。按，【脱布衫】亦屬中吕，按例一律不注。　②【耍孩兒三煞】，【耍孩兒】屬北曲般涉調。「三煞」二字似衍。

③西厢記第四本第三折亦以【脱布衫】、【小梁州】與【耍孩兒】合套，末曲亦爲【尾聲】。

第二十七齣　閨警

【好事近前】〔老旦貼扮宮娥上〕秋影動湘荷，風定瑞爐香過。簾外呢喃歸燕，怪瑣牕人卧。

我們公主位下宫娥是也。公主貴體，原自嬌柔；加以兒女累多，心煩怕熱。因此避暑瑤臺，這早還睡也。

【好事近後】〔旦上〕弄涼微雨隱秋河，殘暑殢人些個。好夢暗隨團扇，再朱顔來麽？

【清平樂】〔旦〕陰陰院宇，枕上昏涼雨。〔老〕風動槐柯交翠舞，恰恰畫墻低午。〔旦〕一簾幽夢悠揚，金爐旋注沈香。〔合〕鳳吹幾年都尉，病慵休殢宫妝。〔旦〕宫娥，這瑤臺風景，比南柯郡涼些。〔老〕也是新秋了。〔旦〕你知我有病在身麽？〔老〕便是，駙馬爺在南柯，這些時不來相看。〔旦〕他政事羈身，何暇到此？好悶呵。

【六犯宫詞】①落紅凝院，暮雲沈閣，秋動繡簾猶卧。起來無力，金釵半墜雲窩。〔老〕瑤臺城過了一夏哩。〔旦〕俺汗減了湘文簟，螢低了扇影羅。〔老〕公主也忒嬌怯。〔旦〕

多嬌處，忒病多，年來無奈睡情何？〔老〕天氣早涼些。〔旦〕我一時間如涼便得沾羅幙，一會間似熱又尋思浴翠波。〔老〕午膳哩。〔旦〕没些時個，花陰午矬，蚤氳人的茶飯沾唇過。〔老〕公主有了王孫貴女，還悶甚麽？〔旦〕你休波，眼前兒女，風月暗消磨。

〔老〕整辦酒筵解悶，公主只是想駙馬爺。

【前腔】蚤則是瑣牕人喚，夢雲初彈，一綫枕痕無那。遲遲媚嫵，還留人畫雙蛾。〔宫娥送酒介〕〔老〕一盞心頭過，胭脂暈臉渦。〔旦〕怕飲。〔老跪勸〕〔旦略飲介〕〔老〕三回勸，半口多，朱顔怎得個笑微酡？〔老〕有方法，叫小宫娥吹彈歌舞。〔内吹彈上介〕〔旦〕聒人那！〔老〕怎人偏喜處生嫌渦？再有消愁似舞和歌？〔背唱介〕他鳳腮微托，長裙半拖，病梢兒翦不的愁痕破。〔旦照鏡歎介〕〔老回身〕事多磨，淹淹鏡裏，有得氣兒呵。

〔末扮大兒子上〕秦樓通戍火，漢苑入邊愁。報知母親：檀蘿兵起，逼近瑶臺，如何是好？〔旦泣介〕這等，怎好？我的兒那，你星夜往南柯，報知父親；我一邊督率城中男女，守城防備。

【風入松】原來只合住南柯，有甚麽清涼不過？下場頭都是俺之錯，到如今惹下了干戈，知他那意兒怎麽？〔合〕男共女守臺坡。

【前腔】〔末〕喜的是親娘身子減沈痾，兒去也俺娘掙挫，急忙間打不的這瑶臺破。怕你這娘子軍没得張羅，俺那父子兵登時救活。〔合前〕〔旦末哭别介〕

【尾聲】〔旦〕②從來不説有干戈，俺小膽兒登時嚇破，别將領兵不濟事，須則駙馬親來纔救的我③。〔旦衆下〕

〔末弔場急馬走上〕手下趲行。

【滴溜子】邊報急，邊報急，怎生煞和？流星去，流星去，塵飛不過。心急馬行遲，那把三百里老南柯，做一會子抹。遲誤兵機，教娘怎麽？教娘怎麽？〔下〕

【前腔】〔雜扮婦女插旗，守城上〕邊報急，邊報急，怎生煞和？輪班去，輪班去，挨查不過。心急步行遲，那把三百個錦城窩，做一會子邏。失誤城池，教娘怎麽？教娘怎麽？

〔丑笑介〕奇怪，奇怪，一座瑤臺城，砌的蟻子縫也没一個，甚鳥報道有甚鑽城賊？公主下令：瑤臺一衛，老軍丁男出弔橋迎賊，軍妻守垛四門，每門一個女小旗總領。奴家是王大姐，平日有些手面，領了東門女小旗。哎喲，陳姥姥、趙姨姨你也來了。〔老〕老身領了西門。〔小旦〕④奴家領了北門。只南門小總不到。〔貼扮小廝插旗上〕列位大娘拜揖。〔丑〕一個俊哥兒。〔貼〕我母親是南門女小旗，病了，小子替領。〔丑〕南風發了，也罷。公主號令：旗婆們都要演習武藝。咄！陳姥姥看把勢。〔踢老跌介〕〔老〕哎，我老人家了。〔丑〕趙姨姨，看跌。〔小跌介〕哎，王大姐饒了罷那。〔丑〕小哥，看飛尖。〔貼放丑倒介〕〔丑〕不信老娘倒了架。〔再三打〕〔丑跌介〕〔丑〕我的哥，跌打你不過，和你耍鎗。〔鎗殺貼勝〕〔丑怕介〕〔貼〕王大姐，這等手面，怎麽防賊？〔丑〕奴家有計，賊上城，熱屎熱尿淋頭撒下去。我連馬子煮粥鍋都搬上城來了。〔老小〕休囉唣，我們繞城走一遭，回報公主去。

【醉羅歌】一垛兩垛城臺座，一個兩個鋪團窩。密札札穿針縫没過，槍和炮成堆垛。軍妻姥姥，這些老婆；軍餘舍舍，這些小哥；斗兒東唱到參兒趖。〔内鑼鼓馬嘶⑤介〕把塵頭，望路脚，那傍城墻走馬那數聲鑼。〔内緊鼓報介〕檀蘿賊兵來了！〔貼〕邊報來緊，且催集各家老小上城。

瑤臺城四面，　砲眼鎗頭箭。

但有賊星兒，　女兵先綽戰。

【校】

①【六犯宫詞】，不詳所出。　②「旦」字臆補。　③「須則」句，原誤作對白。　④小旦，原誤作「貼」，當改。　⑤「介」字上原有「上」字，衍。

第二十八齣　雨陣

【逍遥樂】〔生引衆上〕池上秋聲響，還把彩鸞雙扇掌。老槐陰新雨碧油幢，獨坐黄堂，閒燕寢，凝幽香。

吾在南柯有歲華，麗譙清晝捲高牙。刑書日省三千牘，民版秋登百萬家。自家出守南柯，物阜民安，辭清盜寡，皆周田二君贊相之力。杯酒爲歡，缺然未舉。近因公主避暑瑤臺城，衙内孤寂，此中舊有一所審雨堂，審的地氣濕熱將雨之候，果然微雨，應此新秋。分付置酒，與二君聽雨。左右伺候。〔周田上〕太府威容盛，同官禮數親。祇候的通稟。〔丑〕田爺周爺見。〔見介〕〔生〕三匝南枝總舊遊，〔田〕雙攀玉樹此庭幽。〔周〕偏因聽雨承恩澤，〔合〕共看郊原作好秋。〔看酒介〕〔生〕今夕之酒，專爲聽雨而設。

【啼鶯兒】偶然西風吟素商，霎煞幾般疎響。悉闌珊玉馬叮噹，忽弄的冰壺溜亮。倒簷花碎影琳琅，敲鴛瓦跳珠兒定蕩。猛端相，斷魂何處？環珮赴高堂。

【前腔】銀河溼雲流素光，點滴翠荷盤上。吉琤琤打鴨銀塘，撒喇喇破萍分浪。清切在梧桐井牀，颯答在芭蕉翠幌。隱垂堂，珠簾暮捲，長似對瀟湘。

【啄木鸝】華堂静好對觴，細雨紗廚今夜涼。怕攬他蝴蝶飛雙，聒醒我鴛鴦睡兩。更那畫船眠處沙鷗望，屏山醉後餘香漾。弄悠揚，人間此際，别有好思量。

【前腔】催花緊鈔燕的忙，一陣陣黄昏愁鴈行。偏有他側耳空房，閃牕紗半滅銀缸。一般兒天涯薄宦窮途況，洞庭歸客孤篷①上。數天長，十年心事，和淚隔秋牕。

〔生〕司農，我晝寢忽然一夢，大兒子誦毛詩二句：「鸛鳴於垤，婦歎於室。」是何祥也？〔田想介〕依下官愚見，詩云：天將雨而蟻出於垤，鸛喜食蟻，故飛舞而鳴。「婦歎於室」，似是公主有難，要與老堂尊相見。此乃東山之詩，主有征戰之事。〔生〕多謝指教，當謹防之。〔内鼓介〕〔生〕問報鼓爲甚而忙？〔末打馬急走上〕風傳流賊起，火速報君知。報爹爹：檀蘿兵起，一半攻打瀴江城，一半向瑤臺城來了。〔生慌介〕怎了？怎了？瑤臺，公主所居；瀴江，邊城要路。賊兵兩路而進，其意難量。我與田司農領兵去解公主之圍；别遣周司憲守禦瀴江城一帶；孩兒把守南柯，暫且休息去。〔末〕要活娘兒命，無過子父兵。〔下〕〔生〕司農，司農，夢之響應如此。〔周田〕便是。公主在圍，須得星夜前進。〔衆軍上〕瑤臺先救月，别騎見臨江。〔生〕聽吾號令：五千兵跟周爺救瀴江城；選鋒三千名，跟我星夜前救公主。〔衆〕稟太爺：演陣。〔田〕稟堂尊：救瀴江只排個尋常蟻陣；救公主的，要依詩云，排一個老鸛陣。〔衆應排陣走介〕蟻陣完。〔排陣舞叫介〕老鸛陣完。〔生〕我與周司憲分兵而去。〔周〕稟堂尊：三軍鼓氣，全在于酒；周弁一生，全仗酒力；望主公大賜恩波。〔生〕五千名軍，賞他五千個泥頭酒去。則一句話，司憲在心。小生昔爲淮西裨將，使酒誤事，二君所知。自拜郡以來，戒了這酒。司憲平日頗有酒名，既掌兵機，記吾囑付，酒要少飲，事要多知。就此起行了。

【刮鼓令】〔生田〕冲星一劍忙，向瑤臺相對當。公主呵，他煙花陣怎生圍向？那檀蘿真掘强。築下個粉壇場，良時吉方，陣頭安上。〔合〕聽楚天秋雨過殘陽，倒做了金鐙響玎瑺。〔生田下〕

【前腔】〔周〕孤城號壍江，敢囊沙聚米糧。看仔細檀蘿模樣，望江鄉策應忙。杯酒襯戎妝，他居中主量，我從邊兒趕上。〔合前〕

瑶臺城傍月兒邊，爲惹兵戈破鏡懸。
此日相逢洗兵雨，一天長壍凱歌旋。

【校】

① 篷，原誤作「蓬」，當改。

第二十九齣　圍釋

【金錢花】〔賊太子引衆行上〕俺們太子是檀蘿，檀蘿。日夜尋思要老婆，老婆。瑶臺城子裏有一個，咱編橋渡過小銀河，要搶也波。搶得麽？赤剌剌的笑呵呵。

好了，好了，圍了瑶臺城。你看城子，高接①廣寒，明如閬苑。便待一鼓破了瑶臺，何難之有？又怕驚了公主，不成其事。昨日打了戰書入城，他那裏敢回話？想只等駙馬來救。我别遣一枝兵馬，攻取潭江城，直逼南柯，看那駙馬怎生來得？公主，公主，眼見的到手也。今日故意再把城子緊圍，他問時，叫公主親自上城打話，待小子飽瞧一會。衆把都！緊圍，緊圍。〔内鼓譟介〕緊圍了。〔内使女官忙泣上〕哎喲，檀蘿兵緊上來了，眼見的無活的也！快請公主陞帳。〔旦引隊子上〕天呵，天呵，怎了也？瑶臺試一臨，賊子逼城陰。膽破青鸞色，情傷駙馬心。女墻邊月近，孤枕陣雲深。怎得南柯去，高樓横笛音？〔内鼓介〕〔旦衆哭介〕如何是好？

南吕【一枝花】冷落鳳簫樓，吹徹胡笳塞。是甚男心多，偏算計這女喬才？避暑迎涼，甚月殿清虚界，倒惹他西施兵火到蘇臺。遭勞攘兩月幽閒，養病患又一天驚駭。

〔内鼓介〕〔旦〕天，天，天，怎生來？這瑶臺城内，錢糧不多，賊子因何圖此？昨日打下戰書，思量起來，男女不交手，怎生輕敵而戰？專等駙馬到來。如今着人問他，或是要些小財物，捨些他去，免得攪擾一番。叫通事問他，此來主何意思？〔内問介〕〔太應介〕要問俺起兵主意，請公主自來打話。〔通回稟介〕他要請公主打話。〔旦歎介〕我乃一國之貴主，這些毛賊怎敢對話？〔通回太介〕公主乃一國之貴主，怎與你們打話？〔太〕俺非以下將佐，乃是本國四太子。叫你公主，就是姐姐一般，請來打話。〔通回旦介〕他説是本國四太子，叫公主就是姐姐一般，可以打話。〔旦〕這等，只得扶病而去。倘然三兩句言詞退了他兵，也未可知。〔衆〕賊意難知，公主須得戎裝，城樓一望。〔旦〕然也。〔旦換戎裝弓箭介〕

【梁州第七】怎便把顫嵬嵬兜鍪平戴？且先脱下這軟設設的繡襪弓鞋，小靴尖忒逼的金蓮窄。把盔纓一拍，臂鞲雙擡。宫羅細揣，這繡甲鬆裁。明晃晃護心鏡月偃分排，齊臻臻茜血裙風影吹開。少不得女天魔擺陣勢，撒連連金鎖槍櫑。女由基扣雕弓，廝琅琅金泥箭袋。女孫臏施號令，明朗朗的金字旗牌。〔衆喝采介〕〔旦〕奇哉！你待喝采。小宫腰控着獅蠻帶，粉將軍把旗勢擺。你看我一朵紅雲上將臺，他望眼孩咍。

〔内鼓譟〕〔旦驚介〕來的好不怔忡也！權請他太子打話。〔太笑介〕妙也，妙也，真乃是月殿姮娥，雲端裏觀世音。姐姐請了。〔旦〕太子請了。太子，君處江北，妾處江南，風馬牛不相及也。不意太子之涉吾境也，何故？〔太〕公主，你把我的主意猜一猜來。

【牧羊關】〔旦〕看他蟻陣紛然擺，風雹亂下篩，他待碗兒般打破這瑤臺。我好看不上他嘴脚兒，赤體精骸。小則小心腸兒多大？則不過領些須魚肉塊，覓些小米頭柴，怎做作過水興營砦？太子，你敢拚殘生來觸槐！

〔通〕四太子，我公主説：你止要些米頭魚骨，犒賞你些去便了。〔太笑介〕小子非爲哺啜而來，好不欺負人也！只擂鼓緊圍罷了。〔旦〕通事，你説與他：

【四塊玉】逐些兒，打話來。則把你，虚脾賣。敢要生口？〔太〕不要。〔旦〕要些金銀？〔太〕不要。〔旦〕爲甚麽錢糧生口都不在懷？〔太〕你不知俺那國裏少些女人，故此而來。〔旦〕原來女人國不近你那檀蘿界。〔太〕不是以次女人，近來小子親自斷了絃。〔旦〕咳，則道少甚麽粉丕丕女將材，原來要帽光光你個令四太。〔内鼓譟介〕〔太〕快回將話來，俺要媳婦兒緊。〔旦〕奇哉這賊！忒急色。

〔旦〕説與他，待我奏知國王，選個女兒送他，着他休了兵去。〔太〕吾乃太子，要與國王爲女壻哩。〔旦〕他是不知。

【罵玉郎】説知他我國王位下無了尊愛。〔太〕公主是他尊愛。〔旦〕禁聲！蚤有了駙馬，養下了嬰孩。〔太〕公主還嫩嫩的。〔旦〕便做你看不出也三十外。〔太〕駙馬在那裏？〔旦〕去南柯選將材。來來來，那時節替你擔利害。

〔太〕管駙馬來不來，公主會了俺的人，插了俺的花，難道不容我做夫妻一夜兒？宮娥，問他那裏會他的人？插了他的花？〔太〕前日寶檀絲、翠蘋羅，都是俺送你公主插戴的，你接下了，約我來。〔旦惱介〕哎喲，原來到爲此賊所算了。宮娥，快取花來碎了，撒下城去。〔旦碎花介〕哎，

【哭皇天】〔旦〕呀呀呀，這風魔也似九伯，使村沙惡茶白賴。原來土查兒生扭做檀郎賣，女絲蘿到被你臭纏歪，小覷我玉葉金枝胡揣。〔擲花着太惱介〕你俺一般金枝玉葉，作踐我的花，氣死俺也！一枝冷箭去嚇死花娘。〔射介〕公主看箭！〔箭響介〕〔旦作袖閃半跌介〕哎也，摸琅生射中了八寶攢盔金鳳釵，險些兒翎拴了鳳髻，鉤掛住蓮腮。

〔内鼓響介〕〔太慌問，虛下介〕〔内呼〕駙馬兵到！〔卒報旦介〕賊兵紛紛解散，鼓聲振天，駙馬救兵到也！〔旦喜介〕

【賺尾】紛紛蟻隊重圍解，冉冉塵飛殺氣開。駙馬征西大元帥，馬踐征埃，花攢戰鎧。我呵，城臺上助鼓三鼕與他大喝采。〔下〕

〔生領衆上〕將軍不戰他人地，殺伐虛悲公主親。〔太子衆上介〕〔生〕檀蘿小賊，何不蚤降！〔太〕俺乃檀蘿四太子，纔與公主打話片時，你便喫醋怎的？〔戰介〕〔生問介〕他是蟻陣，我三軍飛舞作老鸛陣，方可破他。〔再戰〕〔太敗走介〕〔旦衆上〕謝天謝地！駙馬得勝而回，衆三軍開城迎接。〔見介〕〔生〕好不嚇殺我也！〔旦〕真個嚇死人也！

【烏夜啼】奴本是怯生生病容嬌態，蚤戰兢兢破膽驚骸。怎虞姬獨困在楚心

垓？爲鶯鶯把定了河橋外。射中金釵，嚇破蓮腮。咱瞭高臺是做望夫臺，他連環砦打煙花砦。爭些兒一時半刻，五裂三開。

〔生〕三軍城外犒賞。酒來，與公主壓驚。〔旦〕瑤臺新破，不可久居，星夜起程，往南柯郡去。

【尾煞】卧番羊拜告了轅門宰，聽金鼓諠傳拜將臺，抵多少笙歌接至珠簾外。不是你親身自來，紅雲陣擺，險些兒把這座小瑤臺做樂昌家鏡兒摔。

脚踹鴛鴦陣，頭頂鳳凰盔。
馬敲金鐙響，人唱凱歌回。

【校】

① 接，原誤作「樓」，當改。

第三十齣　帥北

【六幺令】〔賊太衆上〕檀蘿饑渴，出山來覓食爲活。藤編鐵甲樹兵戈，穿東澗，搶南柯。塹江城塹的住江兒麽？

把都們，好了，好了，俺檀蘿太子去搶瑶臺城，着咱這一枝徑搶塹江城，望南柯征進。前面便是，快搶上去①！

【前腔】〔守城軍上〕南來烽火，一星星報去南柯。府堂中備禦計如何？呀，那前來的，是檀蘿，塹江樓那位將軍坐？

俺們是把守這塹江城小軍。兄弟，檀蘿來得這般緊急，還不見守禦官來，俺們只得上城巡警。

【前腔】〔扮周弁領衆上〕一番兵火，一些些唤做檀蘿。俺兵半萬出南柯，走饑渴，轉林坡，塹江城有得酒兒嗑。〔守城軍接介〕〔周〕盼的這座城到了。〔衆〕塹江城要得酒兒嗑。

〔周〕渴了，渴了。〔衆〕是渴了，爺。〔周〕叫守城軍，司農爺運的犒賞酒可到哩？〔守軍應介〕到了。但一名軍一個泥頭酒，五千軍五千個泥頭。大河清、小河清，配着南京真正一寸三分高堆花老燒酒。稟爺：起用那一號？〔周〕便取一半水酒，一半燒酒，取名水火既濟，都堆上這城門首來。〔衆軍取酒上介〕算泥頭：一百一百又一百，二三而五五個百。五個五百兩個百，兩個五百五個百。〔周〕五千個酒勾了，儘着喫，泥頭都丢在戰場上去。衆軍喫水酒，俺喫燒酒，不論量，以渴止爲度。〔衆作飲介〕渴哩，渴哩。〔丢泥頭介〕〔周〕俺從來好酒，則因府主相拘，怕官箴有玷，這纔是俺顯量時節也。〔飲酒②〕〔衆醉介〕〔内鼓介〕報，報，檀蘿賊到城下了。〔周〕由他，且飲酒。〔内急鼓介〕報，報，報，檀蘿賊先鋒挑戰。〔周作惱介〕這賊好無禮！酒剛喫到一半，則管衝席。衆軍，乘酒興殺出城去。〔衆應介〕臉從③醉後如關將，酒尚温時斬華雄。〔下〕〔賊唱介前上〕④把都們，搶進瀆江去！〔周領衆上〕來者莫非檀蘿賊乎？〔戰介〕〔周衆作醉不敵〕〔賊趕下介〕〔周急上〕衆軍，再取一大觥燒酒來，戰的渴也。〔衆取酒上〕〔飲介〕〔賊上〕那邊厢好不香的燒酒哩，搶上去。〔又戰〕〔周衆又敗⑤介〕〔周獨身上〕哎也，賊好無禮，便認輸了這一陣。天氣炎熱，日勢已晚，且卸下征袍，月下單騎回去也。〔下〕〔賊上〕好，好，好，趁這番搶入南柯去。〔跌介〕哎也，爲甚跌了也？則見酒氣薰天，流涎滿地。呀，原來城門首堆着幾千個泥頭塞路也。〔作看天介〕看此天氣，必然下雨漲江，妨俺歸路。俺們且搬了這幾個餘酒，唱個得勝歌回去也。

【前腔】旗旛摇播，擁回軍擂鼓篩鑼。殺山酒海笑呵呵，哩囉嗹，哩嗹囉。搶南柯得勝回齊聲賀。

南柯敗損數千軍，　賸得泥頭撲鼻醺。
遇飲酒時須飲酒，　得饒人處且饒人。

【校】

①下缺〔下〕字，當補。　②酒，原作「醉」。與下文重，宜改。　③「臉從」上當補〔周〕字。　④賊唱介前上，疑當作「賊唱前介上」。　⑤「敗」字下疑奪「下」字。

第三十一齣　繫帥

【三臺令】〔生引衆上〕長年坐策兵機，這幾日有些狐疑。檀蘿欲翦快如飛，怎不見捷旌旗？

【集唐】纔到城門打鼓聲，武陵一曲想南征。誰知一夜秦樓客，白髮新添四五莖？俺淳于棼，久鎮南柯，威名頗重。近乃公主避暑瑶臺，幸解檀蘿之困。只愁塹江一帶，別遣周弁救援，覷伺捷音。蚤已分付司農，整排筵宴十里長亭，與周弁接喜，可蚤到也。

【前腔】〔田上〕太平筵上花枝，酒旗風偃征旗。喜氣欲淋漓，這勝算兵家怎擬？

〔見介〕〔田〕妙算老堂翁，〔生〕協贊是司農。〔田〕准備花前酒，〔生〕來聽塞上風。司農，戰期已數日了，還不見捷報，俺心下憂疑。〔田〕一來國主洪福，二來府主威光，三來司憲英勇，定然得勝而回。〔報上〕江山看是塹，草木怕成兵。報，報，報，周將軍單馬回城來了。〔生〕司憲先回，多應得勝。叫樂工們響動。〔内鼓吹介〕

北【醉花陰】〔周弁幅巾白袍帶劍走馬上〕俺這裏匹馬單鞭怕提起，即漸的一家兒這裏。頭直上滾塵飛，一邊廂擂鼓揚旗，那唱賀的歡天地。〔望介〕原來是太老先生與司農寮長，置酒在長亭之上。咳，他則道俺敲鐙凱歌回，曲恭恭來壓喜。

〔見介〕請了。〔生〕呀，周司憲得勝回朝，俺同寮們安排喜酒。〔周〕好了，好了，快討酒來。

南【南畫眉序】〔生〕花柳散金杯，一片驚心在眼兒裏。當初去有黃金鎖子甲，怎全身赤體，卸甲投盔？覷形模事體堪疑，得勝了怎單騎而至？〔田〕不瞞堂尊大人説。周司憲此來，真個可疑。〔合〕怎的意頭兒没張致？還責取後來消息。

北【喜遷鶯】〔周〕爲甚俺裸肩揚臂？熱天頭助喊揚威。頹也麽頹，没個兒幫閒取勢，激的俺赤甲山前被虜圍。〔生〕呀，被圍了，怎的出得來？〔周〕沖圍退，不是俺使些精細，險些兒頭利無歸。

快討酒來。〔生〕這等是兵敗了，還説酒哩。且問你：

南【畫眉序】當日擺兵齊，半萬個選鋒盡跟你。一個個鎗來會躲，箭去能揮。如何通不見一個回來？你一家兒人馬平安，那些兒何方使費？〔合〕怎的意頭兒没張致？還責取後來消息。

〔周〕那五千個人去時，俺是見他來。

北【出隊子】給千兵果然編配，點兵單個個齊。〔生〕戰場上可有呢？〔周〕戰時還有，戰了後，俺通不知那裏去了？〔田〕司憲公，敢是盡被檀蘿殺了？〔周〕這也難道。〔生〕則問他半萬個人頭。

〔周〕剗單鞭投至一身虧，甚半萬個人頭要俺賠。呀，你便是半萬個泥頭俺也賠不起。〔生惱介〕敗軍之將，還敢崛强！〔生〕我説人頭，他説泥頭，是怎的？通不聽他，只以軍法從事，先斬後奏了。〔周〕誰敢無禮！

南【滴溜子】敗軍的，敗軍的，全生誤國。論軍法，論軍法，難容恕你。叫正典刑是理。諸人聽指揮，將他綑執，量決一刀，做個旁州之例。〔衆持刀綁〕〔周不伏介〕

北【刮地風】〔周〕呀，忽地波怒吽吽壞臉皮，那些兒劉備、張飛？大槐安國内君王壻，誰不知倚勢施爲？便做着你正堂尊貴，俺可也不性命低微。〔生〕快取首級哩。〔周笑介〕俺怎生般透賊圍，掙得這首級歸？你剗口兒閙胡戲。你便申軍法，俺怎遵依？「斬」字兒你可也再休題。〔生〕俺是掌印官，施行你不得？叫劊子手一齊向前綁了。〔田〕稟堂尊：此事未可造次。

南【滴滴金】〔田〕念周郎至友同鄉籍，地拆裏相逢忒遭際，横枝兒住札南柯地。是堂尊薦及，薦及他爲元帥。他平生也爲人今怎的？堪詳細，便消停到底争遲疾。〔生〕依説，便再問他：周弁，你因何犯此失機之罪？〔周〕非關小將之事，也非關五千個軍人之事，都是你堂尊半萬個泥頭酒。諸人走渴之時，一鼓而醉，忽報檀蘿索戰，一個個手彈脚軟，只小將一個，酒量頗高，向前迎戰，獨力難加，只得棄甲丢鎗，乘夜而走。你不信，有詩爲證：暑往寒來春復秋，夕陽西下水東流。將軍戰馬今何在？野草閒花滿地愁。這都是你半萬個泥頭酒之過也。

北【四門子】千不合萬不合伊把半萬個泥頭兑，燒不是水不是蒙汗藥醱的醅。卻怎生軟兀剌燒葱腿難跳踼？急麻查扶泥臂刀怎提？〔生〕這等，怎生戰的來？〔周〕還説戰哩。〔生〕這等，則怕檀蘿軍殺過瀍江城這邊來了。〔周〕這到不要慌，俺留下一計，正待搶殺進城，被俺將酒泥頭盡數丢在戰場之上，把他戰馬一個個都絆倒了，不曾搶的城來，此又半萬個泥頭酒之功也。那酒瓶兒似山，泥頭似堆，盪沙場滑喇叉酬退了賊。你記他一功，贖他一罪，道的個君當恕人之醉。

〔生〕周弁，你去時俺怎生説來？酒要少喫，事要多知。你都不在意，一定要正軍法。〔周〕哎，從古來誰不飲酒？天若不愛酒，天應無酒星。地若不愛酒，地應無酒泉。天地都愛酒，俺飲酒是兵權。漢樊噲，三國周公瑾、關雲長，都也貪杯，希罕于俺一人乎①？

南【鮑老催】〔生〕你攀今比昔，那樊將軍他殢酒把鴻門碎；關大王面赤非干醉；比周瑜，飲醇醪，量難及。也罷，俺念你一是同鄉，二是同寮，停了軍法，且把你牢固監候，奏請定奪。把你貪杯子反的頭權寄，上丹青于禁身牢係，忙奏請隨寬急。

〔生〕兵快們，拿周弁監了。〔衆綁〕〔周不伏介〕

北【水仙子】〔周〕呀，呀，呀，放你的呸！〔生惱介〕拿也！〔周取劍舞介〕拿，拿，拿，拿的俺怒氣冲天舞劍暉。〔生〕住了，你道俺拿不的你麼？掛起令旨旗牌來。〔掛起旗牌介〕〔田〕司憲公，酒放醒些，擡眼哩。〔周看作怕，背介〕他，他，他，他叫俺挣着迷奚。〔抹眼介〕我，我，我，打些兒抹昧。〔回斜看介〕可，可，可，可怎生掛起了老君王令旨旗？你，你，你，你敢有甚麽密切欽依？〔衆〕周司憲，掛了令旨，不跪，是何道理？〔周反手介〕火，火，火，火的俺閫外將軍向闕内歸。少，少，少，少不的拖番硬腿隨朝跪。〔跪介〕〔生〕周司憲，可伏綁了？〔周〕周弁不是伏别人，這，這，這，這是俺爲臣子識高低。

〔生〕這等，送你收監去。〔行介〕

南【雙聲子】前日裏，前日裏，曾勸你酒休喫。全不記，全不記，鬼弄送胡支對。輸到底，輸到底。倒了嘴，倒了嘴。看君王發落，權時監裏。

〔丑上〕司獄官接爺。〔生〕周司憲敗軍，暫請此中，寬坐數日。〔周惱介〕咳，周弁何等英雄，今日到此！

北【尾】俺透重圍，透不出這牢墻内。背膊上好不疼也，好歹和俺瞧一瞧哩。〔衆看笑介〕一個酒刺兒大紅疙瘩。〔周〕罷了，罷了，敢氣的俺周亞夫疽生背。俺氣死不怨别的，則怨着半萬個酒堆兒也。悔不當初，悔不當初枕着個破泥頭，做一個醉卧沙場征戰鬼。〔下〕

〔生〕三軍斬首爲貪杯，〔田〕一面權收寄劍才。

〔合〕②今朝酒醒知寒色，　　悔不當初奏凱回。

【校】

①「乎」字原缺。　　②「合」字原在第四句之上，當改。

第三十二齣　朝議

【小蓬萊】〔王引衆上〕世界于今幾變，精靈自古如常。槐國爲王，柯庭遣將，近事堪惆悵。

【集唐】隋朝楊柳映堤稀，臺殿雲涼秋色微。聞道王師猶轉戰，黄龍戍卒幾時歸？寡人槐安大國，素與檀蘿小仇。近乃公主困圍，僥倖駙馬救解。别遣周弁，往援瀴江。捷書未見飛傳，右相必知消息。

【前腔】〔右相持表文上〕儼爾尊爲右相，居然翼戴君王。咳，立下朝綱，壞了邊防，奏到星忙上。

吾爲右相，每念南柯重地，駙馬王親，在郡二十餘年，威權太盛。常愁他根深不翦，尾大難摇。偶值公主困圍，瀴江失事，得他威名少損，此亦不幸中之幸也。星夜駙馬奏來，請正將軍周弁之罪。俺將表文帶進，相機而行。〔見介〕臣右相段功見。〔王〕右相外來，頗知檀蘿用兵勝算乎？〔右〕駙馬飛傳表文，臣謹奏上：

【瑣牕郎】〔右〕念臣棼誠恐誠惶，瀴江城遭寇與攔當。〔王〕有周弁領兵去。〔右〕誰料三軍出境，止得一將還鄉。〔王〕這等，大敗了。〔右〕臣梦肺腑，理難欺誑。望我王，將臣削職隨欽降。還議罪，周弁將。

〔王〕論我國家氣勢，得時而羽翼能飛，失水則蛟龍可制。瑣瑣檀蘿，遭其挫敗。咳，駙馬好不老成也。

【前腔】倚南柯鎖鑰疆埸，那檀蘿多大勢難當。怎提兵數萬，戰死殘傷？這風聲外敵，把吾輕相。可惱，可惱，駙馬在中軍帳，怎用的，周弁將。

【前腔】〔右〕論邊機失誤非常，則二十年爲駙馬也星霜。〔王〕正是，俺也念駙馬在邊年久，加以公主屢請還朝。止爲南柯太守，難得其人，因此暫止。〔右〕駙馬取回，還有田子華在彼。看田生知略，可代淳郎。堪取回公主，到京調養。〔王〕春秋喪師，責在大夫。今日駙馬之過也。〔右〕妨親礙貴宜包獎，權坐罪，周弁將。

〔王〕這等，周弁失機應斬。〔右〕周弁乃駙馬至交，兩次薦舉，斬周弁恐傷駙馬之心。不如免死，立功贖罪。〔王〕依奏。

周弁免死且饒他，接管南柯田子華。

公主驚傷同駙馬，即時欽取到京華。

第三十三齣　召還

【意遲遲】〔貼扶病旦上〕一自瑶臺耽怕恐，愁絶多嬌種。淚溼枕痕紅，秋槐落葉時驚夢。〔貼〕倚妝臺掠鬢玉梳慵，盼宫闈不斷眉山聳。

【古調笑】〔旦〕魂去，魂去，夢到瑶臺秋意。醒來依舊南柯，折抹嬌多病多。多病，多病，富貴叢中薄命。自家生成弱體，加以圍困驚傷；又聽周弁敗兵，駙馬惶愧，奴家一發傷心。曾經幾度啓請回朝，圖見父王母親：一來奴家得以養息；二來駙馬久在南柯，威名太重，朝臣豈無妬忌之心，待俺歸去，替他牢固根基；三來替兒女完成恩蔭之事。未知令旨蚤晚何如？

【步蟾宫】〔生上〕一片愁雲低畫棟，掛暮雨珠簾微動。倚雕欄和淚折殘紅，消受得玉人情重。

〔見介〕公主貴體若何？〔旦〕多分是不好了。且問駙馬來此多年？〔生〕整整二十年了。〔旦歎介〕淳郎夫，聽奴一言：奴家生長王宫，不想有你姻緣，成其匹配。俺助你南柯政事，頗有威名。近日檀蘿敗兵，你威名頓損；兼之廿年太守，不可再留。俺死爲你先驅螻蟻耳。〔泣介〕〔内作樹聲清亮〕〔生問介〕此聲何也？〔兒上介〕稟爹娘：是槐樹作聲。〔旦笑介〕駙馬，這樹音清亮可喜。〔生〕難得公主這一喜。〔旦〕你不知此中槐樹，號爲聲音木，我國中但有拜相者，此樹即吐清音。看此佳兆，駙馬蚤晚入爲丞相矣。則恐我去之後，你千難萬難那！

【集賢賓】論人生到頭難悔恐，尋常兒女情鍾，有恩愛的夫妻情事冗。奴家並不曾虧了駙馬，則我去之後，駙馬不得再娶呵，累你影悽悽被冷房空。淳于郎，你回朝去不比以前了。看人情自懂，俺死後百凡尊重。〔合〕心疼痛，只願的鳳樓人永。

【前腔】〔生泣介〕公主呵，聽一聲聲慘然詞未終，對杜宇啼紅。你去後俺甘心受唧噥，則這些兒女難同。公主呵，你的恩深愛重，二十載南柯護從。〔合前〕

【貓兒墜】①〔旦泣介〕如寒似熱，消盡了臉霞紅。那宮女開函俺奏幾封，蚤些兒飛入大槐宮。〔生拜介〕天公，前程緊處，略放輕鬆。

〔旦〕病到此際，也則索罷了。〔生〕怎説這話？

【前腔】香肌弱體，須護好簾櫳。裙帶留仙怕倚風，把異香燒取明月中。〔旦〕惺忪，斷魂一縷，分付乘龍。

〔兒上〕報，報，報，令旨到。爹爹，娘病了，怎生接旨？〔生〕兒子扶着母親拜便了。〔紫讀詔介〕令旨已到，跪聽宣讀。大槐國王令旨：公主瑤芳同駙馬淳于棼，南柯功高歲久，欽取回朝，進居左丞相之職。其南柯郡事，着司農田子華代之。欽哉！謝恩。〔衆呼千歲起介〕〔旦〕恭喜駙馬，拜相當朝。槐樹清音，果成佳兆。〔生〕多謝公主擡舉。〔紫叩頭介〕〔生〕周弁作何處置？〔紫〕有旨了，駙馬分上，免死立功。〔生〕天恩浩大哩。且請皇華館筵宴。〔紫〕詔許王人會，恩催上相歸。〔下〕〔生〕公主，我在此多年，一朝離去，應有數日周詳善後之事。待着孩兒送你先行，到朝門之外，候俺一齊朝見。〔旦〕正是。則這二十年南柯郡舍，一旦抛離，好感傷人也。〔生〕人生如傳舍，何況官衙？則你將息貴體。孩兒看酒。〔酒上介〕

【皂鶯兒】〔生〕杯酒散愁容，病宮花小桂叢。我兒呵，你長途細把親娘奉。調和進供，温涼酌中，你烏紗綽鬢非無用。〔末〕承爹厚命，丁寧在胸。奉娘前進，寒温必躬。管平安遇有人傳送。〔合〕靠蒼穹，一家美滿，排備御筵紅。

〔貼報介〕啓公主駙馬：外間官屬百姓等，聞的公主回朝，都在府門外求見。〔旦〕宮婢②，你說公主分付：生受你南柯百姓二十年，今日公主扶病而回，則除是來生補報了。〔内哭介〕〔生〕叫不要感傷了公主。看轎來。

金枝玉葉病委蕤，　廿載南柯寄一枝。
不是大家隨子去，　爭看貴主入宮時。

【校】

①【貓兒墜】，當作【琥珀貓兒墜】。　②婢，原誤作「牌」，當改。

第三十四齣　卧轍

【浪淘沙】〔老録事上〕狗命帶酸寒，不做高官。白頭紗帽保平安，職掌批行和帶管，有的錢鑽。

自家南柯府録事官便是。南柯府堂風水，單好出些老官。你不信？駙馬爺二十年，田司農二十年，俺録事也二十餘年。來時油光嘴臉，如今鬍子皓白了。天恩欽取公主駙馬還朝，三日前公主起行，駙馬將府事交盤與田司農，今日起程。司農爺長亭①餞别，蚤分付了：駙馬爺來時是太守，今回朝去是個左丞相了。車路欠平，着人堆沙，填起一隄，約有三十里長；兩頭結綵爲門，題着四個大字：新築沙堤。好些小百姓來看也。

【前腔】〔扮父老持奏上〕少壯老平安，一郡清官。賢哉太守被徵還，百姓保留天又遠，要打通關。

〔見丑跪介〕參軍爺，小的們有下情。〔丑〕甚麽事？〔父老〕淳于爺管府事二十年，百姓家安户樂，海闊春深。一旦欽取回朝，百姓怎生捨得？〔丑〕這不干俺事。〔父老〕衆父老商量，盡南柯府城士民男婦，簽名上本，保留淳于爺再住十年。京師寫遠，敢央及參軍爺，撥下快馬十數匹，一日一夜三百里，飛將本去。萬一令旨着駙馬爺中路而轉，重鎮南柯。但憑百姓們親齎，恐不濟事了。〔丑驚介〕你們要留太爺，怕上本遲了，央俺撥快馬十數匹，一日一夜飛將本去，萬一令旨着駙馬爺中路而轉，重鎮南柯？罷了，列位父老哥免照顧。〔父老泣介〕參軍爺不准，央田爺去。〔丑〕央田爺麽？你去，你去。〔衆起介〕〔丑〕回來，講與你聽：便是田爺知南柯府事了，不好意思得。〔父老〕原來新太爺就是田爺，不便央他了，還是百姓們蟻行而去罷。〔丑〕着了。田爺將到。〔衆避介〕

【一落索】〔田上〕廿載府堂簽判，奉旨超階正轉。長亭相送舊堂還，呀，塞路的人千萬。

〔丑參見介〕稟老大人：酒筵齊備。〔田〕紅塵擁路，想都是送太爺的麽？好百姓！好百姓！〔丑〕鼓吹聲喧，太爺早到。〔田丑走接介〕

【懶畫眉】〔生引衆上〕一鞭行色曉雲殘，五馬歸朝百姓看。〔内作喊哭介〕俺的太爺呵！〔生〕擁路者數千人，因何如此？〔丑〕都是攀留太爺的。〔生〕原來是銜恩赤子要追攀，俺有何功德沾名宦？知道了，是百姓們厚意，他替俺點綴春風好面顔。

〔田跪接介〕司農田子華迎接公相。〔生〕司農請起，下車相揖。〔下介〕〔揖介〕〔生〕司農，這條官路幾時修好了？呀，綵門金字：新築沙堤。〔田〕是，新築沙堤宰相行。〔生笑介〕願與足下同之。〔同行介〕

【前腔】〔生〕俺承恩初入五雲端，〔田〕這新築沙堤宰相還，〔生〕重重樹色隱鳴鑾。〔田〕前面長亭了，下官備有一杯酒，便停驂只覺的長亭短。〔生〕恰正是取次新官對舊官。

〔做到介〕〔田參見介〕〔生〕蚤間別過了周司憲，便到貴衙，未得相見。借此官亭之便，拜謝司農。〔田〕不敢。〔拜介〕〔生〕廿載勞君作股肱，〔田〕堂尊恩德重難勝。〔生〕公私去後煩遮蓋，〔田〕還望提攜接後程。〔丑參見介〕録事官叩頭。〔生〕起來，二十年的參軍清苦，俺去後司農好看覷他。〔丑叩頭謝介〕〔田〕看酒。〔吏持酒上〕竹映司農酒，花催上相車。酒到。

【山花子】〔田送酒介〕喜南柯一郡棠陰滿，公歸故國槐安。二十載家寧户安，到今朝行滿功完。〔生〕印務俱已交盤了，看黄金印文邊角全，文書查交倉庫盤，筵席上金杯滿前離恨端。〔合〕歸去朝廷，跨鳳驂鸞。

【前腔】〔生〕俺舊黄堂政事新人管，有一言聽俺同官：休看得一官等閒，也須知百姓艱難。〔田〕喜明公教條金石刊，下官遵承無別端，二十載故人依依離別顔。〔合前〕

〔生〕公主久行，本爵難以羈遲，告辭了。〔生起行介〕

【大和佛】〔衆父老上〕腦頂②香盆天也麽天，天留住俺恩官。〔跪泣介〕老爺呵，你暫留幾日待俺借寇長安，捨的便抛殘。〔生泣介〕父老呵，難道我捨的？朝廷怎敢違欽限？俺二十年在此教我好不回還。〔父老〕俺男女們思量，二十載恩無算，怎下的去心離眼？〔泣攀卧介〕老爺呵，俺只得，倒卧車前淚斕斑手攀闌。

〔生〕少不的去了，起來，起來。〔行介〕

【舞霓裳】〔衆〕衆父老擁住駿雕鞍，衆男女拽住繡羅襴。〔生泣介〕車衣帶斷情難斷，這樣好民風留着與後賢看。司農呵，爲俺把蒼生垂盼。〔衆泣介〕留不得，只蚤晚生祠中跪祝讚。〔生〕父老，我去也。

【紅繡鞋】〔衆〕③扶輪滿路遮攔，遮攔。東風回首淚彈，淚彈。長亭外，畫橋灣。齊叩首，捧慈顔。賢太守，錦衣還。〔生〕衆父老子弟們，請回了。〔衆〕百里内都是南柯百姓送行。〔生〕生受了。

【尾聲】〔衆〕官民感動去留難。〔生〕二十年消受你百姓家茶飯，則願的你雨順風調我長在眼。〔下〕

〔父老弔場〕好老爺，好老爺，俺們一面拜見田爺，一面保留駙馬爺，還是駙馬爺管的百姓穩。俺們權坐一坐，每都派一名赴京。〔做派數〕〔内響道介〕〔丑上〕天有不測風雲，人有無常禍福。呀，你們父老還在這裏？〔衆〕老爺，還待趕送一程。〔丑〕你們都不知，太爺行到五十里之程，前路飛報，公主不幸了。〔衆〕怎麼說？〔丑〕公主薨了。〔衆哭介〕怎麼好？天也！當真麼？〔丑〕不真哩？田爺分付俺回來，取白綾素絹檀香去行禮，還說不真！〔衆〕這等，駙馬爺不能勾回郡了。打聽是真，俺們合衆進香去。

賢哉太守有遺恩，去郡傷哉好郡君。
自是感恩窮百姓，千年淚眼不生塵。

【校】

① 亭，原作「城」當改。　② 頂，原誤作「項」。　③ 〔衆〕，臆補。

第三十五齣　芳隕

【繞紅樓】〔老旦引宫娥上〕生長金枝歲月深，南柯上結子成陰。怕病損紅妝，歸遲紫禁，槐殿暗傷心。

【清平樂】玉階秋草，緑遍長秋道。礓石宫前紅淚悄，人在樓臺暗老。淑女南柯，病損多嬌嬌若何？極目倚門無奈，休遮小扇紅羅。老身貴處深宫，自聞女孩兒瑶臺驚戰，日夕憂惶。喜的千歲有旨，取他夫婦還朝。昨日報來，公主帶病，先行數日，知他路上如何？老身好不掛懷也。〔泣介〕〔旦扮女官走上〕青鳥能傳喜，慈烏怎報凶？啓娘娘：宫娥今日掌門，聽的宫門外人説，公主病重，千歲與大小近侍哭泣諠天，不知怎的？〔老驚介〕這等，怎了也？〔泣介〕〔内響道介〕〔王引内使上〕

【哭相思】①欽取太遲臨，問天天你斷送我女孩兒忒甚！〔見介〕梓童，梓童，淳于家的主兒不幸了？〔老〕怎麽説？〔王〕公主先行數日離南柯，卒于皇華公館。〔老哭介〕俺的兒呵！〔悶倒，宫娥扶醒介〕〔王〕你且休爲死傷生也。

【紅衲襖】〔老〕俺幾度護嬌花一寸心，〔王〕俺則道他美前程一片錦。〔老〕止知他嬌多好昵鴛鴦枕，〔王〕也怪他病淺長依翡翠衾。〔老〕當日個鳳將雛你巧笑禁，〔王〕今日呵掌離珠我成氣喑。〔老〕天呵，俺曾寫下了目連經卷也，誰知道佛也無靈被鬼侵？

【前腔】〔王〕梓童呵，俺則道他在鳳簫樓不掛心，〔老〕誰想他瑤臺城生害了恁？〔王〕又不是全無少女風先凜，〔老〕可甚的爲有姮娥月易沈？〔王〕還記的餞雙飛俺御酒斟，〔老〕誰想道灑歸旌把紅淚飲？〔王〕這是前生注定了今生也，則苦了他嫩女雛男我也怕哭臨。

〔老〕千歲只有這一女，凡喪葬禮儀，必須從厚。〔王〕聞得公主靈車先到，俺與梓童素服哭于郊外，將半副鸞駕迎喪于修儀宮裏。其謚贈一應禮節，着右相武成侯議之。

滿擬南柯共百年，　誰知公主即生天。
國家禮節都從厚，　要得慈恩照九泉。

【校】

①【哭相思】下面省去二句。這裏用作引子。

第三十六齣　還朝①

【遶池遊】〔右相上〕多人何用？一個爲梁棟。咳，道南柯乘龍驂鳳，廿載恩深，一方權重，恰好是到頭如夢。

節去蜂愁蝶不知，曉庭還繞折殘枝。自緣今日人心别，未必花香一夜衰。俺看淳于駙馬，依倚至親，久據南柯，貪收人望。俺爲國長慮，請旨召回，尊以左相之權，防其遥制之害。誰知事不可測？公主喪亡。國王國母郊迎其喪，舉朝哭臨三日，謚爲順義公主，禮節有加。昨奉旨議其葬地，只有龜山可葬。欲待奏知，聽的駙馬今日見朝，在此伺候。倘令旨着他面議葬地，亦未可知。道猶未了，駙馬蚤到。〔生朝服執笏上〕

【前腔】斷絃難弄，蚤被秋風送，生打散玉樓幺鳳。〔頓足泣介〕合郡悲啼，舉朝哀痛，痛煞俺無門訴控。

〔見右介〕〔右〕駙馬見朝，且休啼哭。〔内響鼓〕〔生舞蹈拜介〕前南柯郡太守、今陞左丞相、駙馬都尉臣淳于棼朝見叩頭。千歲千歲千千歲。〔内〕令旨到來：駙馬新失公主，寡人不勝悲悼，已着尚膳監設宴後宫。其順義公主葬地，可與右相武成侯，朝門外酌議回奏。〔生叩頭介〕千歲千歲千千歲。〔起介〕右相請了。〔右〕駙馬請了。〔生〕久不到朝門之外了。昨日遠勞迎接，緣未朝見，故此謝遲。〔右〕不敢。

〔生〕請問公主葬地，擇于何方？〔右〕龜山一穴甚佳。〔生〕龜山乃國家後門，何謂之吉？俺曾看見國東十里外蟠龍岡，氣脈甚好，何不請葬此地？〔右〕蟠龍岡是國家來脈，還是龜山。〔生〕右相不知，點龜者恐傷其殼。〔右〕駙馬，便龍岡好，則枕龍鼻者也恐傷於唇。〔生〕便是龜山，也要靈龜顧子，子在何方？〔右〕便是龍岡，也要蟠龍戲珠，珠在那裏？〔生〕俺只要子孫旺相。〔右〕駙馬子女俱有門蔭，何在龍山？〔生〕右相怎説此話？生男定要爲將相，生女兼須配王侯，少不的與國咸休。此乃子孫萬年之計。〔右背笑介〕好一個萬年之計。〔回介〕這也罷了，只是龍岡星峯太高，怕有風蟻之患。〔生〕右相于此道欠精了。虎踞龍蟠，不拘遠近大小；蜂屯蟻聚，但取圓凈低回。何怕風蟻？〔右笑介〕駙馬不怕蟻傷，再向丹墀回奏。〔右奏介〕臣右相武成侯段功謹奏：

【馬蹄花】問祖尋宗，妙在龜山鼻穴中。〔内介〕龜山有何好處？〔右〕他有蛾眉對案，金誥生花，羅帶臨風。〔内介〕龜山可似龍山？〔右〕世人只知龍虎峯上更生峯，怎知道龜蛇洞裏方成洞？肯教他玄武低藏，不做了蟻垤高封？

〔生奏介〕駙馬臣棼謹奏：

【前腔】那龜山呵，拭淚搥胸，怎似蟠山氣鬱葱？蟠龍岡呵，他有三千粉黛，八百煙花，更那十二屏峯。鳴環動珮應雌雄，辭樓下殿交鸞鳳。怎貪他不住的遊龜？倒抛除了活動的真龍。

〔内介〕令旨：依駙馬所奏，着武成侯擇日，備儀仗羽葆鼓吹，賜葬順義公主于蟠龍岡。叩頭謝恩。〔生〕千歲千歲千千歲。〔起介〕〔右〕恭喜了。愛者是真龍，蟠龍岡十二分貴地哩。駙馬可知周弁也疽背而死，其子護喪歸國了。〔生哭介〕傷哉故人！〔右〕呀，朝房下有列位老國公王親的酒到。〔衆扮國公酒席上〕

【卜算子】紈袴插金貂，日近天顏笑。日邊紅杏倚雲高，錦繡生成妙。

〔見介〕駙馬拜揖。〔生〕列位老國公、老王親拜揖。〔衆〕右相國拜揖。〔右〕不敢。〔衆〕駙馬遠歸，愚親們都在二十里之外迎接。今蚤到公主府上香，知駙馬謝恩出朝，故此相候。〔生〕多勞列位老國公、老王親，我淳于棼有何德能？〔衆〕二十年間，每勞駙馬盛禮，時節難忘。今日拜相而回，某等權此公酒迎賀。〔酒介〕

【八聲甘州】閒身未老，喜乘龍拜相，駙馬還朝。〔生〕玉人何處？腸斷暮雲秋草。

〔衆〕駙馬公主同往南柯之時，老夫們都在榮餞。〔生〕便是。南柯去時有鳳簫，北渚歸來無鵲橋。

〔泣介〕〔合〕臨鸞照，怕何郎粉淚淹消。

【前腔】〔生歎介〕有誰看着紅錦袍，歎淒然繫玉，瘦損圍腰。〔衆〕俺朝班戚畹，還讓你人才一表。香風簇錦雲漢高，夜月穿花宮漏遥。〔合前〕

〔衆〕駙馬，今有請書啓知：一來恭賀駙馬拜相之喜，二來解悶，三來洗塵。老夫忝爲國公之長，先請駙馬少叙，其餘國戚王親，以次輪請。便請右相國相陪。〔生〕老國公王親，可也多着。〔衆〕駙馬，天人也，人所尊敬，願無棄嫌。〔生〕領命了。

權重股肱相，　恩光肺腑親。
滿朝相造請，　何日不醺醺。

〔下〕〔右相弔場〕看駙馬相待各位老國公王親，氣勢盛矣。〔歎介〕且自由他。冷眼觀螃蟹，橫行到幾時。〔下〕

【校】

①還朝，原作議家，與目録不一致。

第三十七齣　粲誘

【憶秦娥前】〔貼引宮女上〕宮眉様，秋山淡翠閒凝望。閒凝望，秦樓夢斷，鳳笙羅帳。

【唐多令】何處合成愁？人兒心上秋，大槐宮葉雨初收。唱道晚涼天氣好，問誰上，小瓊樓？自家郡主瓊英是也。妹子瑶芳，嫁與淳于駙馬，出守南柯，入爲丞相，當朝無比。不料妹子過世，舉國哀傷，勑葬龍山，威儀甚盛。昨日駙馬還朝，俺王素重南柯之威名，加以中宮之寵信，出入無間，權勢非常。滿國中王親國戚，那一家不攀附他。朝歌暮筵，春花秋月。則俺和仙姑國嫂三家寡婦，出了公禮，不曾私請得他。想起駙馬一表人才，十分雄勢，俺好不愛他，好不重他。

【金落索】當初呵，娟娟姊妹行，出聽西明講。繡佛堂前，惹下姻緣相。秋波選郎。配瑶芳，十五盈盈天一方。瑶臺貴壻真無兩，恰好翠袖風流少一雙。非吾想，倘其間有便得相當，迤逗他忘懷醉鄉，傷心洞房，取情兒我再把這宮花放。

昨日約了靈芝夫人、上真子，早晚公主處上香，回來過此，必有講談也。〔老同小旦道裝上〕

【憶秦娥後】彩雲淡蕩臨風泱，世間好物琉璃相。琉璃相，玉人何處？粉郎無恙。

〔見介〕瓊英姐，閒坐悶愁，怎的不去公主府燒香耍子？好少的人兒也。〔貼〕怎生行禮？〔老〕俺國中王子王孫一起，侯伯王親一起，文武官員一起，舉監生員一起，僧道一起，父老兒男過了一起，然後命婦逐班而進，又是軍民妻女；過了本國，是他南柯進香，依樣文武吏民分班而哭；過了南柯，方纔各路各府差人以次而進。便是檀蘿國，也差官來進紫檀香一千二百斤。看他銀山帛海，好不富貴也。

【金落索】朱絲碧瑣牕，生帛連心帳。八尺金爐，日夜燒檀降。是人來進香，似同昌公主，哀榮不可當。敲殘玉磬歸天響，擺下鸞旌拂地長。偷凝望，可憐辜負好淳郎。據着他爲人兒紀綱，言詞兒棟梁，堪他永遠爲丞相。

〔老〕不論他爲人，則二十年中，我們王親貴族，那一家不生受他問安賀生慶節之禮？如今須得逐家還禮纔是。

【劉潑帽】南柯太守多情況，感年年禮節風光。〔小旦〕如今又做了頭廳相，〔貼〕須與他解悶澆惆悵。

〔老旦笑介〕瓊英姐，你要與他解悶，你我三人都是寡居，到要駙馬來做個解悶兒哩。〔小旦〕我是道情人哩，

【前腔】捹今生不看見男兒相，怕黏連到惹動情腸。〔老〕興到了也不由的你。〔合〕倘

三杯醉後能疎放，把主人見愛難謙讓。

〔老〕講定了，向後請駙馬，三人輪流取樂，不許偏背。

駙馬兼爲相，　　新來主喪亡。

既然連國戚，　　相愛不相妨。

第三十八齣　生恣

【懶畫眉】〔生冠帶引衆行上〕則爲紫鸞煙駕不同朝，便有萬片宫花總寂寥。可憐他金鈿秋盡鴈書遥，看朝衣淚點風前落，抵多少腸斷東風爲玉簫。〔衆〕稟老爺：到府了。〔生歎介〕我連下馬通忘記了。【集唐】這夾道踈槐出老根，金屋無人見淚痕。戚里舊知何駙馬，清晨猶爲到西園。俺淳于生，自公主亡後，孤悶悠悠。所喜君王國母寵愛轉深，入殿穿宫，言無不聽。以此權門貴戚，無不趨迎。樂以忘憂，夜而繼日。今日晚朝，看見宫娥命婦，齊整喧嘩，則不見俺的公主妻也。〔末〕報，報，報，有女官到。〔生〕快請。

【不是路】〔旦扮女官持書上〕蓮步輕蹺，翠插烏紗雙步摇。〔見介〕〔生〕因何報？多應娘娘懿旨下鸞霄。〔旦〕不是。洗塵勞，瓊英郡主和皇姑嫂，良夜裏開筵把駙馬邀。〔生喜介〕承尊召，等閒外客難輕造，即忙來到，即忙來到。

〔旦〕這等，青禽傳報去，駙馬一鞭來。〔下〕〔内響道介〕〔生〕許多時不見女人，使人形神枯槁。今夜女主同筵，可以一醉也。正是：遇飲酒時須飲酒，不風流處也風流。〔下〕

【鵲仙橋】〔貼引女官上〕懨懨睡損，無人偎傍，有客今宵臨況。〔老小旦上〕幾年不見俊兒郎，叨陪侍玉樓歡唱。

〔見介〕〔老〕日暮風吹，葉落依枝。丹心寸意，愁君未知。〔小旦〕今夜瓊英姐作主，與淳郎洗塵解悶，俺二人叨陪。客還未到，閒商量一會。聞的淳郎雅量，三人之量，誰可對付？〔貼〕靈芝嫂有量。〔老〕三人同灌醉了他耍子便了。〔丑上〕駙馬到。

【前腔】〔生上〕金鞭馬上，玉樓鶯裏，一片綵雲凝望。〔笑介〕聊拋舊恨展新眉，清夜紅顏索向。

〔拜介〕〔生〕【西江月】自別瓊英貴主，年年想像風姿。〔貼〕勞承駙馬費心期，今夜一杯塵洗。〔老〕每恨淳郎新寡，〔小旦〕可憐公主差池。〔生〕原來是上真仙子和靈芝，〔合〕且喜一家無二。〔生〕小生回朝，已蒙諸王親公禮相請，何勞專設此筵？〔貼〕駙馬不知，此筵有三意：一來洗遠歸之塵，二來賀拜相之喜，三來解孤悽之悶。前幾日爲衆王親國公占了貴客，俺三人商量，上真姑是道情人，靈芝夫人與妾雙寡，更無以次之人可以爲主，只得俺三人落後，輪班置酒相敬。今日妾身爲主，他二人相陪。〔生〕小生領愛了。〔貼〕内侍們看酒。〔内使女官持酒上〕駙馬多年騎五馬，客星今夜對三星。〔酒到〕〔貼衆把酒介〕

【解三酲犯】二十年有萬千情況，今日的重見淳郎。和你會真樓下同歡賞，依親故爲卿相，姊妹行家打做這一行。雖不是無端美豔妝，休嫌讓，捧金杯笑眼斟量。

【前腔】〔生把酒介〕則爲那漢宮春那人生打當，似咱這迤逗多嬌粉面郎。用盡心兒想①，瞑然沈睡倚紗窗，閒打忙小宮鴉把咱叫的情悒怏。羞帶酒懶添香，則這恨天長來暫借佳人錦瑟傍。無承望，酒盞兒擎着仔細端詳。

【前腔】②〔貼衆〕則道上秦樓多受享，則道上秦樓多受享③。恰咱風吹斷鳳管聲殘，怎得玉人無恙？今何世，此消詳，這是翠擁紅遮錦繡鄉。〔生背介〕盼豔嬌，燈下恍。則見笑歌成陣來來往往。顛倒爲甚不那色眼荒唐？

〔貼〕月上了，駙馬寬懷進酒。

【蠻兒犯】④〔貼衆〕半盞瓊漿，且自加懷巨量。〔貼背介〕聽他獨自温存，話兒挨挨好不情長。〔回介〕芳心一點，做了八眉相向，又蚤闌干月上。〔合〕畫堂中幾般清朗。

【前腔】⑤〔生〕幽情細講，對面何妨？演煞宮娥侍長。舊家姊妹儼成行，就月籠燈衫袖張。〔合前〕

【前腔】〔貼衆〕風摇翠幌，月轉迴廊，露滴宮槐葉響。好秋光風景不尋常，人帶幽姿花暗香。〔合前〕

【前腔】〔生〕把金釵夜訪，玉枕生涼，辜負年深興廣。三星照户顯殘妝，好不留人今夜長。〔合前〕

〔生睡介〕醉矣！〔貼〕早已安排紗廚枕帳了。〔生〕難道主人不陪？〔小旦〕怕没這樣規矩。〔老〕駙馬見愛，一同陪伴罷了。〔貼笑介〕這等，我三人魚貫而入。

【鵝鴨滿渡船】⑥〔衆〕怕争夫體勢忙，敬色心情嚷。蝶戲香，魚穿浪，逗的人多餉。則見香肌褪，望夫石都襯迭牀兒上。以後盡情隨歡暢，今宵⑦試做團圞相。

【尾聲】〔生〕滿牀嬌不下得梅紅帳，看姊妹花開向月光。〔合〕俺四人呵，做一個嘴兒休要講。

亂惹春嬌醉欲癡，三花一笑喜何其？
人人久旱逢甘雨，夜夜他鄉遇故知。

【校】

① 用盡心兒想，葉譜不叠，當從。 ② 【前腔】，葉譜作【鵝鴨滿渡船】。 ③ 「則道」句，此句不當叠。 ④ 【蠻兒犯】，葉譜作【赤馬兒】。 ⑤ 【前腔】，葉譜作【雙赤子】。 ⑥ 【鵝鴨滿渡船】，葉譜作【拗芝麻】。 ⑦ 宵，原誤作「霄」。

第三十九齣　象譴

【菊花新】〔右相上〕玉階秋影曙光遲，露冷青槐蔭御扉。低首整朝衣，咽不斷銅龍漏水。

我右相段功，同心共政，與我王立下這大槐安國土，正好規模。不料俺王招請揚州酒漢淳于棼爲駙馬，久任南柯，威名頗盛，下官每有樹大根摇之慮。且喜公主亡化，欽取回朝，卻又尊居左相，位在吾上。國母以愛壻之故，時時召入宫闈。但有請求，無不如意。這也不在話下。兼以南柯豐富，二十年間，但是王親貴戚，無不賂遺。因此昨日回朝之後，勢要勳戚，都與交歡。其勢如炎，其門如市。勳戚到也罷了，還有那瓊英郡主，靈芝夫人，連那上真仙姑，都輪流設宴。男女混淆，晝夜無度。果然感動上天，客星犯於牛女虚危之次。待要奏知此事，又恐疎不間親。打聽的昨日國中有人上書，倘然吾王問及，不免相機而言。老天，非是俺段功妬心，此乃社稷之憂也。吾王駕來，朝班伺候。

〔扮内臣傳呼擁王上〕

【前腔】根蟠國土勢崔嵬，朝罷千官滿路歸。一事俺心疑，甚槐安感動的白榆星氣。

〔右相參介〕右相武成侯段功叩頭，千歲千歲。〔王〕右相平身。卿可聞的國中有人上書否？〔右〕不知。〔王〕書上説的凶，他説：玄象謫見，國有大恐。都邑遷徙，宗廟崩壞。他説玄象，是何星象也？〔右〕正要奏知：有太史令奏，客星犯于牛女虚危之次。〔王〕那書中後面，又説：釁起他族，事在蕭墻。好令俺疑惑。〔右〕是。這國中别無他族了。便是他族，亦不近於蕭墻。大王試思之。〔王〕别無人了，則淳于駙馬，非我族類。〔右〕臣不敢言。〔王〕將有國家大變，右相豈得無言？〔右〕啓奏俺王：

【瑣窗郎】①客星占牛女虚危，正值乘槎客子歸。虚危主都邑宗廟之事，牛女值公主駙馬之星。近來駙馬貴盛無比，他雄藩久鎮，把中朝饋遺。豪門貴黨，日夜遊戲。〔王〕一至于此。〔右〕還有不可言之處，把皇親閨門無忌。〔合〕感天知，蕭墻釁起再有誰？〔淚介〕可憐故國遷移。

〔王惱介〕淳于棼自罷郡還朝，出入無度，賓從交遊，威福日盛。寡人意已疑憚之。今如右相所言，亂法如此，可惡！可惡！

【前腔】他平常僭侈堪疑，不道他宣淫任所爲。怪的穿朝度闕，出入無時。中宫寵壻，所言如意，把威福移山轉勢。罷了，非俺族類，其心必異。〔淚介〕〔合前〕

〔右跪介〕臣謹奏：語云，當斷不斷，反受其亂。駙馬事已至此，千歲作何處分？〔王〕聽旨：

【意不盡】且奪了淳于棼侍衛，禁隨朝只許他居私第。〔右〕依臣愚意，遣他還鄉爲是。〔王〕不消再説，少不的喚醒他癡迷還故里。〔王下〕

〔右歎介〕可矣，可矣。雖則淳于禁錮，奈國土有危？正是：

上天如圓蓋，　下地似棋局。
淳于夢中人，　安知榮與辱。

【校】

①【瑣牕郎】，葉譜以爲當作【瑣牕寒】。

第四十齣　疑懼

〔生素服愁容上〕太行之路能摧車，若比君心是坦途。黄河之水能覆舟，若比君心是安流。君不見大槐淳于尚主時，連柯並蔕作門楣。珊瑚葉上鴛鴦鳥，鳳凰窠裏鵷雛兒。葉碎柯殘坐消歇，寶鏡無光履聲絶。千歲紅顔何足論，一朝負譴辭丹闕。自家淳于棼，久爲國王貴壻，近因公主銷亡，辭郡而歸，同朝甚喜。不知半月之内，忽動天威，禁俺私室之中，絶其朝請。天呵！公主生天幾日，俺淳于入地無門。若止如此，已自憂能傷人；再有其他，咳，真個生爲寄客。天呵！淳于棼有何罪過也？

【勝如花】無明事可奈何？恰是今朝結果。不許俺侍從隨朝，又禁俺交遊宴賀，只教俺私家裏住坐。這其中紛然事多，這其間知他爲何？有甚差訛？一句分明道破，就裏好教人無那。莫非他疑俺在南柯？也並不曾壞了他的南柯。

不要説人，便是這老槐樹枝，生意已盡。樹猶如此，人何以堪。今日要再到南柯，不可得矣。罷了，罷了，向公主靈位前，俺打覺一會。公主呵！〔貼扮公子泣上〕

【金蕉葉】家那國那，兩下裏淚珠彈破。〔見生哭倒介〕原來俺爹爹在此打磨陀，冷清清獨對着俺親娘的靈座。

〔生泣介〕我兒，起來，起來。〔長相思〕有來由，没來由。不許隨朝不許遊，要禁人白頭。〔貼〕好干休，惡干休。偷向椿庭暗淚流，亡萱相對愁。〔生〕兒，前日父子朝見，國王悲喜不勝。半月之間，便成此釁，卻是因何？〔貼〕天大是非，爹爹還不知？〔生〕你兄弟俱在宫中，俺親朋禁止來往，教俺何處打聽？〔貼〕爹呵，這等，細細聽兒報稟：

【三换頭】無根禍芽，半天抛下。客星一夜，犯虚危漢槎。〔生〕國主何從得知？〔貼〕有國人上書，説玄象謫見，國有大恐。都邑遷徙，宗廟崩壞。〔生〕這等凶，卻何干俺事？〔貼〕他書後明説着，釁生他族，變起蕭墻。〔生〕是那一個國人，這等膽大？便是他族，何知是俺？〔貼〕右相段功就中讒譖了，説虚危者，宗廟也；客星犯牛女者，宫闈事也。〔生〕牛女，只俺和你母親就是了。〔貼泣介〕他全不指着母親。〔生〕再有誰？〔貼〕説瓊芝新寡，三杯後有甚麽風流話靶。〔生〕呀，段君何讒人至此！〔貼〕國王甚惱，説駙馬弄權結黨，不可容矣。〔生〕國母怎生勸解？〔貼〕説到蕭墻話，中宫怎勸他？〔生〕兒，不怨國人，不怨右相，則怨天。天，你好好的要見那客星怎的？〔貼〕那星宿冤家，着甚胡纏害我的爹？

【前腔】〔生〕流言亂加，君王明察。親兒駙馬，偏然客星是他。總來被你母親看着了。他病危之時，叫俺回朝謹慎，怕人情不同了。今日果中其言。〔泣介〕你娘親曾話，到如今少不得埋怨自家。瘦盡風流樣，腰圍帶眼差。〔貼〕爹爹，「风流」二字再也休題。〔合〕説甚繁華，泣向金枝恨落花。

【入賺】〔紫衣官上〕走馬東華，來到淳于駙馬家。〔生〕堪驚詫，他陡從官裏來寒舍，有何宣達？〔紫〕令旨隨朝下，時來宣召咱。〔生對貼慌介〕猛然心裏動，敢有甚吉凶話？〔紫〕俺看見天顏喜洽，多則是中宮記掛，這幾日不曾行踏。〔生〕急切裏難求卦，是中宮可的無他？〔紫〕驚心怎麽？你須是當今駙馬。〔生〕紫衣官，這是右相呵，他弄威權要把江山霸，甚醉漢淳郎，獨當了星變考察。〔貼〕爹爹，且暫時瘖啞，恁般時有的傷他。〔紫辭介〕你斟量回答，俺紫衣人先去也。〔下〕

〔生〕兒，此去如何？〔貼〕或是好意，亦未可知？〔響道介〕

夫子常獨立，　鯉趨而過庭。
一聞君命召，　不俟駕而行。

第四十一齣　遣生

【金鷄叫】〔王引内使上〕王氣餘霄漢，傷心玄象，爲誰凌亂？〔老上〕非關女死郎情斷，〔歎介〕意外包彈，就中離間。

〔見介〕〔老〕大王千歲。〔王〕梓童免禮。〔老〕①【鷓鴣天】千歲，默坐長秋心暗焦，這些時宫闈不見粉郎朝。〔王笑介〕你不知，他憑依貴勢干天象，俺處置他空房入地牢。〔老泣介〕原來這等了。天呵，則説他能笑散，美遊遨。怎知他於家爲國苦無聊？〔王惱介〕笑你區區兒女尋常事，敗壞王基悔怎消。〔老〕千歲，一個女壻，怎麽會敗了你王基？〔王〕你深宫不知。有國人上書，星象告變，社稷崩移。禍起蕭墻，釁生他族。他族不是他再有誰？〔老〕難道駙馬會占了你江山麽？〔王〕你怎知？小小江山，也全虧一個「法」字，他壞法多端哩。〔老〕他不過噇些酒兒。〔王〕噇些酒兒？連瓊英姪兒、靈芝、上真，都着他噇去了。〔老〕誰見來？〔王惱介〕你要他亂了宫，纔爲證見麽？今日設酒，遣他回去。你把那些外孫收養了，不許多言。〔老旦泣介〕老天呵，不看女兒一面？〔報介〕駙馬午門外朝見。〔王〕傳旨：着他進來。〔内擂鼓介〕〔生朝衣上〕

【逍遥樂】款曲趨朝重見，宫庭盈淚眼，〔歎介〕盼朱衣只在殿中間。恨遠芳容，驚承嚴譴，暗恃慈顔。

一日不朝，其間容刀。我戰兢兢行到宮門之内，禮當俯伏吞聲。〔見介〕罪臣駙馬都尉左丞相淳于棼叩頭，俺王國母千歲千千歲。〔内使〕請駙馬平身，上殿。〔生應「千歲」起躬介〕〔王〕寡人偶以煩言，因而簡禮。諒之，諒之。〔老看生哭介〕呀，駙馬，何瘦之甚也？〔生躬介〕是。臣蒙天譴，幽臣私室。自思以公主之助，守郡多年，曾無敗政。流言怨悖，委實傷心。〔王〕已設有酒，爲卿排悶。〔末持酒上〕冷落杯中蟻，孤悽鏡裏鸞。酒到。〔王〕今日之酒，親把一杯。

【皂羅袍】堪歎吾家貴坦，記關南餞別，對影鳴鑾。〔生跪飲介〕〔王〕再斟酒。〔生跪飲介〕〔老〕内侍，連斟駙馬數杯。止因淑女便摧殘，看承君子多疎慢。〔生叩頭起介〕臣飲過三爵，心愁萬端。客星何處？天恩見寬。〔合〕〔王〕② 風光頃刻堪腸斷。

〔生背介〕怎説到風光頃刻堪腸斷？〔王〕駙馬沈吟，知吾意乎？幸託姻親，二十餘年。不幸小女夭化，不得與君偕老，良用痛傷。〔生〕公主仙逝，有臣在此，可以少奉寒温。〔王〕這不消説了。則是卿離家多時，亦須暫歸本里，一見親族。〔生〕此乃臣之家矣，更歸何處？〔王笑介〕卿本人間，家非在此。〔生作昏立不語介〕〔老〕淳郎忽若昏睡懵然矣。〔生作醒介〕呀，是了。俺家在人間，因何在此？〔放聲大哭介〕哎喲，臣忽思家，寸心如割，不能久侍大王國母矣。〔王〕叫紫衣官送淳郎起程。〔生〕外孫三四，俱在宮中，還請一見。〔王〕諸孫留此，中宮自能撫育，無以爲念。〔生哭介〕這等苦煞俺也！〔老〕不用苦傷，但要淳郎留意，便有相見之期。〔生拜介〕拜辭了。

【前腔】忽憶鄉園在眼，向迷中發悟，有淚闌珊。〔王〕因風好去到人間，三杯酒盡

笙歌散。〔老泣介〕駙馬，你真個去也呵，歸心頓起，攀留大難。幾年恩愛，你將如等閒。〔合前〕

【意不盡】〔生〕③向尊前流涕錦衣還，二十載恩光無限。〔王老〕淳郎，淳郎，則怕俺宗廟崩移你長在眼。〔下〕

酒盡難留客，葉落自歸山。
惟餘離別淚，相送到人間。

【校】

①〔老〕，臆補。　②〔王〕，臆補。　③〔生〕，臆補。

第四十二齣　尋寤

〔二紫衣上〕事不三思，終有後悔。我大槐安國王生下公主，當初只在本國中招選駙馬便了，卻去人間請了個淳于棼來尚主。出守南柯大郡，富貴二十餘年。公主薨逝，拜相還朝，專權亂政，謫見于天。國主憂疑，着我二人，仍以牛車一乘，送他回去。〔笑介〕淳于棼，淳于棼，好不顂氣也！正是：王門一閉深如海，從此蕭郎是路人。〔生朝衣上〕忽悟家何在，潸然淚滿衣。舊恩拋未得，腸斷故鄉歸。我淳于棼，暫爾思家，恩還晝錦。思妻戀闕，能不依依！〔泣介〕〔見紫衣介〕〔生〕請了。便是二十年前迎取我的紫衣官麽？〔紫懶應介〕〔生〕想車馬都在宮門之外了。〔紫〕着。〔行介〕

【繡帶兒】纔提醒趁着這綠暗紅稀出鳳城，出了朝門，心中猛然自驚。我左右之人都在那裏？前面一輛禿牛單車，豈是我乘坐的？咳，怎親隨一個都無？又怎生有這陋劣車乘？難明。想起來，我去後可能再到這朝門之下，向宮庭回首無限情。公主妻呵，忍不住宮袍淚迸。看來我今日乘坐的車兒，便只是這等了，待我再遲回幾步。呀，便是這座金字城樓了。怎軍民人等見我都不站起？咳，還鄉定出了這一座大城，宛是我，昔年東來之逕。①

少不得更衣上車而行了。〔更衣介〕【長相思】着朝衣，解朝衣，故衣猶在御香微。回頭宮殿低。

意遲遲，步遲遲，腸斷恩私雙淚垂。〔歎介〕回朝知幾時？〔紫〕上車快走。〔紫隨意行走，做不畏生，打歌介〕一個呆子呆又呆，大窟弄裏去不去，小窟弄裏來不來。你道呆不子也呆？〔鞭牛走介〕畜生不走。〔生〕便緩行些麽。

【前腔】消停，看山川依然舊景，爭些兒舊日人情。〔紫衣急鞭牛走介〕〔生惱介〕看這使者甚無威勢，真可爲快快如也。〔紫鞭牛走介〕〔生〕紫衣官，我且問你：廣陵郡何時可到？〔紫不應，笑歌走介〕〔生惱介〕咳，我好問他，他則不應。難道我再没有回朝之日了？便不然，謝恩本也寫上得幾句哩。〔紫笑介〕〔生〕他那裏死氣淘聲，怎知我心急摇旌？銷凝。也則索小心再問他，紫衣官，廣陵郡幾時可到？〔紫〕霎時到了。〔鞭牛走介〕〔生望介〕呀，像是廣陵城了。渺茫中遥望見江外影，這穴道也是我前來路徑。〔又走介〕呀，便是我家門巷了。〔泣介〕還傒倖依然户庭，淚傷心，怎這般呵夕陽人静？

〔紫〕到門了，下車。〔生下車入門介〕〔紫〕升階。〔生升階介〕〔望見榻作驚介〕不要近前，我怕也。〔紫高叫介〕淳于棼！〔叫三次生不應〕〔紫推生就榻〕〔生仍前作睡介〕〔紫〕槐國人何在？淳郎快醒來。我們去也。〔急下〕〔生驚介〕〔醒，做聲介〕使者，使者。〔丑持酒上〕甚麽使者？則我山鷓。〔溜沙上〕淳于兄醒了，我二人正洗上脚來。〔生〕日色到那裏。〔丑〕日西哩。〔生〕窗兒下甚麽子？〔溜〕餘酒尚温。〔生〕呀，斜日未隱於西垣，餘樽尚湛於東牖。我夢中倏忽，如度一世矣。〔溜沙〕做甚夢來？〔生作想介〕取杯熱茶來。〔丑取茶上介〕〔生〕再用茶，待我醒一醒。〔丑又取茶上介〕〔生飲介〕呀，溜兄，沙兄，好不富貴的所在也。我的公主妻呵！〔丑〕甚麽公主妻？你不做了駙馬？〔生〕是做了駙馬。〔溜〕那一朝裏駙馬？〔生〕這話長，扶我起來講。〔溜沙扶起生介〕你們都不曾見那使者穿紫的？〔沙〕我三人並不曾見。〔生〕奇怪，奇怪，聽我講來：

【宜春令】堂東廡，睡正清，有幾個紫衣人軒車叩迎。你説從那裏去？槐根窟裏，有個大槐安國主女娉婷。那公主小名，我還記得，唤做瑶芳，招我爲駙馬。曾侍獵於國西靈龜山。〔丑〕後來怎的？〔生〕這國之南，有個南柯郡，槐安國主把我做了二十年南柯太守。〔溜沙〕享用哩。後來呢？〔生〕公主養了二男二女，不料爲檀蘿小賊驚恐，一病而亡，歸葬于國東蟠龍岡上。〔丑哭介〕哎也，可憐，可憐，我的院主！〔生〕獵龜山他爲防備守檀蘿，葬龍岡我悽惶煞了鸞鏡。〔沙〕後來呢？〔生〕自公主亡化，雖則回朝拜相，人情不同了。勢難行，我情願乞還鄉境。

那國王國母見我思歸無奈，許我暫回。適纔送我的使者二人，他都是紫衣一品。〔丑〕哎呀，不曾待的他茶哩。〔生〕二兄，你道這是怎的？〔溜〕不知呢。〔沙〕我也不知。〔生〕怎生槐穴裏去？〔溜沙〕敢是老槐成精了？

【前腔】花狐媚，木客精，山鷓兒，備鍬鋤看槐根影形。〔丑取鍬上介〕東人，東人，你常在這大槐樹下醉了睡，着手了。〔生〕也説得是，且同你瞧去。〔行瞧介〕〔溜〕這槐樹下不是個大窟櫳？〔掘介〕有蟻，有蟻，尋原洞穴，怎只見樹皮中有蟻穿成路逕？〔溜〕向高頭鍬了去。〔衆驚介〕呀，你看穴之兩傍，廣可一丈。這穴中也一丈有餘，洞然明朗。〔沙〕原來樹根之上，堆積土壤，但是一層城郭，便起一層樓臺。奇哉，奇哉。〔丑驚介〕哎也，有蟻兒數斛，隱聚其中，怕人，怕人。〔生〕不要驚他。嵌空中樓郭層城，怎中央有絳臺深迴？〔沙〕這臺子土色是紅些。〔覰介〕單這兩個大蟻兒並着在此，你看他素翼紅冠，長可三寸，有數十大蟻左右輔從，餘蟻不敢相近。〔生歎介〕想是槐安國王宫殿了。〔溜〕這兩個蟻蛘便是令岳丈岳母哩。〔生泣介〕好關情，也受盡了兩人恭敬。

貴治了。

〔溜〕再南上掘去。呀，你看南枝之上，可寬四丈有餘，也像土城一般，上面也有小樓子，群蟻穴處其中。呀，見了淳于兄來，都一個個有舉頭相向的，又有點頭俯伏的，得非所云南柯郡乎？〔沙〕是

【前腔】南枝偃，好路平，小重樓多則是南柯郡城。〔生〕像是了。〔歎介〕我在此二十年太守，好不費心，誰道則是些螻蟻百姓？便是他們記下有七千二百條德政碑、生祠記，通不見了，只這長亭路一道沙堤還在。有何德政？也虧他二十載赤子們相支應。〔丑〕西頭掘將去。〔沙〕呀，西去二丈，一穴外高中空，看是何物？〔覰介〕原來是敗龜板，其大如斗。積雨之後，蔓草叢生。既在槐西，得非所獵靈龜山乎？〔生〕是了，是了，可惜田秀才一篇龜山大獵賦，好文章埋没龜亭，空殼落做他形勝。〔沙〕掘向東去丈餘，又有一穴，古根盤曲，似龍形，莫不是你葬金枝蟠龍岡影？

〔生細看哭介〕是了，你看中有蟻塚尺餘，是吾妻也。我的公主呵！

【前腔】人如見，淚似傾，叫芳卿恨不同棺共塋。爲國主臨②併，受淒涼叫不的你芳名應。二兒，我當初葬公主時，爲些小兒女，與右相段君争辯風水。他説此中怕有風蟻，我硬説縱然

蟻聚何妨。如今看來，蟻子到是有的了。爭風水有甚蟠龍？公主曾説來，他説爲我把螻蟻前驅真正。〔内風起介〕〔丑〕好大風雨來了，這一科蟻子都壞了他罷。〔生慌介〕莫傷情，再爲他繞門兒把宫槐遮定。

〔蓋介〕〔丑〕蓋好了，躲雨去。〔衆〕不自逃龍雨，因誰爲蟻封？〔下〕〔内叫介〕雨住了。〔丑上笑介〕好笑，好笑，孩兒天，快雨快晴。〔瞧介〕哎呀，相公快來！〔生溜沙急上〕〔丑〕你看這些蟻穴，都不知那裏去了？〔衆驚介〕真個靈聖哩。〔生〕也是前定了。他國中先有星變流言，國有大恐，都邑遷徙，此其驗乎？

【太師引】一星星，有的多靈聖，也是他不合招邀我客星。〔沙〕可知道滄海桑田，也則爲漏洩了春光武陵？〔生〕步影尋蹤，皆如所夢。還有檀蘿塹江一事可疑。〔丑想介〕有了，有了，宅東長塹古溪之上，有紫檀一株，藤蘿纏擁，不見天日。我長在那裏歇晝，見有大群赤蟻往來，想是此物。〔生〕着了，此所謂全蘿道赤剥軍也。但些小精靈能厮挺，險氣煞周郎殘命。〔溜〕那個周郎？〔生〕是周弁爲將，他和田子華都在南柯哩。〔丑〕有這等事！〔生〕連老老爺都討得他平安書來，約丁丑年和我相見。〔溜〕今年太歲丁丑了。〔生〕這是怎的？可疑，可疑。胡厮踁，和亡人住程，怕不是我身厢有甚麽纏魂不定？

〔沙〕亡人的事，要問個明眼禪師。〔丑〕有，有，有，剛纔一個和尚在門首躲雨。〔生〕快請來。〔丑出請介〕〔扮小僧上〕

【前腔】行脚僧，誰見請？〔見介〕原來是淳于君有何事情？〔生〕師兄從何而來？〔僧〕我從六合縣來。〔生〕正要相問：六合縣有個文士田子華，武舉周弁，二人可會他？〔僧〕是有此二人，平生至交，同日無病而死。〔生驚介〕這等，一發詫異了。〔僧〕這中庭槐樹，掘倒因何？〔生〕小生正待請教。這槐穴中有蟻數斛，小生晝卧東廊，只見此中有紫衣人相請小生，去爲國王眷屬。一混二十餘年，醒來一夢，中間有他周、田二人在内。今聞師兄言説，知是他死後遊魂，這也罷了。卻又得先府君一書，約今丁丑年相見。小子十分憂疑，敢有甚嫌三怕九？恰今年遇丑逢丁。〔僧〕這等恰好，契玄本師擇日廣做水陸道場，你何不寫下一疏，敬向無遮會上問此情緣。老師父呵，破空虛照映一切影，把公案及期參證。〔生揖介〕承師命，似盂蘭聽經，又感動我竹枝殘興。

〔僧〕這功德不比盂蘭小會，要清齋閉關，七七四十九日。一日一夜，念佛三萬六千聲。到期燃指爲香，寫成一疏，七日七夜，哀禱佛前，纔有些兒影響。〔生〕領教。則未審禪師能將大槐安國土眷屬，普度生天？〔僧〕使得。

【尾聲】〔生〕儘吾生有盡供無盡，但普度的無情似有情，我待把割不斷的無明向契玄禪師位下請。

空色色非空，還誰天眼通？

移將竹林寺，　度卻大槐宫。

【校】

①「還鄉定」三句，原誤作小字白文。　②臨，疑當作「凌」。

第四十三齣　轉情

【浪淘沙】〔僧持旛上〕頂禮大南無，擊鼓吹螺，天歌梵放了緊那羅。晝夜燈旛長續命，照滿娑婆。〔僧持磬上〕

【前腔】人在欲天多，怕煞閻羅。新生天裏有愁麽？次第風輪都壞卻，甚麽娑婆？〔生捧香爐上〕

【前腔】弟子有絲蘿，曾出守南柯。光音天裏事如何？但是有情那盡得？年少也娑婆。

〔生放香爐禮佛介〕〔合掌向衆介〕弟子稽首。〔衆〕一切衆生，頂禮如來威光，憑仗禪師法力。有精心的檀越，戒行的沙彌。唄讚者百千萬人，海潮音如雷震沸；拜祈者四十九日，河沙淚似雨滂沱。果然無礙無遮，必當有誠有感。只待法師慧劍遥指，務令衆生以次生天。〔生稽首介〕凡諸有情，普同慈願。〔净扮契玄老僧威容上〕

北仙吕【點絳脣】奏發科宣，諸天燦爛，琉璃殿。夢境因緣，佛境裏參承遍。

〔生向净稽首介〕弟子淳于棼稽首。〔衆稽首介〕〔净〕老僧修行到九十一歲，纔做下這壇水陸無邊道場。也虧了先生們虔心，齋了七七四十九日，拜了這七日七夜。這幾夜河路廣破暗之燈，餤①口飽清涼之食。虔求懇至，誓願弘通。今夜道場告終，先生可有甚祈請？替你鋪宣。〔生〕小生第一要看見父親生天，第二要見瑤芳妻子生天，第三願儘槐安一國普度生天。〔浄〕好大願心。你可便燃指爲香，替你鋪陳情疏。倘有奇驗，以報虔誠。〔衆發擂吹介〕〔生膜拜三拜介〕

【混江龍】〔浄〕這淮南卑賤，淳于棼撲地禮諸天。〔生燒指介〕〔浄〕則他恨不的皮剞燭點，則這些指頂香燃。爲他久亡過的老椿堂葬朔邊，和他新眷屬大槐宫變了桑田。他老親呵魚鴈信，暗寄與九重泉。他眷屬呵怎螻蟻情，顯豁在三摩殿？仗福力如來立地，和他度情緣一衆生天。

祈請已過，待我楊枝灑水，布散香花。〔浄衆楊枝灑水介〕

【油葫蘆】我待手灑楊枝有千百轉，洗塵心把甘露顯。〔散花介〕香風臺殿雨花天，人天玉女持花獻。花光水色如空旋，仗如來水月觀，把世界花開現。水珠兒撒地蟲兒嚥，紇哩子吐紅蓮。

〔浄〕多時分了？〔衆〕月待中哩。〔浄〕大衆一路行香，繞此天壇之下。則老僧與先生登于壇上，看望諸天中有甚麽景像也？〔衆應介〕〔浄〕欲窮他化路，須待浄居天。〔同生下〕〔内鼓吹唱介〕〔衆〕散花林，花氣深。如來佛，觀世音。諸天眼，衆生心。三明度，九幽沈。〔衆下〕②〔浄持劍引生上介〕

【天下樂】呀，蹬上了天壇月正圓，天也麽天，真乃是七寶懸，閃星光高寒露氣鮮。〔生〕這天壇之上，怎生帶寶劍來？〔净〕這劍呵，壞天風幾劫緣，斷天魔即世纏，恰纔個步天罡今夜演。

〔生歎介〕小生最苦是我父親，許下丁丑年相見，則除是今夜生天相見也。

【那吒令】〔净〕待見呵不怕幾重泉，則要你孝意堅；不怕幾重天，則要你敬意虔；不怕幾重緣，則要你道意專。這點心黑鑽鑽地孔穿，明晃晃天壇現，敢盼着你老爺爺月下星前。

〔生問介〕老爺兒罷了，螻蟻怎生變了人？〔净〕他自有他的因果，這是改頭換面。〔生〕小生青天白日，被蟲蟻扯去作眷屬，卻是因何？〔净〕彼諸有情，皆由一點情，暗增上騃癡受生邊處。先生情障，以致如斯。〔生〕幾曾與蟲蟻有情來？〔净〕先生記的孝感寺聽法之時，我說先生爲何帶眷屬而來？當有二女持獻寶釵金盒，即其人也。

【寄生草】則爲情邊見，生身兒住一邊。你靈蟲到住了蟲宮院，那騃蟲到做了人宅眷，甚微蟲引到的禪州縣。但是他小蟲蟲湊着好姻緣，難道老天天不與人行方便。

〔生〕咳，小生全不知他是螻蟻，大師怎生不早道破也？〔净〕我分明叫白鸚哥說來：蟻子轉身。你硬認是女子轉身。〔生〕是小生曾聽來。〔净〕便是你問三聲煩惱，我將半偈暗藏春色：頭一句，秋槐落盡空宫裏，可不是槐安國？第二句，只因棲隱戀喬柯，是你因妻子得這南柯也；第三句，惟有夢魂南去日，故鄉山水路依稀。此是夢醒時節，依然故鄉也。〔生〕小生是曾沈吟這話來。〔净背介〕便待指與他，諸色皆空，萬法惟識。他猶然未醒，怎能信及？待再幻一個景兒，要他親疏眷屬生天之時，一一顯現，等他再起一個情障，苦惱之際，我一劍分開。收了此人爲佛門弟子，亦不枉也。〔回介〕淳于生，當初留情，不知他是蟻子。如今知道了，還有情于他麽？〔生〕識破了又討甚情來？〔净笑介〕你道没有情，怎生又要他生天？呀，金光一道，天門開了。〔生看驚介〕是也。

【幺③】〔净〕一道光如電，知他是那界的天？莫非是寶城開看見天宫院，寶樓開放入天宅眷，寶雲開散作天州縣？〔生〕呀，天上甚麽聲響？〔内風起介〕知他世界幾由延，卻怎生風聲響處星河變？

〔内作奏樂報介〕忉利天門開。〔又報介〕檀蘿國螻蟻三萬四千户生天。〔净作驚介〕是忉利天門報聲，檀蘿國螻蟻三萬四千户生天。你看紛紛如雨上去了也。〔生〕哎，檀蘿國是我之冤仇，我這一壇功德，顛倒替他生天，怎了？怎了？〔净笑介〕

【賺煞】則你有那答裏冤，這答裏緣，那蠢諸天他有何分辯？〔生〕檀蘿殺了南柯多少人馬？多少業報？〔净〕恁蟲豸兒殺害是前生怨，但回頭也普地生天。〔生哭介〕則要見我的親爺，我的公主妻也。〔净〕跟我下了天壇，向三十三諸天位下，再燒一個指頂何如？〔生〕疼也！〔净〕哎，打捱着指輪圓，爲滿門良賤，點肉香心火透諸天。等一個星兒轉，步天壇你再看天面。

那時節敢爺兒相見，重會玉天仙。〔净扯生下介〕〔衆上鼓吹唱前「散花林」云云下〕

【校】

①餤，原誤作「熆」，當改。

②〔衆下〕，臆補。

③幺，原誤作「麽」。

第四十四齣　情盡

〔生作指疼上〕哎也！焚燒十指連心痛，圖得三生見面圓。小生雖是將種，皮毛上着不得個砲火星兒。今爲無邊功德，燒了一個大指頂，到度了檀蘿生天。如今老法師引我三十三天位下，又燒了這一個大指頂，重上天壇，專候我爹爹公主生天也。〔内風起〕〔生驚介〕天門開了。〔望介〕又在説天話了。〔内報介〕大槐安國軍民螻蟻五萬户口同時生天。〔生喜介〕好了，好了，分明説大槐安國軍民螻蟻五萬户口生天，咱南柯百姓都在了。則不見爹爹和公主的影響，苦了這壇功德也。

【香柳娘】謝諸天可憐，謝諸天可憐，則我爺兒不見，又朦朧隔着多嬌面。展天壇近天，展天壇近天，〔拜介〕拜的我心虔，有靈須活現。盼雲端悄然，盼雲端悄然，好了，好了，那北上有雲煙，似前靈變。

呀，天門又開了。〔内風起介〕〔外扮老將上〕淳于棼我兒，你父親來了。〔生跪哭介〕是我的爹。

【前腔】〔外〕歎遊魂幾年，歎遊魂幾年，你孝心平善，果然丁丑重相面。〔生〕爹爹，兒子生不能事，死不能葬，罔極之罪也。母親同來麽？〔外〕你母親久生人世了。則我墳塋蟻穿，我墳塋蟻穿，卻得這因緣，爺兒巧方便。我去也。〔生哭介〕爹爹那裏去？〔合〕喜超生在天，喜超生在天，兩下修行，和你人天重見。

〔生哭介〕親爹，你也下來，待兒子摩你一摩兒。

【前腔】痛親爹幾年，痛親爹幾年，夢魂長見，那些兒孝意頻追薦。〔外〕我都鑒受了。我兒，你今後作何生活？〔生〕依然投軍拜將。〔外〕快不要做他，犯了殺戒。再休題將權，再休題將權，我爲將玉皇邊，還怕修羅有征戰。天程有限，我去也。〔合前〕〔外下〕

〔生哭介〕〔右相周田三人如前扮上〕淳于公請起，休得苦傷。〔生起望介〕原來是段相國，周、田二君。〔衆〕是也。〔生〕右相一向讒間小生，卻是爲何？〔右笑介〕淳于公，蟠龍岡風水在那裏？〔周〕淳于公，我被你氣死也。〔生〕我廿載威名，都被你所損哩。〔田〕則我田子華，始終得老堂尊培植。〔右笑介〕這恩怨都罷了，如今則感淳于公發這大願，我們生天。

【前腔】〔右衆〕是同朝幾年，是同朝幾年，苦留恩怨，也只似南柯功德和那檀蘿戰。弄精靈鬼纏，弄精靈鬼纏，識破枉徒然，有何善非善？〔内鼓吹介〕〔衆〕請了，國王國母將到。〔合前〕〔右衆下〕①

〔生〕是國王國母模樣也。〔跪迎介〕〔王同老旦衆掌扇擁上〕

【前腔】立江山幾年，立江山幾年。〔見介〕〔生〕前大槐安國左丞相駙馬都尉臣淳于棼叩頭迎駕。〔王〕淳郎，淳郎，生受你了。〔老旦〕淳郎，別時曾說來：你若垂情，自有相見之期。那些外孫子通跑上天去了，你可見？〔生〕不曾見哩。〔老旦〕都做天男天女了。咱一門良賤，爲天眷屬非魔眷。〔生〕敢問此去生天，比大槐宮何如？〔王〕去三千大千，去三千大千，不似小千般，如沙細宮殿。淳郎，我去也。公主和宫眷們後面來。〔合前〕〔王老下〕②

〔生叩頭送起介〕公主將到，小生竦身以俟。算來二十載南柯，許多恩愛。〔望介〕還不見，怎的？〔又望介〕雲頭上幾個宮娥綵女來也。〔小旦道扮同老旦貼上〕

【前腔】誤煙花幾年，誤煙花幾年，寂寥宮院。〔生〕又不是公主，是上真仙姑、靈芝夫人和瓊英姐。〔老衆笑介〕那淳于郎子風流面。〔見介〕〔生〕三位天仙請了。〔老旦歎介〕淳郎，淳郎，我四個人滚的正好，被那個國人的狗才，打斷了我們的恩愛。〔生〕那裏是國人，便是那不知趣的右丞相。〔小旦〕如今這話休題了。〔生〕三位天仙下來，我有話講哩。〔貼〕我們是天身了，怎下的來？〔老〕便下的來，你人身臭，也不中用。最人身可憐，最人身可憐，我天上有好因緣，你癡人怎相纏。〔貼〕去也，公主來了。〔合前〕〔下〕

〔内風起介〕〔生〕這陣風好不香哩。〔聽介〕你聽雲霄隱隱環珮之聲，的是公主到也。〔拱望三次還歎，風起介〕〔旦扮公主上〕

北【新水令】則那睡龍山高處綵鸞飛，這又是一程天地。金蓮雲上踹，寶扇月中移，輾破琉璃，我這裏順天風響霞帔。

〔生哭介〕兀那天上走動的，莫非是我妻瑶芳公主麽？〔旦〕是我淳郎夫也。久別夫君，奴在這雲端稽首了。我爲妻不了誤夫君，〔生〕廿載南柯恩愛分。〔旦〕今夕相逢多少恨？〔合〕萬層心事一層雲。

〔生叩頭介〕公主，感恩不盡了。你去後我受多少磨折，你可不知。〔旦〕都知道了。

南【步步嬌】〔生〕受不盡百千段東君氣，和你二十載南柯裏，無端兩拆離。則一答龍岡，到把天重會。恰些時弄影綵雲西，還只似瑶臺立着多嬌媚。

〔生〕公主妻呵，快下來，有話説。〔旦〕我下不來。〔生〕怎下不來也？妻。

北【折桂令】〔旦〕我如今乘坐的是雲車，走的是雲程，站的是雲堆。則和你雲影相窺，雲頭打話，把雲意相陪。〔生〕自公主去後，我好不長夜孤悽！〔旦〕你孤悽麽？可知你一生奇遇，虧了那三女争夫，我臨終數語因誰？〔生〕知罪了！公主，也則是一時無奈，結個乾姊妹兒。〔旦〕你則知道一霎時酒肉上朋情姊妹，蚤忘了二十載花頭下兒女夫妻。

〔生〕你如今做了天仙，想這些小事都也不在懷了。則是我常想你的恩情不盡，還要與你重做夫妻。

南【江兒水】我日夜情如醉，相思再不衰。公主，我怕你生天可去重尋配？你升天可帶我重爲贅？你歸天可到這重相會？三件事你端詳傳示。〔哭介〕你便不然呵，有甚麽天上希奇，也弔下咱人間爲記。

〔旦〕淳郎，你既有此心，我則在忉利天依舊等你爲夫，則要你加意修行。〔生〕天上夫妻交會，可似人間？〔旦〕忉利天夫妻就是人間，則是空來，並無雲雨。若到以上幾層天去，那夫妻都不交體了，情起之時，或是抱一抱兒，或笑一笑兒，或嗅一嗅兒。夫呵，此外便只是離恨天了。〔歎介〕天呵，

北【雁兒落帶得勝令】但和你蓮花鬚坐一回，恰便似綫穿珠滚盤内。便做到色界天和你調笑咦，則休把離恨天胡亂踹。〔生〕看了芳卿在雲端，就是嫦娥。〔旦〕你不知，嫦娥，也就是人間常蟻，化作蛾兒，飛上天去。則他在桂樹下，奴家在大槐宫，都一般宫苑不低微。你登科向大槐，比應舉攀丹桂，都一樣上天梯。〔歎介〕你便宜，見天女無迴避。傷悲，怎的俺這俏雲頭漸漸低？

〔旦做墜下〕〔生抱介〕〔旦〕呀，怎的弔下來？〔生〕我的妻呵。〔旦〕人天氣候不同，靠遠些兒也，哥。〔生〕你怎生叫我哥？〔旦〕你也曾在此寺中，叫我一聲妹子。〔生想介〕是曾叫來。〔旦〕你前説要個表記兒，這觀音座下所供金鳳釵小犀盒兒，此非淳郎一見留情之物乎？〔生想介〕是也。〔旦稽首佛前，取金釵玉盒與生接介〕淳郎，淳郎，記取犀盒金釵，我去也。〔生接釵盒，扯旦跪，哭介〕

南【僥僥令】我入地裏還尋覓，你升天肯放伊？我扯着你留仙裙帶兒拖到裏，少不得蟻上天時我則央及蟻。

〔旦〕你還上不的天也，我的夫呵。〔生〕我定要跟你上天。〔生旦扯哭介〕〔净猛持劍上，砍開，唱呀字後，旦急下〕〔生駭，跌倒介〕

北【收③江南】呀，你則道拔地生天是你的妻，猛擡頭在那裏？你説識破他是螻蟻，那

討情來？怎生又是這般纏戀？〔歎介〕你掙着眼大槐宫裏睡多時，紙撚兒還不曾打噴嚏。你癡也麽癡，你則看犀合内金釵怎的提？

〔生醒起看介〕呀，金釵是槐枝，小盒是槐筴子。啐，要他何用？〔擲棄釵盒介〕我淳于棼這纔是醒了。人間君臣眷屬，螻蟻何殊？一切苦樂興衰，南柯無二。等爲夢境，何處生天？小生一向癡迷也。

南【園林好】咱爲人被蟲蟻兒面欺，一點情千場影戲，做的來無明無記。都則是起處起，教何處立因依？

〔净〕你待怎的？〔生〕我待怎的？求衆生身不可得，求天身不可得，便是求佛身也不可得，一切皆空了。〔净喝住介〕空個甚麽？〔生拍手笑介〕〔合掌立定不語介〕

北【沽美酒帶太平令】〔净〕衆生佛無自體，一切相不真實，〔指生介〕馬蟻兒倒是你善知識。你夢醒遲，斷送人生三不歸。可爲甚斬眼兒還則癡？有甚的金釵槐葉兒？誰教你孔兒中做下得家資？横枝兒上立些形勢？早則白鸚哥洩漏天機，從今把夢蝴蝶掐了羽翅。我呵，也是三生遇奇。還了他當元時塔錐，有這些生天蟻兒。呀，要你衆生們看見了普世間因緣如是。

〔衆香旛樂器上〕〔同净大叫介〕淳于生立地成佛也。〔行介〕

北④【清江引】笑空花眼角無根係，夢境將人殢。長夢不多時，短夢無碑記，普天下夢南柯人似蟻。

〔衆拜介〕萬事無常，一佛圓滿。

春夢無心只似雲，一靈今用戒香熏。
不須看盡魚龍戲，浮世紛紛蟻子羣。

【校】

①〔右衆下〕，臆補。

②〔王老下〕，臆補。

③收，原誤作「望」。

④北，臆補。

湯顯祖集全編戲曲卷之五

邯鄲記

邯鄲記目録

【箋】

明刊邯鄲記題詞自署辛丑中秋前一日，當作于萬曆二十九年（一六〇一），家居。五十二歲。

傳奇本唐人小說沈既濟枕中記，枕中記又本焦湖祝枕事，見魯迅古小說鈎沉引幽明録。題詞云「世傳李鄴侯泌作……枕中所記，殆泌自謂乎。」新唐書卷一三九李泌傳云：「貞元元年，拜陝虢觀察使。泌始鑿山開車道至三門，以便饟漕，以勞進檢校禮部尚書。」其事類傳奇所寫盧生狀。吐蕃事亦間有相似者。本傳又謂：「泌出入中禁，事四君。數爲權倖所疾，常以智免。好縱橫大言，時時讜議，能寤移人主，然常持黄老鬼神說……」故有此傳會。

邯鄲記，一作邯鄲夢記。湯氏尺牘卷四答張夢澤云：「問黄粱其未熟，寫盧生於正眠。蓋唯貧病交連，故亦嘯歌難續。」書當作於萬曆二十九年春夏間。時若士自遂昌棄官歸已三年，是年春竟以大計得「閒住」處分。

本書以明刊朱墨本爲底本。

【校】

① 原不在齣數之内，全劇爲二十九齣。

第一齣　開場①

【漁家傲】〔末上〕烏兔天邊纔打照，仙翁海上驢兒叫。一霎蟠桃花綻了，猶難道，仙花也要閒人掃。一枕餘酣②昏又曉，憑誰撥轉通天竅？白日昇西還是早，回頭笑，忙忙過了邯鄲道。

何仙姑獨遊花下，呂洞賓三過岳陽。
俏崔氏坐成花燭，蠢盧生夢醒黄粱③。

【校】

①六十種曲本作標引。②酣，原作「甜」，據清暉、獨深、竹林三本改。③粱，原誤作「粱」。

第二齣① 行田

【破齊陣】〔生上〕極目雲霄有路，驚心歲月無涯。白屋三間，紅塵一榻，放頓愁腸不下。展秋牕腐草無螢火，盼古道垂楊有暮鴉，西風吹鬢華。

【菩薩蠻倒句】客驚秋色山東宅，宅東山色秋驚客。盧姓舊家儒，儒家舊姓盧。隱名何借問？問借何名隱？生小誤癡情，情癡誤小生。小生乃山東盧生是也。始祖籍貫范陽郡，土長根生；先父流移邯鄲縣，村居草食。自離母穴，生成背厚腰圓；未到師門，早已眉清目秀。眼到口到心到，於書無所不窺；時來運來命來，所事何件不曉？數什麽道理，繭絲牛毛，我筆尖頭一些些都筭的進，挑的出；怕那家文章，龍牙鳳尾，我錦囊底一樣樣都放的去，收的來。呀，説則説了百千萬般，遇不遇兮二十六歲。今日才子，明日才子，李赤是李白之兄；這科狀元，那科狀元，梁九乃梁八之弟。之乎者也，今文豈在我之先；亦已焉哉，前世落在人之後。衣冠欠整，稂不稂，莠不莠，人看處面目可憎；世事都知，啞則啞，聾則聾，自覺得語言無味。真乃是人無氣勢精神減，家少衣糧應對微。所賴有數畝荒田，正直秋風禾黍。諒後進難攀先進，誰想這君子也，如用之？學老圃混着老農，難道是小人哉，何須也？到九秋天氣，穿扮得衣無衣，褐無褐，不湊膝短裘敝貂；往三家店兒，乘坐着馬非馬，驢非驢，略搭脚青駒似狗。呀，雖則如此，無之奈何？不免鞴②上蹇驢，散心一會。〔鞴驢〕〔驢鳴介〕我

此驢也相伴多年了，再不能勾駟馬高車，年年邯鄲道上也。〔行介〕

【柳摇金】青驢緊跨，霜風漸加。克膝的短裘，揸不住沙塵刮。空田噪晚鴉，牛背上夕陽西下。秋風古道，紅樹槎牙，槎牙，唱道是秋容如畫。

日已向晚，且西村暫住，明日再田上去。

返照入閭巷，　憂來共誰語？
古道少人行，　秋風動禾黍。

【校】

① 原作第一折。餘類推。　② 鞴，原誤作「鞲」，當改。後文「鞴」，原作「鞞」，亦當改。

第三齣　度世

〔扮吕仙褡袱葫蘆枕上〕【集唐】蓬島何曾見一人，披星帶月斬麒麟。無緣邀得乘風去，迴向瀛洲看日輪。自家吕巖，字洞賓；京兆人也；忝中文科進士。素性飲酒任俠，曾於咸陽市上，酒中殺人，因而亡命。久之貧落，道遇正陽子鍾離權先生，能使飛昇黄白之術，見貧道行旅消乏，將石子半斤，點成黄金一十八兩，分付貧道仔細收用。貧道心中有疑，叩了一頭，稟問師父：師父，此乃點石爲金，後來仍變爲石乎？師父説：五百年後，仍化爲石。貧道立取黄金抛散，雖然一時濟我緩急，可惜誤了五百年後遇金人。師父啞然大笑：吕巖，吕巖，一點好心，可登仙界。遂將六一飛昇之術，心心密證，口口相傳。行之三十餘年，忝登了上八洞神仙之位。只因前生道緣深重，此生功行纏綿。性頗混塵，心存度世。近奉東華帝旨，新修一座蓬萊山門，門外蟠桃一株，三百年其花纔放，時有浩①劫剛風，等閒吹落花片，塞礙天門。先是貧道度了一位何仙姑，來此逐日掃花。近奉東華帝旨，何姑證入仙班，因此張果老仙尊又着貧道駕雲騰霧，於赤縣神州再覓取一人，來供掃花之役。道猶未了，何姑笑舞而來也。〔扮仙姑持箒上〕好風吹起落花也！

【賞花時】翠鳳毛翎扎②箒叉，閒踏天門掃落花。你看風起玉塵砂，猛可的那一層雲下，抵多少門外即天涯。

〔見介〕洞賓先生何往？〔呂〕恭喜你領了東華帝旨，證了仙班。果老仙翁誠恐你高班已上，掃花無人，着我再往塵寰，度取一位，敢支分殺人也！〔何〕洞賓先生大功行了。只此去未知何處度人？蟠桃宴可早赶的上也？

【幺】你休再劍斬黃龍一綫差，再休向東老貧窮賣酒家，你與俺高眼向雲霞。洞賓呵，你得了人早些兒回話，遲呵，錯教人留恨碧桃花。〔下〕

〔呂〕仙姑別去，不免將此磁枕褡袱駕雲而去也。枕是頭邊枕，磁爲心上慈。〔下〕〔丑上〕我這南湖秋水夜無煙，奈可乘流直上天。且就洞庭賒月色，將船買酒白雲邊。〔内笑介〕小二哥發誓不賒，又賒了。〔丑〕賒的賒一月，買的買一船。小子在這岳陽樓前開張個大酒店，因這洞庭湖水多，酒都扯淡了，這幾日賒也没人來。好笑，好笑。〔内叫介〕小二哥，那不是兩個賒的來了。〔丑〕請進，請進。〔扮二客上〕一生湖海客，半醉洞庭秋。小二哥，買酒。〔丑應介〕〔客看壺介〕酒壺上怎生寫着洞庭二字？〔丑〕盛水哩。〔客笑介〕也罷，拚我們海量，吞你幾個洞庭湖。〔丑〕二位較量飲。〔一客〕小子鄱陽湖生意，飲八百杯罷。〔一客〕小子廬江客，飲三百杯。〔丑〕這等，消我酒不去。八百鄱陽三百焦，到不得我這把壺一個腰。〔客〕好大壺嘴哩。〔做飲唱隨意介〕〔丑〕又一個帶牛鼻子的來了。

【中呂粉蝶兒】〔呂上〕秋色蕭[3]疎，下的來幾重雲樹，捲滄桑半葉淺蓬壺。踐朝霞，乘暮靄，一步捱一步。剛則背上葫蘆，這淡黃生可人衣服。

【醉春風】則爲俺無掛礙的熱心腸，引下些有商量來的清肺腑。這些時蹬着眼下山頭，把世界幾點兒來數，數。這底是三楚三齊，那底是三秦三晉，更有找不着的三吴三蜀。

說話中間，前面洞庭湖了，好一座岳陽樓也！

【紅繡鞋】趁江鄉落霞孤鶩，弄瀟湘雲影蒼梧。殘暮雨，響菰蒲。晴嵐山市語，煙水捕魚圖。把世人心閒看取。

邊旁放着一座大酒店。店主有麽？〔丑應介〕請進，請進。〔作送酒介〕

【迎仙客】〔吕〕俺曾把黄鶴樓鐵笛吹，又到這岳陽樓將村酒沽。好景，好景，前面漢陽江，上面瀟湘蒼梧，下面湖北江東。請了。〔丑〕請什麽子？〔吕〕來稽首，是有禮數的洞庭君主。〔丑〕鬼話。〔内雁叫介〕〔吕〕聽平沙落雁呼，遠水孤帆出。這其中正洞庭歸客傷心處，趕不上斜陽渡。

〔吕作醉介〕酒是神仙造，神仙喫，你這一班兒也知道喫什麽酒？〔二客惱介〕哎也，哎也，可不道一品官，二品客，到不高如你？我穿的細軟羅緞，喫的細料茶食，用的細絲錁錠。似你這般，不看你喫的，看你穿的哩，希泥希爛的。醒眼看醉漢，你醉漢不堪扶。〔吕笑介〕

【石榴花】俺也不和他評高下説精粗，道俺個醉漢不堪扶，偏你那看醉人的醒眼不模糊。則怕你村沙勢比俺更俗，横死眼比俺更毒。〔二客云〕野狐騷道，出口傷人。還不去，還不去扯破他衣服！〔呂〕爲什麼扯斷絲帶，抓破衣服，罵俺作頑涎騷道野狐徒？

〔客〕好笑、好笑，便那葫蘆中，那討些子藥物？都是燒酒氣。

【鬭鵪鶉】〔呂〕你笑他盛酒的葫蘆，須有些不着緊的信物。硬擎着你七尺之軀，俺老先生看汝：〔客〕看什麼子？無過是酒色財氣，人之本等哩。〔呂〕你説是人之本等，則見使酒的爛了脅肚，〔客〕氣呢？〔呂〕使氣的腆破胸脯，〔客〕財呢？〔呂〕急財的守着家兄，〔客〕色呢？〔呂〕急色的守着院主。

【上小樓】〔呂〕這四般兒非親者故，四般兒爲人造畜。〔客〕難道。人有了君臣，纔是富貴；有兒女家小，纔快活。都是酒色財氣上來的，怎生住的手？〔呂〕你道是對面君臣，一胞兒女，帖肉妻夫。則那一口氣不遂了心，來處來？去從何處去？俺替④你愁，俺替你想，敢四般兒那時纔住。

〔客〕一會了先生一些陰陽晝夜不知。〔呂笑介〕你可知麼？

【幺】問你個如何是畢月烏？〔客〕月黑了就是。〔呂〕如何是房日兔？〔客想介〕醉了房兒裏吐去。〔呂〕你道如何是三更之午？十月之餘？一刻之初？〔客〕聽他什麼？只噇酒。〔呂笑介〕問着呵，則是一班兒嘴禿速。難道偏則我，出家人有五行攢聚。

〔衆瞧介〕包兒裏是個磁瓦枕，打碎他的！〔呂〕怎碎的他呵？〔客〕是什麼生料，碎不的他？

【白鶴子】〔呂〕是黄婆土築了基，放在偃月爐。封固的是七般泥，用坎離爲藥物。〔客〕怎生下火？

【幺】〔呂〕扇風囊隨鼓鑄，磁汞⑤料寫流珠。燒的那粉紅丹色樣殊，全不見枕根頭一綫兒絲痕路。

〔客笑介〕枕兒兩頭大窟籠，敢是害頭風出氣的？

【幺】〔呂〕這是按八風開地户，憑二曜透天樞。〔客〕到空空的亮。〔呂〕有甚的空籠樣枕江山，早則是連環套通心腑。

列位都來盹上一會麽？〔客〕寡漢睡的。〔呂笑介〕到不寡哩。

【幺】半凹兒承姹女，並枕的好妻夫。〔客〕有甚好處？〔呂〕好消息在其中，但枕着都有個回心處。

〔客〕難道有這話？我們再也不信。〔呂〕此處無緣，列位看官們請了。

【快活三】不是俺袖青蛇膽氣粗，則是俺憑長嘯海天孤。則俺朗吟飛過洞庭湖，度的是有緣人人何處？〔下〕

〔衆笑介〕那先生被我們囉唣的去了，我們也去罷。相逢不飲空歸去，洞口桃花也笑人。〔衆下〕〔呂上〕好笑，好笑，一個大岳陽樓，無人可度，只索望西北方迤邐⑥而去。

【鮑老兒】⑦這是你自來的辛苦，一口氣許了師父。少不得逢人問渡，遇主尋塗。是不是口邋着道詞，一路的做鬼妝狐。

呀，一道青⑧氣，貫於燕之南，趙之北。不免捩轉雲頭，順風而去。

【滿庭芳】非關俺妄言禍福，怎頭直上非煙非霧，脚踏下非楚非吴，眼抹裏這非赤也非烏？莫不是青牛氣函關直竪？莫不是蜃樓氣東海横鋪？没羅鏡分金指度，打向假隨方認取。呀，卻原來是近清河，邯鄲全趙那邊隅。

仔細看來，是邯鄲地方。此中怎得有神仙氣候也？

【耍孩兒】史記上單注着會歌舞邯鄲女，俺則道幾千年出不的個藺相如。卻怎生祥雲氣罩定不尋俗，滿塵埃他别樣通疎？知他蘆花明月人何處？流水高山客有無？俺到那有權術，偷鞭影看他驢橛，下探竿識得龍魚。

【尾聲】欠一個蓬萊洞掃花人，走一片邯鄲城尋地主。但是有緣人，俺盡把神仙許。則這熱心兒，普天下遇着他都姓吕。

一駕祥雲下玉京，　　臨凡覓度掃花人。
大抵乾坤多一照，　　免教人在暗中行。

【校】

①浩，原誤作「皓」。當改。②扎，原誤作「札」，當改。③蕭，原作「消」。④替，原誤作【贊】。⑤汞，原誤作「永」，據清暉本、竹林本改。⑥浬，原作「逗」。⑦【鮑老兒】，葉譜改作【十二月】。⑧青，原誤作「清」。當改。

第四齣　入夢

〔丑上〕北地秋深帶早寒，白頭祖籍住邯鄲。開張村務黄粱①飯，是客都談處世難。小子在這趙州橋北開一個小小飯店，這店前店後田莊，半是范陽鎮盧家的。他家往來歇脚，在我店中。也有遠方客商，來此打火。目今點心時分，看有甚人來？〔呂背褡袱枕，笑上〕一粒粟中藏世界，半升鐺裏煮乾坤。貧道打從岳陽樓上，望見一縷青氣，竟接邯鄲。迤逦尋來，原來此氣落在邯鄲縣趙州橋西盧生之宅。貧道即從人中觀見盧生相貌，精奇古怪，真有半仙之分，便待引見而度之。則爲此人沈障久深，心神難定。因他學成文武之藝，未得售於帝王之家。以此落落其人，悶悶而已，此非口舌所能動也。〔想介〕則除是如此，如此，纔有個醒發之處。俺先到店窩兒候他也。

【鎖南枝】青蛇氣，碧玉袍，按下了雲頭離碧霄。驀過趙州橋，蹬上這邯鄲道。〔内鷄鳴犬吠介〕〔呂〕好一座村莊，犬吠鷄鳴，頗堪消遣。〔丑見介〕客官請坐。〔呂〕俺把擔囊放，塵榻高。比那岳陽樓，近多少？

〔丑〕道丈何來？〔呂〕我乃回道人，借坐一會。〔背介〕那人騎一匹青驢駒來也。〔噀訣介〕那驢兒鷄兒犬兒和那塵世中一班人物，但是精靈合用的，都要依吾法旨聽用，不得有違。勑②！

【前腔】〔生短裘鞭驢上〕風吹帽，裘敝貂，短禿促青驢韂③斷了梢。〔丑〕盧大官人。

〔生〕町疃裏一週遭，那轆軸畔誰相叫？原來邸舍中主人，我且坐一會去。驢繫這椿橛上，喫些草。
〔丑〕知道了。〔生見呂介〕輕提手，當折腰。但相逢，這面兒好。

〔生〕店主人，這位老翁何處？〔丑〕回回國來的。〔生〕老翁容貌，不像回回。〔呂〕貧道姓回，從岳陽樓過此。足下高姓？〔生〕小子盧生是也。久聞的個岳陽樓，景致何如？〔呂〕有岳陽樓記一篇，略表白幾句你聽：夫巴陵勝狀，在洞庭一湖。啣遠山，吞長江。浩浩蕩蕩，横無際涯。朝暉夕陰，氣象萬千。此則岳陽樓之大觀也。北通巫峽，南極瀟湘。仙客騷人，多會於此。覽物之情，得無異乎？若夫霪雨霏霏，連月不開；陰風怒號，濁浪排空；日星隱曜，山嶽潛形；商旅不行，檣傾楫摧；薄暮冥冥，虎嘯猿啼。登斯樓也，則有去國懷鄉，憂讒畏譏，滿目蕭然，感極而悲者矣。至若春和景明，波瀾不驚；上下天光，一碧萬頃；沙鷗翔集，錦鱗遊泳；岸芷汀蘭，鬱鬱青青。而或長煙一空，皓月千里；浮光躍金，靜影沈璧；漁歌互答，此樂何極。登斯樓也，則有心曠神怡，寵辱皆忘，把酒臨風，其樂洋洋者矣。〔生〕好景致也！老翁記的恁熟，諷誦如流，可到了幾次？〔呂〕不多，三次了。有詩爲證：朝遊碧落暮蒼梧，袖有青蛇膽氣粗。三過岳陽人不識，朗吟飛過洞庭湖。〔生〕老翁好吟詠也。則朝遊碧落暮蒼梧，蒼梧在南楚地方；碧落在那裏？〔呂〕若論碧落路程，眼前便是。〔生笑介〕老翁哄弄莊家哩。〔呂〕這等，且説今年莊家如何？〔生〕謝聖人在上，去秋莊家，一畝打七石八斗；今歲整整的打勾了九石九哩。〔呂〕這等你受用哩。〔生笑介〕可是受用了。〔生忽起，自看破裘歎介〕大丈夫生世不諧，而窮困如是乎？〔呂〕觀子肌膚極腧④，體胖無恙，談諧方暢，而歎窮困者，何也？

【前腔】你身無恙，生事饒，旅舍裏相逢如故交。暢好的不妝喬，正用歡言笑。因何恨？不自聊。歎孤窮，還待怎生好？

〔生〕老翁説我談諧得意，吾此苟生耳，何得意之有！〔呂〕此而不得意，何等爲得意乎？〔生〕大丈夫當建功樹名，出將入相，列鼎而食，選聲而聽，使宗族茂盛而家用肥饒，然後可以言得意也。

【前腔】俺呵身遊藝，心計高，試青紫當年如拾毛。到如今呵俺三十算齊頭，尚走這田間道。老翁，有何暢，叫俺心自聊？你道俺未稱窮，還待怎生好？

〔生作癡介〕我一時困倦起來了。〔丑〕想是饑乏了，小人炊黄粱爲君一飯。〔生〕待我榻上打個盹。〔睡介〕少個枕兒。〔呂〕盧生，盧生，你待要一生得意，我解囊中贈君一枕。〔開囊取枕與生介〕

【尾聲】⑤看你困中人無智把精神倒，你枕此枕呵，敢着你萬事如期意氣高。店主人，你去，煑黄粱要他美甘甘清睡個飽。〔呂下〕〔生作睡不穩介〕〔看枕介〕

【懶畫眉】這枕呵，不是藤穿刺繡錦編牙，好則是玉切香雕體勢佳。呀，原來是磁州燒出的瑩無瑕，卻怎生兩頭漏出通明罅？〔抹眼介〕莫不是睡起瞢瞪眼挫花？

〔瞧介〕有光透着房子裏，可是日光所映。

【前腔】則這半間茅屋甚光華，敢則是落日橫穿一綫斜？須不是俺神光錯摸眼麻查。待我起來瞧着，〔起向鬼門驚介〕緣何即留即漸的光明大，待俺跳入壺中細看他。

〔做跳入枕中〕〔枕落去〕〔生轉行介〕呀，怎生有這一條齊整的官道？〔行介〕好座紅粉高墻。

【朝天子】⑥一徑香風軟碧沙⑦，粉墻低轉處，有人家。門開在這裏，待我驀將進去。閃銅環呀的轉簾牙。滿庭花，重重簾幙鎖煙霞。甚公侯貴衙，甚公侯貴衙？門簾以內，深院大宅了。門兒外瞧着：前面太湖石山子，堂上古畫古琴，寶鼎銅雀，碧珊瑚，紅地衣。

【前腔】堂院清幽擺設的佳，似有人朱户裏，小牕紗。〔内叫介〕什麼閒人行走？快拿！快拿！〔生慌介〕急迴廊怕的惹波查。〔内叫介〕掩上門，快拿！快拿！〔生慌介〕怎生好？門又閉了。且喜旁邊有芙蓉一架，可以躲藏。省諠譁，如魚失水旱蓮花。且低回自家，且低回自家。

〔老旦上叫介〕那人何處也？小姐早上。

【不是路】〔旦引貼上〕浪影⑧空花，陌上香魂不住家。仙靈化，差排門户粉胭⑨搽。〔旦〕奴家清河崔氏之女是也。這兩個：一個是老媽，一個是梅香。住這深院重門，未有夫君。誰到簾櫳之下，走藏何處也？〔老〕影交加，那人呵，多應躲在芙蓉架。〔叫介〕那漢子還不出來！拿去官司打折了他。〔生作怕，慌上介〕休要拿，小生在此。〔老〕甚麽寒酸，還不低頭！〔捉生低頭跪介〕〔老〕俺這朱門下，窮酸恁的無高下，敢來行踏，敢來行踏！

〔旦〕問漢子何方人氏？姓甚？名誰？

【前腔】〔生〕黄卷生涯，盧姓山東也是舊家。閒停踏，偶然迷誤到尊衙。〔旦〕家中有甚麽人？〔生〕自嗟呀，也無妻小無爹媽，長則是向孤燈守歲華。〔老〕你没有妻子，在這裏狗頭狗腦。〔生〕小生怎敢！須詳察，書生老實知刑法，敢行調達，敢行調達！

〔旦〕叫那漢子擡頭。〔生〕不敢。〔老〕小姐恕你，擡頭。〔生瞧介〕原來是小女郎。〔老〕咄！

【前腔】〔旦〕俺世代榮華，不是尋常百姓家。你行奸詐，無端窺竊上陽花。〔生〕不敢。〔旦〕梅香和俺快行拿！〔貼〕没有索子。〔旦〕鞦韆索子上高懸掛。〔貼〕没甚麽行杖。〔旦〕搊杖鼓的鞭兒和俺着實的撾。〔生〕苦也！苦也！〔老〕要饒麽！〔生〕可知道要饒。〔老〕這等，漢子叩頭告饒。〔旦〕非奸即盗，天條一些去不的。老媽媽，則問他私休？官休？私休不許他家去，收他在俺門下，成其夫妻；官休送他清河縣去。〔老對生介〕替你告饒了。小姐分付：官休？私休？私休，不許你家去，收留你在這裏，與小姐成其夫妻；官休，送你清河縣去。〔生〕情願私休。〔老〕一讓一個肯。〔回介〕稟小姐：秀才情願私休。〔旦〕這等，恕他起來。〔老〕小姐放你起來。〔生起笑〕〔旦看羞介〕老媽，快下了簾兒，俺好看他不上。酸寒煞，你引他去迴廊洗浴更衣罷，再來回話，再來回話。

〔老〕秀才，小姐分付：迴廊外香水堂洗澡去。〔生笑介〕好不揹人，既在矮簷下，怎敢不低頭！〔下〕

【前腔】〔老引生上〕這香水渾家，把俺滌爪修眉刷净了牙。〔老〕便道是你渾家，還早哩。相擡刮，這階前跪下手兒叉。〔生拱立〕〔老回話介〕稟小姐：那漢子洗浴更衣了。〔旦〕那人怎麽？

〔老〕儘風華，衣冠濟楚多文雅。〔旦低問介〕内才怎的？〔老低笑介〕便是那話兒郎當，你可也逗着他。〔旦笑介〕休胡哈！梅香捲簾。〔貼捲簾介〕〔旦〕俺盈盈暮雨快把這湘簾掛。〔生跪〕〔旦扶起介〕男兒膝下，男兒膝下。

〔旦〕盧生，盧生，奴家憐君之貧，收留你爲伴，無媒奈何？〔老〕老身當媒，佳期休誤。〔内鼓樂〕〔老贊拜介〕〔貼〕新人新郎進合歡之酒。〔旦把酒介〕

【賀新郎】羞殺兒家，早[10]蓮腮映來杯斝，驟生春滿堂如畫。人瀟灑，爲甚麽閒步天台看晚霞？拾的個阮郎門下。低低笑，輕輕哈，逗着文君寡。〔合〕雲雨事，休驚怕。

【前腔】〔生〕三十無家，邯鄲縣偶然存劄，坐酸寒衣衫蘿苴。妝聾啞，誰承望顛倒英雄在絳紗，無財帛單鎗入馬。能粗細，知高下，你穩着心兒把。〔合前〕

〔老旦〕好夫妻進洞房花燭。〔行介〕

【節節高】〔衆唱〕[11]崔盧舊世家，兩詔華，偶逢狹路通情話。教洗刮，没争差，無喇塌。帽兒抹的光光乍，燈兒照的嬌嬌姹。崔家原有舊根牙，盧郎也不年高大。

【前腔】天河犯客槎，猛擒拿，無媒織女容招嫁。休計掛，没嗟呀，多喜洽。檀郎蘸眼驚紅乍，美人帶笑吹銀蠟。今宵同睡碧幮紗，明朝看取香羅帕。

【尾聲】果然是，春無價，盼暮雨爲雲初下榻。〔旦〕盧郎呵，這是俺和你五百歲因緣到了家。

偶然高築望夫臺，　倀倀書生走入來。

今夜不須磁作枕，　輕抽玉臂枕郎腮。

【校】

①粱，原誤作「梁」。　②敇，原作「叱」。　③韝，通「鞴」，馬具也。原作「韝」，誤。④腧，似當作「腴」。清暉本、竹林本俱作「膩」。　⑤尾聲，葉譜題作「隔尾」。　⑥【朝天子】，當作【二犯朝天子】。首句七字，「徑」字上當據别本補「一」字。　⑦沙，清暉本、竹林本俱作「紗」。　⑧影，原作「裏」。　⑨胭，清暉、獨深、竹林三本俱作「脂」。　⑩早，六十種曲本作「早」。　⑪原無「衆唱」二字，據清暉本、竹林本補。

第五齣　招賢

【霜天曉角】①〔外蕭嵩美髯上〕江南雲樹，冷落青門庶。萋萋芳草似憐予，有路長安怎去？

【集唐】千秋萬古共平原，生事蕭條空掩門。試問酒旗歌板地，有誰傾蓋待王孫？小生蘭陵蕭嵩，字一忠，梁武帝蕭衍之苗裔，宋國公蕭瑀之曾孫。只因岸谷遷移，滄桑變改。文武之道頓盡，琴書之興猶存。且是美于鬚髯，儀形偉麗。有人相我，爵壽雙高。這不在話下了。有個異姓兄弟，叫做裴光庭，乃金牙大總管封聞喜縣公裴行儉之晚子，兼是當朝武三思之女壻。古今典故，深所諳知。但此弟長有一點妬心，也是他平生毛病。幾日不見，想待到來。

【前腔】〔末裴光庭袖詔旨上〕插架奇書，將相吾門户。袖中天子詔②賢書，瞞着蕭郎前赴。

自家裴光庭是也。從來飽學未遇，幸逢黄榜招賢。自揣可中狀元，則怕蕭兄奪取。心生一計，將這紙黄榜袖下了，不等他知，一徑辭他前去。〔見介〕〔外〕兄弟，我近來情懷耿耿，有失款迎。〔末〕你兄弟心事匆匆，特來告别。〔外〕呀，有何緊急至此？〔末〕天大事都可説與仁兄，只這些是小弟機密事，不敢告聞。請了。〔外〕賢弟，袖中簌簌之聲，何物也？〔末〕没有甚的。〔外扯看介〕是黄紙。〔末笑介〕

是本疏頭。〔外扯看介〕奉天承運皇帝詔曰：天下文士，可於本年三月中旬，赴京殿試。朕親點取，無遲。呀，原來一紙招賢詔書，爲何賢弟袖着？〔末〕實不瞞兄，此榜文御史臺行下本學，學裏先生把與愚弟看。愚弟想來，別的罷了，仁兄才學蓋世，聽的黄榜招賢，定然要去。因此悄悄的袖了這詔旨，瞞兄往京，單填小弟名字銷繳了。〔外笑介〕可有此話？秀才無數，何在我一人？

【皂羅袍】〔末〕提起書生無數，俺三言兩句，壓倒其餘。那蒼生一郡眼無珠，則你春風八面人如玉。哥，你兄弟才學，要中頭名狀元；你去之時，把我綽下第二了。〔外笑介〕原來如此。〔末〕嫦娥所愛，無過兩儒。將來並比，端然一輸。因此上裴航要閃住你蕭郎路。

【前腔】〔外〕不道狀元難事，但一緣二命，未委何如？你把招賢榜作寄私書，遮天袖掩賢門路。別的罷了，賢弟在場屋中，我筆尖可以饒讓些。俺把筆花高吐，你真難展舒。俺把筆尖低舉，隨君掃除。便金階對策也好商量做。〔末〕這等，多承了！店中飲一杯狀元紅去。

【尾聲】〔外〕狀元紅吸不盡兩單壺，俺和你雙雙出馬長安路。兄弟呵，則這些時把月宫花談笑取。

王孫公子不豪奢，雪案螢窗守歲華。
但是學成文武藝，都堪貨與帝王家。

【校】

①【霜天曉角】，應有八句，此用前半。下曲同。

②詔，當作「招」。清暉、獨深、竹林三本俱作「辟」。

第六齣　贈試

【遶池遊】〔旦上〕偶然心上，做盡風流樣，懶妝成又偎人半晌。〔老貼笑上〕嗇勾了腰肢，通籠繡帳，聽得來愁人夜長。

【醜奴兒】〔旦〕紅圍粉簇清幽路，那得人遊？〔老〕天與風流，有客窺簾動玉鉤。〔貼〕探香覓翠芙蓉架，官了私休。〔合〕此處人留，蝶夢迷花正起頭。〔老〕姐姐，天上弔下一個盧郎。〔貼〕不是弔下盧郎，是個驢郎。〔旦〕蠢丫頭，説出本相。思想起我家七輩無白衣女壻，要打發他應舉，你道如何？〔老〕好哩，姐夫得官回，你做夫人了。

【卜算子】〔生上〕長宵清話長，廣被風情廣。似笑如顰在畫堂，費盡佳人想。

〔見介〕〔旦〕盧郎，【集唐】你不羨名公樂此身，〔生〕這風光別似武陵春。〔旦〕百花仙醞能留客，〔生〕一面紅妝惱煞人。〔旦〕盧郎，自招你在此，成了夫婦。和你朝歡暮樂，百縱千隨，真人間得意之事也。但我家七輩無白衣女壻，你功名之興，卻是何如？〔生〕不欺娘子説：小生書史雖然得讀，儒冠誤了多年。今日天緣，現成受用，功名二字，再也休提。〔旦〕咳，秀才家好説這話。且問你會過幾場來？

【朱奴兒】〔生〕我也忘記起春秋幾場，則翰林苑不看文章。没氣力頭白功名紙半張，直那等豪門貴黨。〔合〕高名望，時來運當，平白地爲卿相。

〔旦〕説豪門貴黨，也怪不的他。則你交遊不多，才名未廣，以致淹遲。奴家四門親戚，多在要津，你去長安，都須拜在門下。〔生〕領教了。〔旦〕還一件來，公門要路，能勾容易近他？奴家再着一家兄相幫引進，取狀元如反掌耳。〔生〕令兄有這樣行止？〔旦〕從來如此了。

【前腔】〔旦〕有家兄打圓就方，非奴家數白論黃。少了他呵，紫閣金門路渺茫，上天梯有了他氣長。〔合前〕

〔生〕這等，小生到不曾拜得令兄。〔旦〕你道家兄是誰？家兄者，錢也。奴家所有金錢，儘你前途賄賂。〔生笑介〕原來如此，感謝娘子厚意。聽的黃榜招賢，盡把所贈金資，引動朝貴，則小生之文字字珠玉矣。〔旦〕正當如此。梅香，取酒送行。

【雁來紅】①〔送酒介〕寬金盞瀉杜康，緊班騅送陸②郎。他無言覷定把杯兒倘，再四重斟上，怕溼羅衫這淚幾行。〔合〕凝眸望，開科這場，但泥金早傳唱。

【前腔】〔生〕葫蘆提田舍郎，仗嬌妻有志綱，贈家兄送上黃金榜。握手輕難放，少別成名恩愛長。〔合前〕

【尾聲】〔旦③拜介〕指定衣錦還鄉似阮郎，此去呵，走章臺再休似以前胡撞，俺留着這一對畫不了的愁眉待張敞。

開元天子重賢才，開元通寶是錢財。
若道文章空使得，狀元曾值幾文來？

【校】

① 【雁來紅】，葉譜題作【普天緑過紅】，謂【普天樂】犯【緑襴衫】、【雁過沙】、【紅娘子】。

② 陸，疑當作「盧」。 ③ 原無「旦」字，臆補。

第七齣 奪元

【夜行船】〔净宇文融上〕宇文後魏留支派，猶餘霸氣遭逢聖代。號令三台，權衡十宰，又領着文場氣概。

【集唐】猶得三朝託後車，普將雷雨發萌芽。中原駿馬搜求盡，誰道門生隔絳紗？下官乃唐朝左僕射兼檢括天下租庸使宇文融是也。性喜奸讒，材能進奉。日昨黄榜招賢，聖人可憐見，着下官看卷進呈。思想一生，專以迎合朝廷，取媚權貴。卷子中間有個蘭陵蕭嵩，奇才，奇才。雖是梁武帝之後，異代君臣，管我不着；又有個聞喜裴光庭，正是前宰相裴行儉之子，武三思之壻，才品次些，我要取他做個頭名，蕭嵩第二。早已進呈，未知聖意若何？早晚近侍到來，可以漏洩聖意。左右，門外伺候。

【粉蝶兒】①〔老旦高力士上〕緑滿宫槐，隨意到棘闈簾外。

〔丑報介〕司禮監高公公到門。〔净慌走，接介〕〔净〕早知老公公俯臨，下官禮合遠接。〔老〕老先過謙了，日下看卷費神思哩。〔净〕正要修一密啓，稟問老公公：未知御意進呈第一可點了誰？〔老〕有點了。〔净〕是裴光庭麽？〔老〕還早。〔净〕是蕭嵩？〔老〕再報來。〔净〕後面姓名，下官都不記懷了。〔老〕可知道，

【一封書】都經御覽裁，看上了山東盧秀才。〔净想介〕山東盧秀才？〔老〕名唤盧生。知

他甚手策，動龍顔含笑孩？〔净〕老公公，看見當真點了他？〔老〕親看御筆題紅在，待翦宫袍賜緑來。〔合〕御筵排，榜花開，也是他際會風雲直上台。

〔净〕奇哉，奇哉。這等，裴、蕭二人第幾？〔老〕蕭第二，裴第三。

【前腔】〔净背介〕卷首定蕭、裴，怎到的寒盧那狗才？〔回介〕是他命運該，遇重瞳着眼擡。〔老〕老先不知，也非萬歲爺一人主裁。他與滿朝勳貴相知，都保他文才第一。便是本監，也看見他字字端楷哩。〔净〕②可知道了，他的書中有路能分拍，則道俺眼内無珠做總裁。〔合前〕

〔老〕告别了。明日老先陪宴。

【尾聲】杏園紅你知貢舉的須陪待。〔净〕還要請老公公主席纔是。〔老笑介〕我帶上了穿宫入殿牌，則助的你外面的官兒御道上簪花那一聲采。〔下〕

〔宇文弔場〕可笑，可笑，咱看定了的狀元，誰想那盧生以鑽刺搶去了，偏不鑽刺於我！

如此朝綱把握難，　不容怒髮不衝冠。
則這黄金買身貴，　不用文章中試官。

【校】

①【粉蝶兒】，省去四句。　②原誤作「老」，當改。

第八齣　驕宴

（丑廚役，頭巾插花上）小子光禄寺廚役，三百名中第一。刀砧使得精細，作料下得穩實。饅頭摩的光泛，線麵打得條直。千層起的潑鬆，八珍配得整飭。何止五肉七菜，無非喫一看十。喫了的眠思夢想，但看的都垂涎咽液①。休道三閣下堂餐，便是六宮中也是我小子尚食。這開元皇帝最喜我葱花灌腸，太真娘娘最喜我椒風扁食。止因御湯裏抓下個虱子，被堂上官打下小子革役。虧的過房外甥營救，叫小子依舊更名上直。（内問介）外甥是誰？（丑）是當今第一名小唱，在高公公名下秉筆，秉筆。你問我今日爲何頭上插花？來做新進士瓊林宴席。前路是半實半空案果，後面是帶熟帶生品食。那裏有壽祭牛肉？那裏討宣州大栗？一碟菜五六根黄虀，半瓶酒三兩盞醋滴。官廚飯一兩匙兒，邊傍放着些半夏法製。（内問介）爲甚來？（丑）你不知秀才們一個個飽病難醫，待與他燥些脾胃。説便説了，今日天開文運，新狀元賜宴曲江池。聖旨就着考試官宇文老爺陪宴，前面頭踏早來也。

【謁金門前】（净上）風雲定，恩賜御筵華盛。我也曾喫紅綾春宴餅，年華堪自省。

我宇文融，今日曲江陪宴。可奈新科狀元，乃是落後之卷，相見好没意兒。後生意氣，且自趨奉他一二。叫光禄寺祇候人，筵宴可齊？（丑叩頭介）都齊了，只有教坊司未到。（旦衆上）折桂場中開院本，插花筵上唤官身。稟老爺：女妓叩頭。（净）報名來。（貼）奴家珠簾秀。（旦）奴家花嬌秀。（老旦）

我叫做鍋邊秀。〔浄〕怎生這般一個名字？〔丑〕小的知他命名的意兒，妓女們琵琶過手曲過喉，家常飯到只伸掌。只這名叫做鍋邊秀，便是小的光禄寺廚役竈下養。〔浄〕原來是個火頭哩。〔丑〕着了，來和老爺退火。〔浄〕哇！狀元已到，妓女們遠遠迎接。

【謁金門後】〔生外末引隊子上〕走馬御街遊趁，鴈塔標題名姓。〔旦衆接介〕教坊司女妓們迎接狀元。〔生衆笑介〕起來，起來。〔生〕勞動你多嬌來直應，繞花鶯燕請。

〔浄迎介〕列位狀元請進。〔拜介〕應圖求駿馬，驚代得麒麟。白日來深殿，青雲滿後塵。〔浄〕恭喜三公高才及第，老夫不勝榮仰。〔生〕叨蒙聖恩。〔外末〕皆老師相進呈之力。〔浄〕御賜曲江喜筵，真盛事也。〔生〕敢問往年直宴，止是幾個老倒樂工，今日何當妙選？〔浄〕今日狀元乃聖天子欽取，以此加意而來。〔生〕原來如此。〔浄〕看酒。〔丑〕花開上林苑，酒對曲江池。

【降黄龍】〔浄送酒介〕天上文星，唱好是金殿雲程，玉堂風景。皇封御酒，玳筵中如醉，日邊紅杏。〔生〕峥嶸，想像平生，這一舉成名天幸。〔外末〕拚歡娱酒淹衫袖，帽斜花勝。

【前腔】〔衆旦〕難明，天若無情，怎折桂人來，嫦娥送影②？人間清興，是紅裙怎不把，緑衣郎敬？低聲，我待侍枕銀屏，迤逗的狀元紅並。但留名平康到處，也堪題詠。

〔浄〕狀元，這妮子要請狀元……老夫爲媒。〔生笑介〕〔浄〕官妓，狀元處乞珠玉。〔生〕使得，題向那裏？〔貼〕奴家有個紅汗巾兒在此。〔生題詩〕〔浄表白介〕香飄醉墨粉紅催，天子門生帶笑來。自是玉皇親判與，嫦娥不用老官媒。〔衆〕狀元好染作也。〔浄〕則就中語句，有些奚落老夫哩。〔外〕盧年兄未必有此。〔末〕官妓再看酒。

【黄龍衮】同登學士瀛，滿把瓊漿領。是虎爲龍，都是風雲慶。爲誰奚落？爲誰傒幸？繞鴈塔，共題名，瞻清景。

〔扮報子上〕報，報，報，盧爺奉聖旨欽除翰林學士，兼知制誥；蕭爺、裴爺俱翰林院編修；着教坊司送歸本院。〔浄〕恭喜了。

【前腔】詩題翰墨清，鐙撇雕鞍逞。風暖笙歌，笑語朱簾映。生成濟楚，昂然端正。便立在，鳳樓前，人索稱。〔生外末揖上馬介〕

【尾聲】〔浄〕三公呵，御樓高接着帽簷平，撇靴尖走上頭廳，也不枉了你誤春雷十年窗下等。〔衆下〕

〔浄弔場笑介〕好笑，好笑，世間乃有盧生。中了狀元，爲因不出我門下，談容高傲。我好趨③奉他，嫦娥有意，老夫可以④爲媒，乞其珠玉。他題詩第二句「天子門生帶笑來」，明説不是我家門生，這也罷了；第四句「嫦娥不用老官媒」，呵呵，有這般一個老官媒不用麽？待我想一計打發他。他如今新除，中了聖意，權待他知制誥有些破綻之時，尋個題目處置他。

書生白面好輕人，只道文章穩立身。

直待朝中難站立，　始知世上有權臣。

【校】

①液，原作「饐」，當改。②送，原作「偷」。但旁注「送」字。此是四字句，「嫦娥送影」，「影」字叶韻。或以「影」字屬下句，誤。③趨，原作「取」。④可以，二字疑衍。

第九齣　虜動

北【點絳脣】〔净末番將相上〕沙塞茫茫，天山直上，三千丈。龍虎班行，出將還留相。

〔末〕吾乃吐蕃丞相悉那邏是也。〔净〕吾乃吐蕃大將熱龍莽是也。〔合〕①贊普升帳，在此伺候。

【前腔】②〔外番王引衆上〕白草黄羊，千廬萬帳，歸吾掌。氣不降唐，穩坐在泥金炕。

〔見介〕青海灣西駕駱駝，白蘭山外雪風多。一枝金箭催兵馬，占斷兒家緑玉河。自家吐蕃贊普是也。我國始祖禿髮烏孤③，曾爲南涼皇帝。家母金城公主，來作西番贊婆。種類繁昌，部落强盛。與唐朝原以金鵝爲誓，奈邊將長以鐵馬相加。正待宣你兩人，商量起兵一事。〔末净〕我國東接松涼，西連河鄯，南吞婆羅，北抵突厥；勝兵十萬，壯馬千羣。〔末〕臣那邏調度國中，〔净〕臣龍莽攻略境外。逢城則取，遇將而擒。唐朝不足慮也。〔外〕進兵何地爲先？〔末〕先取河西，後圖隴右。〔外〕這等，就着龍莽將軍徑取瓜沙，丞相從後策應。衆把都們，聽令而行。〔衆應介〕

【清江引】普天西，出落的番回將，大將熱龍莽。番鼓兒緊緊幫，番鐃的點點當，汗呼呼海螺螄吹的響。

【前腔】倒天山，靠定了那邏相，就裏機謀廣。令旗兒打着羌，刀尖兒點着唐，錦繡樣江山做一會子搶。

十萬生兵不可當，剗騎單馬射黃羊。
陰山一片紅塵起，先以涼州作戰場。

【校】

①〔合〕，臆加。　②前腔，當作「幺篇」，或「幺」。下曲，【清江引】前腔同。　③孤，原誤作「孫」，據六十種曲本改。

第十齣　外補

【七娘子】〔旦引貼上〕狀元郎拜滿了三年限，猛思量那日雕鞍。又早春風一半，展妝臺獨自撚花枝歎。

【好事近】無路入天門，買斷金錢誰説？〔貼〕逗得翰林人去，送等閒花月。〔旦〕夢回鴛枕翠生寒，始悔前輕别。〔貼〕一種崔徽情緒，爲斷鴻愁絶。〔旦〕梅香，我家深居獨院，天賜一位夫君，歡心正濃，忽動功名之興，我將家資打發他上京取應，一口氣得中頭名狀元，果中奴之願矣。只爲聖恩留他，單掌制誥，三年之外，方許還鄉。奴家相思，好不苦呵！

【針綫箱】没意中成就嬌歡，儘意底團笙弄盞。問章臺人去也如天遠，小樓外幾曾抛眼。早則是一簾粉絮鶯梢斷，十里紅香燕語殘。纔凝盼，閒愁閒悶，被東風吹上眉山。

〔丑報子上〕報，報，報，狀元到。〔下〕〔旦驚喜介〕兒夫錦旋，快安排酒筵。

【望吾鄉】〔生引隊子上〕翠蓋紅茵，香風染細塵。花枝笑插宜春鬢，驕驄上路人偏俊。盼望吾鄉近，揮鞭緊，問路頻，崔家正在這清河郡。

〔見介〕〔旦〕盧郎，榮歸了！〔生〕夫人喜也！一鞭紅雨促歸程，〔旦〕不忿朝來喜鵲聲。〔生〕官誥五花叨聖寵，〔旦〕名揚四海動奴情。〔旦〕聞的你中了狀元，留你中書三年掌制誥，因何便得錦旋？〔生〕你不知，小生因掌制誥，偷寫下了夫人誥命一通，混在衆人誥命内，朦朧進呈，僥倖聖旨都准行了。小生星夜親手捧着五花封誥，送上賢妻，瞞過了聖上來也。〔旦〕費心了！盧郎，你因何得中了頭名狀元？〔生〕多謝賢卿將金貲廣交朝貴，竦動了君王，在落卷中翻出做個第一。〔旦〕哎也，險些第二了。

【玉芙蓉】〔生〕文章一色新，要得君王認。插宫花，酒生袍袖春雲。春風馬上有珠簾問：這夫壻是誰家第一人？你夫人分，有花冠告身。記當初，伴題橋捧硯虧殺卓文君。

【前腔】〔旦〕你天生巧步雲，早得嫦娥近。乍相逢，門兒掩着成親。秋波得似掩①花前俊，暗裏絲鞭打着人。俺行夫運，夫人縣君。只這些時，爲思夫長是翠眉顰。

〔内〕報，報，報，差官到。〔浄官上〕東邊跑②的去，西頭走得來，常差官見。〔見介〕稟老爺：蹺蹊了，原來老爺朦朧取旨，馳驛而回，被宇文老爺看破了奏上，聖旨寬恩免究。此去華陰山外，東京路上，有座陜州城，運道二百八十里，石路不通。聖旨就着老爺去做知州之職，鑿石開河。欽限走馬到任，不許停留。〔生旦〕有這等事，快備夫馬，夫妻們陜州去也。

【尾聲】則道咱書生禄米幾粒太倉陳，要平白地支管着河陽運。兩人呵，也則索寶馬香車一路兒引。

三載暮登天子堂，　一朝衣錦晝還鄉。
催官後命開河路，　食禄前生有地方。

【校】

① 掩，疑當作「俺」。　② 跑，原誤作「跪」。

第十一齣　鑿郟

【普賢歌】〔净委官上〕陝州城下水波波，運道乾焦石落落。州官來開河，工程一月多，點包兒今朝該到我。

小子麻哈人氏，考中京營識字。偶遇疏通事宜，加納陝州幕職。陝州一條官路，二百八十八里頑石。東京運米西京，費盡人牛脚力。轉搬多有折耗，顛倒刻減顧直（雇值）。人户告理難當，上官議開河驛。州裏盧爺詳允，動支無礙工食。工程一月有餘，並不見些兒涓滴。小子當蒙鈞委，特來點比工役。諸餘作手都可，到是甲頭老賊。推呆賣老不來，來時打的他一直。

【字字雙】〔丑扮甲頭拿紙錢上〕我做甲長管十家，十甲。開河人役暗分花，點閘。排門常例有些些，喇雜。管工官又要把甲頭揸，没法。

〔見介〕〔净惱介〕這咱時，狗倈子孩兒還不來伺候！〔丑叩頭介〕小的不敢。〔净〕工程一月有餘，還不見你一點水。〔丑〕不敢哩。水是地下的血，難道小的身上尿？〔净〕狗奴！管水喫水，你推的没有？〔丑〕小人有罪，權送一分紙錢。〔净惱介〕狗才！紙錢是這紙錢？〔丑〕這是盧大爺因水道不通，領了衆夫甲三步一拜，將次到這禹王廟來了。這紙錢是禹王老爺用的，難道老爺到用不的？〔净慌介〕呸也，原來大爺行香，這狗才不早通報。快去點香鋪席。

【縷縷金】〔生領衆上〕山磊磊，石崖崖。鍬鋤流汗血，工食費民財。〔浄接生介〕〔生〕①灑掃神王廟，親行禮拜。要他疏通泉眼度船簰，再把靈官賽。

〔浄〕香紙齊備。〔生拜介〕

【江兒水】②禹王如在，吏民瞻拜。石頭路滑倒把糧車兒礙，要鑿空河道引江淮。〔合〕叫山神早開，河神早來，國泰民安似海。

【前腔】〔衆拜介〕長途石塊，轉搬難耐。領官錢上役真尷尬，偷工買懶一樣費錢財。〔合前〕

〔生〕祭完了。分付十家牌：一人管十，十人管百。擂鼓儹工，不許懈怠。〔衆應介〕〔内鼓外③作介〕

【桂枝香】〔生〕則爲呵太原倉窄，臨潼關隘。未説到砥柱三門，且掘斷蘆根一帶。看泥沙石髓，看泥沙石髓，便陰陽違礙，也無如之奈！好傷懷，〔衆〕這辛苦，男女們當得的。〔生〕滴水能消得，民間費血財。

〔内鼓介〕〔衆驚介〕好了，好了。稟老爺：東頭水來了。〔生喜介〕真個洞洞的水聲哩。

【前腔】〔衆〕黄河過脈，滙池分派。自從公主河西，直引到太陽橋外。看涓涓碧水，看涓涓碧水，此時蒙昧，定然滂沛。好開懷。〔生〕還有前山未開哩。〔衆〕望梅且止三軍渴，逢靖靖權④一滴災。

〔衆作鍬鑿不動介〕呀，怎的來下不得銑？〔看介〕稟老爺：前面開的山是土山石皮，這兩座山透底石，一座喚名鷄脚山，一座熊耳山，銑他不入的。〔生背想介〕鷄脚山熊耳山麽？昔禹鑿三門，五行並用。〔回介〕鷄脚和熊耳，你道鐵打不入，俺待鹽蒸醋煮了他。〔衆笑介〕怕没這等大鍋？〔生〕不用的鍋，州裏取幾百擔鹽醋來。〔衆應下〕〔扛鹽⑤上介〕鹽醋在此。〔生〕取乾柴百萬束，連燒此山，然後以醋澆之，着以鍬椎，自然頑石粰裂而起；後用鹽花投之，石都成水。〔衆笑介〕有這等事。〔放火介〕

【大迓鼓】燒空儘費柴，起南方火雹，霹靂摧崖。呀，山色燒煤了。〔生〕快取醋來。〔衆鼓醋介〕料想山神前身爲措大，又逢酸子措他來。這樣神通，教人怎猜。

〔衆笑介〕怪哉，怪哉，看這鷄⑥脚跟熊耳朵，都着酸醋煮粰了。〔生〕快下鍬斧，成其河道。〔衆鼓鍬介〕

【前腔】〔生〕鸛嘴啄紅崖，似鱗皴甲綻，粉裂煙開。一面撒鹽生水也。〔衆鼓撒鹽介〕知他火盡青山在，好似雪消春水來。〔鑿介〕〔驚介〕河頭水流接來了。〔衆笑介〕水鳥初飛，通船引艣。

〔生〕百姓們，功已成矣，河已通矣，當鑄鐵牛於河岸之上，以輓重舟，頭向河南，尾向河北；一面催儹入關糧運，兼以招引四方商賈奇貨，聚於此州；一面奏知聖上，東遊觀覽勝景；也不枉陝州百姓之勞。〔衆〕多謝老爺！男女們插柳沿河，以添勝景。

【尾聲】〔生〕還把清陰垂柳兩邊栽，奏明主東遊氣概。〔衆〕大河頭鑄一個鐵牛兒千萬載。

省盡人牛力，　恩波鑄鐵牛。

傳聞聖天子，　爲此欲東遊。

【校】

①「生」字臆補。　②【江兒水】，其上原有「雙調」二字，衍。案，此爲仙呂入雙調【古江兒水】。　③外，疑衍，當删。　④靖權，六十種曲本作「權消」，非是。李靖爲龍母之子代理行雨。灑落一滴，地上就有一尺深雨水。李靖自作主張，灑了二十多滴水，造成水災。原見太平廣記卷四一八李靖引李復言續玄怪録李衛公别傳。又見四雪草堂本隋唐演義第四回。「逢靖權消一滴災」，字面似好，但與原意不符，殆爲不明掌故者所臆改。　⑤「鹽」字下疑缺「醋」字。

⑥鷄，原誤作「樣」。

第十二齣　邊急

【西地錦】〔外扮老將引衆上〕踏破冰凌海浪，撞開積石河梁。馬到擒王，旗開斬將，袍花點盡風霜。

坐擁貔貅膽氣豪，玉門關外陣雲高。白頭未掛封侯印，腰下長懸帶血刀。自家涼州都督羽林大將軍王君㚟是也。瓜州常樂縣人氏。平生驍勇，善騎射。蒙聖恩，以戰功累陞今職。隴右河西，聽吾節制。長城一綫，控隔吐蕃。近聞番兵大舉入寇，兵鋒頗鋭。不知他大將爲誰？待俺當頭出馬，俺好不粗雄也！

【山花子】老河魁福國安邦將，羽林軍個個精芒。按星宫頓開旗五方，陣團花太歲中央。〔内鼓介〕〔合〕鼓轟天如雷震張，鎗刀甲盔如日光，馬噴秋如雲飛戰場。倚洪福如天，大展邊疆。

〔扮報子上〕報，報，報，吐蕃有個大將熱龍莽殺過來了。〔外〕快整兵前去。〔行介〕

【清江引】大唐家有的是驍雄將，出馬休攔擋。軍兒走的慌，陣兒擺的長。定西番，早擒下先鋒熱龍莽。〔下〕

〔净扮龍莽領衆上〕〔唱前【清江引】「普天西出落的……」①云云〕〔外衆上打話介〕〔净〕吾乃番將熱龍莽是也。你是何小將，敢來迎戰？〔外〕吾乃大將王君㚟是也。出馬在此，早降，早降。〔戰介〕〔番將佯敗〕〔外衆追下介〕〔末扮那邏領衆唱前【清江引】「倒天山靠定了……」②云云，上〕吾乃吐蕃丞相悉那邏是也，領兵策應龍莽將軍。日前有書教他佯輸詐敗，唐兵必追，吾以生兵遶出其後，破之必矣。把都們，一齊殺過關南轉西，以擒唐將。〔衆應下〕〔净上〕〔外追戰介〕〔末衆上叫介〕王君㚟、王君㚟，且歇一馬，咱吐蕃丞相救兵在此。〔外慌介〕呀！中計了，中計了。三軍死戰！〔净末夾戰〕〔外敗被殺介〕〔净末相見介〕〔净〕多承國相遠來，得此全勝。〔末〕唐軍戰敗，大將陣亡，便乘此威風，搶進玉門關去，不可有遲。

加鞭哨馬走如龍，　　斬將長驅要立功。
假饒一國長空闊，　　盡在吾家掌握中。

【校】

①見第九齣。　　②同上。

第十三齣　望幸

【梨花兒】〔净扮驛丞上〕陝州喏大的新河驛，老宰今年六十七。承差之時二十一，嗏，巴到尚書還要百個十。

小子陝州新河驛驛丞，生來祖代心靈。幼年充縣門役，選去察院衹承。也是其年近貴，那一位察院爺有情，有情。賞我背褡一個，與我承差一名。差到東西兩廣，不説南北二京。承差的威風休論，役滿赴考銓衡。選中了六部火房幹事，又犯了些不了事情。三年飛天過海，偷選了陝州新河驛驛丞。驛係潼關出口，錢糧津貼豐盈。幾領轎，幾擡扛，幾匹驢頭，律令勑般①的紙牌勘合；十斤肉，十鍾酒，十個鷄子，膿血食樣似中火下程。本等應付少，也要落幾段；折色分例多，則是没一成。因此往來公役，常被他唬嚇欺凌。幾番推躲不出，入房搜捉不寧，真乃一報還了一報。承差慣打驛丞，幾番要逃要死，貪些狗苟蠅營。你道各處送來徒犯，便是送我幾個門生，入門有拜見之禮，着禁有賣免之情，不完月錢打死，費一張白紙超申。縱有查盤點視，除了刺字替身。日久上司官到，摇船擺站缺人。到頭天樣大事，撞着一個老太歲遊神。〔内介〕老爺，是那位過往官到？〔净〕哎也，你道是誰？當今開元皇帝，不安本分閒行。又不用男丁擺櫓，要一千個裙釵唱着采菱。本州太爺親選了九百九十八個，少了的是押殿脚的頭梢二名。老驛丞無妻少女，尋不出逼出了人的眼睛。遲誤了欽限當要？小子有計了，西頭梁斷處一條性命爛繩。〔弔頸介〕〔貼丑扮囚婦出救介〕怎麼了？本官老爺縱不爲蟻役前程，也爲這條狗性命麼？〔浄醒介〕便是這條狗命，説甚麼蟻役前程？〔叩頭介〕你二位不是乾娘義妹，怎生這救苦難觀世音？〔貼丑〕奴家兩人，都是本驛囚婦。〔浄〕哎，有這等姿色的囚婦，一向躲在那裏？不來參見本官。且問你丈夫那裏去了？〔貼〕我丈夫叫短包兒，翦綹去了。〔浄〕怎麼説？〔貼〕是老爺放他去，好還月錢。〔浄〕多承了。〔丑〕我丈夫是胡哈兒，弔鷄去了。〔浄〕好生意哩。〔丑〕也是老爺教他去。〔浄〕我要鷄怎麼？〔丑〕下程中火呢。〔浄〕罷了，早是不曾選着你摇九龍舟去。若見老皇帝，説知此事，那皇帝連我的鷄都怕喫了。話分兩頭，且問二位仙鄉何處？〔貼丑〕江南人氏。〔浄〕會打歌兒哩。〔貼丑〕也去的。〔浄〕一發妙！如今萬歲爺到來，九龍舟選下一千名殿脚菱歌女，止欠二名，恰好你二人運到②，勞你打個歌兒，將月兒起興，歌出船上事體，每句要「彎彎」二字，中兩句要打入「帝王」二字，要個尾聲兒有趣。〔貼〕使得。〔貼歌介〕月兒彎彎貼子天，新河兒彎彎住子眠。手兒彎彎抱子帝王頸，脚頭彎彎搭子帝王肩。帝王肩，笑子言，這樣的金蓮大似船。〔浄〕歌的好，歌的好，中子君王之意。〔向丑介〕你要四個「尖尖」。中間兩句也要「帝王」二字，也要個俏尾聲兒。〔丑〕污耳了。〔歌介〕月兒尖尖照見子舒，鐵釘兒尖尖纂子篙。嘴兒尖尖好貫子帝王耳，手兒尖尖摸子個帝王腰。帝王腰，着甚麼喬？天上船兒也要俺地下摇。〔浄〕妙，妙，妙，就將你兩人答應老皇帝，則怕生當些觸誤了聖體，要演習演習纔好。〔貼丑〕没個演習所在。〔浄〕便把我當老皇帝演一演何如？〔丑笑介〕使得。〔浄〕我唱口號二句，你二人湊成。〔歌介〕俺驛丞老的似個破船形，抹入新河子聽水聲。〔貼丑歌介〕一櫓搖時一櫓子睡，則怕掘篙子撑不的到大天明。〔内響③道介〕〔净〕快走，快走，州裏太爺來了。

【西地錦】〔生引隊子上〕峽石翻搖翠浪，茅津細吐金沙。打排公館似仙家，晝夜瞻迎鑾駕。

〔净見生介〕【西江月】〔生〕鑾駕即時巡幸，新河喜得完成。東都留守報分明，祗候都須齊整。〔净〕一要錢糧協濟，諸般答應精靈。普天之下一人行，怎敢因而失敬？稟爺：萬歲爺爺若起岸而行，住何宮館？〔生〕原有先年造下繡嶺宮，三宮六院，見成齊備；扈從文武，俱有公館；帳房人役錢糧，也有東京七十四州縣津分帖濟。則有一千名棹歌女子，急節難全，怎生是好？〔净〕止欠二名，驛丞星夜家中搬取嫡親姊妹二名，教他打歌搖櫓，已勾一千之數。〔生〕驛丞費心了。〔衆稟介〕驛官謊爺，是兩名囚婦。〔生〕好打！〔净叩頭介〕雖則囚婦，頗有姿色，又能唱歌，急忙難討這等一對。〔生〕也説得是。驛丞聽我分付：

【一封書】東來是翠華，要曲柄紅羅繖一把。〔净〕驛裏到没有這一件。〔生〕繡嶺宮鑾駕庫裏借來。御筵排怎麽？繞龍盤盡插花。〔净〕則怕珍羞不齊，老皇帝也只得隨鄉入俗了。〔生〕我自有象牙盤上膳千品，外間所獻，預備賞賜而已。〔净〕還怕扈駕文武老爺管接不周。文武官員猶自可，有那等勢燄的中貂怎奈他？〔生〕不妨，有個頭。有個頭兒高公公，我已差人送禮，他自能約束。則我這裏要精細哩，休當耍，莫争差，喫不盡直駕將軍一個瓜。

還一事，分付各路糧貨船千百餘艘，着以五方旗色，編齊綱運。逐隊寫着某路白糧，某州奇貨，每船上焚香，奏其本地之樂。〔浄應介〕〔官走上，報介〕稟爺：掌頭行的老公公到了，聖駕已駐三百里之外。〔生忙介〕快看馬來，迎駕去。

地脈三河接，天臨萬乘通。

有星皆拱北，無水不朝東。

【校】

①般，原誤作「搬」。 ②運到，原作「遇倒」，當改。 ③響，原作「嚮」，當改。

第十四齣　東巡

【太常引】〔宇裴引隊上〕天迴地繞聖躬勞，春色曉鷄號。日華遥上赭黄袍，蓮花仙掌雲霄。〔宇〕下官御史中丞平章軍國大事宇文融是也。〔裴〕下官中書少監裴光庭是也。中書監蕭年兄在京監國，我二人扈駕東行。這是臨潼關外行宫，前面將次陜城了，州守乃是盧年兄也。〔宇笑介〕盧生在此三年，新河一事，未經報完，好難的題目哩。〔裴〕此君之才，下官所知。河工必成，當受上賞。〔宇〕河成不成，到彼便見。〔内傳呼聖上升殿〕

【繞池遊】〔上引高力士衆上〕黄輿左纛，又出三門道，聽行漏玉鷄春曉。扇影全高，日華初照，〔合〕錦江山都迴環聖朝。〔衆叩頭呼萬歲介〕〔上〕黼帳天臨御路開，離宫清蹕暫徘徊。曈曈谷暗千旗出，洶洶山鳴萬乘來。寡人唐玄宗皇帝是也。車駕東巡洛陽，駐蹕潼關之外。今已早膳，高力士，傳旨起駕。〔高傳旨行介〕

【望吾鄉犯】①電轉星摇，旌旗出陜郊。仙公河上誰傳道？三生帝女人悲杳，萬乘親巡到。〔生跪伏介〕知陜州事前翰林院學士兼知制誥臣盧生，領合州官吏百姓男女迎駕。〔上問介〕那知州可是前日狀元盧生？〔裴〕是。〔上〕平身。〔生〕萬歲萬歲萬萬歲。〔上〕前面高聳聳的是何物？〔生〕出關路險，搭有天橋。〔上〕天橋麽？天將風雨。〔生〕所謂雨師灑道，風伯清塵。〔上笑介〕趲行。

〔合〕看砥柱，望石橋，山川天險出雲霄。離宫渺，帳殿遥，二陵風雨在西崤。

〔上〕傳旨且住，避雨片時。問陜州有何行殿？〔生〕有萬歲巡行繡嶺宫。〔上〕怎見的？〔生〕有詩爲證。〔上〕可奏來。〔生〕臣謹奏：春日遲遲春草緑，野棠開盡飄香玉。繡嶺宫前鶴髮翁，猶唱開元太平曲。〔上〕聽此詩，昔年遊幸，如在眼前。〔生〕萬歲，喜天開日朗，鸞駕可行。〔上〕傳旨迤邐而進。

【絳都春】擂鼓鳴梢，望山程險處，過了天橋。則這些截斷了河陽京兆，早捱過了臨潼跎蹬的遥。太華如夢杳似蓮嬌，倒映的這關門窄小。〔生〕臣盧生謹奏：聖駕已出潼關，到了河口，請登龍舟。〔上〕朕記此間舊是石路，何用龍舟？〔生〕臣已開河三百餘里，以備聖駕東遊。〔上笑介〕有此奇異之事，朕往觀之。〔望介〕呀，真乃水天一色也。龍輿瞻眺，真乃是山色、水光相照。

〔内鼓吹〕〔上衆登舟介〕〔上〕下了龍舟。〔生〕臣已選下殿脚采女千人，能爲棹歌。〔采女叩頭，棹歌介〕

【出隊子】君王福耀，謝君王福耀，鑿破了河關一綫遥。翠絲絲楊柳畫蘭橈，酒滴向河神吹洞簫。好摇摇、等閒平地把天河到了②。

〔上〕美哉！棹歌之女也。

【鬧樊樓】説甚麽如花殿脚多奇妙，那菱歌起處卻也魚沈鴈落。似洛浦淩波照，甚漢女明妝笑，在處裏有嬌嬈。也要你臣子們知道：新河站偏他妝的恁好。〔内奏樂介〕〔生〕臣之妻清河崔氏，備有牙盤一千品獻上。〔上笑介〕准卿奏。〔生進酒介〕臣盧生謹上千秋萬歲酒。

【鶯畫眉】③金盞酌仙桃，滴金莖湛露膏，臣膝行而進臨天表。牙盤獻水陸珍肴，菱歌奏洞庭天樂。〔上笑介〕〔合〕今朝，有幸雲霄裏，得近天顔微笑。

〔上〕牙盤所進，分賜護從人等。卿平身。〔生呼萬歲起介〕〔上〕前面船隻數千隊奏樂器，是什麽船？〔生〕此皆江南糧餉，各路珍奇，逐隊焚香，奏他本土之樂。〔上笑介〕

【滴滴金】〔衆〕看幾千④艘排列的無喧鬧，一隊隊軍民齊跪着，頂香爐呫着細樂。各路的貨郎兒分旗號，白糧船到了。有那番舶上回回跳。江漢來朝，都到這河宗獻寶。

〔上〕二卿知昔日陝州之路乎？石嶺崎嶇，江南糧運至此，驢馳車載，萬苦千辛。因此祖宗以來，遇糧運稍遲，俺君臣們巡狩東都就食。不想今日有此盧生也。

【啄木兒】〔上〕他時路，石徑喬，糧運關中車輓勞。怕乾枯了走陸地蛟龍，誰撥轉個透海金鰲？〔生〕臣謹奏：這新河望萬歲賜以新名。〔上〕可賜名永濟河。〔生〕萬歲。〔裴合〕是開元天子巡遊到，新河永濟傳徽號，穩倩取歲歲江南百萬漕。

〔上〕前岸屹然而立，頭向河南，尾向河北者，何物也？〔生〕鐵牛，以鎮水災。〔上〕宣裴光庭，卿長於文翰，可作鐵牛頌，以彰盧生之功。〔裴〕萬歲，臣謹奏。〔上〕可奏來。〔裴〕天元乾，地順坤。元一元而大武，順百順而爲牛。牛其春物之始乎。鐵乃秋金之利乎。其爲制也，寓精奇特，壯趾貞堅。首有如山之正，角有不崩之容。至乃融巨冶，炊洪蒙。執大象，驅神功。遂爾東臨周畿，西盡虢略。當函關之路，望若隨仙；近桃林之塞，時同歸獸。昔李冰鎮蜀，立石兕於江流；張騫鑿空，飲牽郎於漢渚。蓋金爲水火既濟，牛則山川舍諸。所謂載華嶽而不重，鎮河海而不洩，其在兹與。臣光庭作頌。頌曰：杳冥精兮混元氣，爐鞴椎牛載厚地。巨靈西撑角岧嶕，馮夷東流吼滂沛。堅立不動神之至，層隄顧護人所庇。帝賜新河名永濟，玉帛朝宗千萬歲。〔上笑介〕奇哉頌也。盧生刻之碑銘，汝功勞在萬萬年，不小也。〔生〕萬歲。

【三段子】〔上〕河源岻高，動天河江潮海潮。詞源岻豪，翦文章金刀筆刀。盧卿呵，這柳堤兒敢配的甘棠召；裴卿呵，你金牛作頌似河清照。〔衆合〕便是。禹鑿鴻碑也只感帝堯。

〔内馬聲〕〔宇望介〕岸上走馬，有何事情緊急哩？〔小卒上〕星忙來路遠，火速報君知。宇文爺，報子叩頭。〔宇〕有甚軍情？緩緩説來。

【鬬雙鷄】⑤〔卒〕邊關上，邊關上，番軍來炒。〔宇〕有大將王君㚖在哩。〔卒〕君㚖將，君

了？〔下〕

奊將，就中難道。〔宇〕難道是殺了？〔卒〕刻下，風聞非小。〔宇〕有玉門關哩。〔卒〕敢撞進了玉門關，那邊兒不要。〔宇〕不要那邊，難道要這邊？〔卒起介〕便要不的這邊廂，也商量怎了？〔下〕

〔宇奏介〕臣宇文融啓萬歲：有邊報緊急，吐蕃殺進長城，王君奊抵敵不過。伏乞聖裁。〔上驚介〕這等怎生處分？

【上小樓】⑥虛囂，非常震擾。去長安路幾遥？急忙間扈駕的難差調。酸溜溜的文官班裏，誰誦過兵書去戰討？

〔宇背笑介〕開河到被盧生做了一功，恰好又這等一個題目處置他。〔回奏介〕臣與文班商量，除是盧生之才，可以前去征戰。〔上〕卿言是也。〔生〕兵凶戰危，臣不敢任。〔上〕寡人知卿，卿不可辭。即拜卿爲御史中丞，兼領河西隴右四道節度使，掛印征西大將軍。星夜起程，無得遲誤。朕有御衣戰袍一領，賜卿御前穿掛了。謝恩！〔生應起介〕〔内鼓吹〕〔生换戎裝，謝恩介〕新陞御史中丞兼領河西隴右四道節度使臣盧生見駕叩頭。〔上〕平身。卿去，朕無西顧之憂矣。

【耍鮑老】邊關事多應難料，且把個錦將軍裝束的俏。你頭插了侍中貂，也只索從征調。〔裴〕汗馬功勞，比尋河外國，那辛勤較。〔宇〕俺這裏玩波濤臨潼鬭寶。你可也展雄樣逞英豪。〔合〕遵欽限，把陽關唱好，是你封侯道。

〔内鼓吹開船介〕〔上〕盧生，盧生，

【尾聲】我暫把洛陽花繞一遭，專等你捷音來報。那時節呵重疊的蔭子封妻恩不小。〔下〕

〔生跪伏，呼萬歲起介〕分付衆將官：既然邊關緊急，欽限森嚴，就此起程，不辭夫人而去了。正是：昔日饑寒驅我去，今朝富貴逼人來。〔下〕〔旦貼上〕本來銀漢是紅墻，隔得盧家白玉堂。誰與王昌報消息？盡知三十六鴛鴦。咱和梅香尋相公去來。呀，怎不見了相公也？

【賽觀音】我兒夫知何際？記不起清河店兒，抛閃下博陵崔氏。〔合〕一片無情直恁水流西。

〔貼問介〕一河兩岸老哥，見太爺那裏去了？〔内〕唐明皇央及太爺跨馬征番去了。〔旦哭介〕原來如此。

【前腔】爲征夫添憔悴，平沙處關河鴈低，楊柳外夕陽煙際。〔合〕聽馬嘶聲還似在畫橋西。

梅香，咱們趕上，送他一程。〔走介〕

【人月圓】跌着脚，叫我如何理？把手的夫妻别離起，等不得半聲將息，跨馬征番直恁急。〔合〕征塵遠，空盈盈淚眼，何處追隨？

〔貼〕趕不上，且回州去，再作區處。

【前腔】去則去，要去誰鬬你？便婦女軍中頹甚氣。咱回家今夕你何州睡？割不斷夫妻一肚皮。〔合〕淒涼起，除則是夢中，和你些兒。⑦

河功就了去邊州，人不見兮水空流。
山上有山何處望？一天明月大刀頭。

【校】

①【望吾鄉犯】，南詞新譜卷一題作【望鄉歌】，謂【望吾鄉】犯【排歌】，並以此曲爲例。「電轉」作「電閃」。②【出隊子】五句，「好摇摇」起十二字當在【鬧樊樓】末句之後。③鶯畫眉，南詞新譜卷二〇題作【黄鶯學畫眉】，謂【黄鶯兒】犯【畫眉序】，並以此曲爲例。④原奪「千」字，當補。⑤【鬬雙鷄】，一名【滴溜子】。據南詞新譜卷一四。⑥【上小樓】即【下小樓】。【上小樓】原爲北曲牌名。⑦葉譜將【賽觀音】二曲、【人月圓】二曲作爲一短套，題作【尋夫】。

第十五齣　西諜

〔净外扮將軍上〕臺上霜威凌草木，軍中殺氣傍旌旗。我們河西節度使府中副將是也。大都督盧爺升帳，在此伺候。

【金瓏璁】〔生引衆上〕河隴逼西番，爲兵戈大將傷殘。争些兒撞破了玉門關。君王西顧臨切，起關東掛印登壇，長劍倚天山。

【集唐】三十登壇衆所尊，紅旗半捲出轅門。前軍已戰交河北，直斬樓蘭報國恩。我盧生，自陝州而來，因河西大將王君㚟與吐蕃戰死，河隴動摇，朝廷震恐，命下官掛印征西。兵法云：臣主和同，國不可攻。我欲遣一人往行離間，先除了悉那邏丞相，則龍莽勢孤，不戰而下。此乃機密之事也。訪的軍中有一尖哨，叫做打番兒漢，講得三十六國番語，穿回入漢，來去如飛。早已唤來也。

【第一段】①〔旦扮小軍插旗上〕莽乾坤一片江山，千山萬水分程限。偏我這産西凉，直着邊關。也是我野花胎，這頭分瓣。

〔見介〕〔生〕呀，你便是打番兒漢。你可打的番？通的漢？

【第二段】〔旦舞介〕打番兒漢，俺是打番兒漢，哨尖頭有俺的正身迭辦②。〔生〕祖貫是羌種，漢兒種？〔旦〕祖貫南番，到這無爺娘田地甘涼畔，順風兒拜別了悶摩山。你收了這小番兒在眼，一名支數口糧單。小番兒身才輕巧，小番兒口舌闌番。小番兒曾到羊同黨項，小番兒也到那昆侖白闌。小番兒會吐魯渾般骨都古魯，小番兒會別失巴的畢力班闌。小番兒會一留咖喇的講着鐵里，小番兒也會剔溜禿律打的山丹。但教俺穿營入寨無危難，白茫茫沙氣寒。將一領荅思叭兒頭毛上按，將一個哨弼力兒脣綽上安。敢則是夜行晝伏，説甚麽水宿風餐？

〔生〕養軍千日，用在一朝。我今日有用你之處，你可去得？〔旦〕

【第三段】止不過敲象牙，抽豹尾，有甚麽去不得也那顔？〔生〕如今吐蕃國悉那邏丞相足智多謀，爲我國之害。要你走入番中，做個細作，報與番王，只説悉那邏丞相因番王年老，有謀叛之意，好歹教那番王害了他。你去得，去不得？〔旦〕這場事大難大難，你着俺行反間，向刀尖劍樹萬層山。你教俺尀也不尀，頑也不頑？太師呵，你教俺没事的詀人反，將何動憚？着甚麽通關？〔生〕但逢着番③兵，三三兩兩傳説去：「悉那邏丞相謀反。」自然彼中疑惑，要甚麽通關呢？〔旦〕天也，你教俺兩片皮把鎮胡天的玉柱輕調侃，三寸舌把架瀚海金梁倒放番，俺其實有口難安。

〔生〕既然流言難布，我有一計：千條小紙兒寫下「悉那邏謀反」四大字④，到彼中遍處黏貼，方成其事。〔旦〕此計可中。

【第四段】則將這紙條兒，紙條兒窣地的莊嚴看。呀，一千個紙條兒，拿着怎好？〔生想介〕便是。俺有計了：打聽番中木葉山下，一道泉水，流入番王帳殿之中，給你竹籤兒一片，將一千片樹葉兒，刺着「悉邏謀反」四個字，就如蟲蟻蛀的一般，上風頭吹去，流入帳下。他只道天神所使，斷然起疑。此乃御溝紅葉之計也。〔旦〕妙哉，妙哉！須不比知風識水俏紅顏，倒使着寒江楓葉丹。你道灘也麽灘，透燕支山外山。小番兒去也。〔生〕賞你一道紅，十角酒，三千貫响鈔，買乾糧饝饝去。成事，賞你千户告身。〔旦〕懷揣着片醉題紅錦囊出關，撲着口星去星還。到木葉河灣，則願遲共疾央及煞有商量的流水潺顔，好和歹掇賺他没套數的番王着眼。

〔生〕你道葉兒上寫甚來？

【煞尾】⑤無筆仗指甲紙使着木刀鑽，有靈心似蟲蟻兒猛把書文按。怎題的漢宮中無端士女愁？則寫着錦番邦悉那邏丞相反。〔下〕

〔生〕番兒去的猛，此事必成。但整理兵馬，相機而進。

賢豪在敵國，反間爲上策。
目覩捷旌旗，耳聽好消息。

【校】

①此套北曲，原出幽閨記第七齣。九宫大成卷二八引本套，把它分爲【看花回】、【綿搭絮】、【青山口】等等，也未盡叶。今仿幽閨記第七齣聯套排印，而略去其下曲牌名。②辦，原誤作「瓣」。③番，原誤作「悉」。④「悉那邏謀反」五字，而此云「四字」。「悉那邏」又簡稱「悉邏」，下齣盧生白作「悉邏謀反」，可證。這裏衍一「那」字。⑤煞尾，原作「北尾」，據葉譜改。

第十六齣　大捷

北①【一枝花】〔净扮龍莽上〕殺過賀蘭山，血染燕支塞。展開番主界，踏破漢兒牌。氈氈登臺，繡帽獅蠻帶，與中華鬬將材。三尺劍秋水摩揩，七圍帳蓮花寶蓋。

自家熱龍莽，吐蕃稱大將。撞破玉門關，把定了銅符帳。俺便待長驅甘涼，進窺隴。則爲俺國裏悉那邏丞相，他智勇雙全，一步九算，已差人商議去了。俺想自古有將必有相，一手怎做得天大事也。

【雙令江兒水】②悉邏相國，想起那悉邏相國。他生的有人物在，論番朝無賽蓋。有胸懷，好兵書，好戰策。他和俺答的來，我有他展的開。一個邊臺，一個朝階，合着這兩條龍翻大海。〔衆〕可也怕唐家江山廣大，人物乖巧？〔净〕漢兒恁乖，也不見漢兒恁乖。唐家多大，搶着看唐家多大。則俺恨不的展天山打破了漢摩崖。

〔番卒插令箭上〕吉力煞麻尼，撒里哈麻赤。報復元帥：悉那邏丞相謀反，被贊普爺殺了。〔净驚介〕怎麽説？〔丑再説介〕〔净〕誰見來？〔丑〕菩薩見。〔净〕怎生菩薩見？〔丑〕元帥不知，本國有木葉山水泉，直透我王宫帳，流下有千片葉兒，蟲蛀其上，有「悉邏謀反」四大字，國王爺見了，差人出山巡視，並無一人。國王爺説道：天神指教了。請丞相爺③喫馬乳酒，腦背後銅鎚一下，腦漿迸流。〔浄驚介〕這等，丞相可死了？〔丑〕可不死了。〔浄哭介〕俺的悉邏丞相，天也，天也！〔扮報子上〕報，報，報，唐家盧元帥大兵殺過來了。〔浄〕這等，怎了，怎了？

【尾】急翻身撇馬營門外，猛鼕鼕番鼓陣旗開。天呵，可能勾金蹬上馬敲、重奏的凱？〔下〕

〔生引衆唱前【清江引】「大唐家有的是驍……」④云云上〕自家奉詔征番，用智殺了丞相悉那邏，此時番將勢孤可擒也。三軍前進！〔下〕〔浄引衆唱前【清江引】「普天西出落的……」⑤云云上〕〔見介〕〔浄〕來將何人？〔生〕大唐盧元帥。〔浄〕認得咱龍莽將軍麽？〔生〕正爲認的你，纔好拿你哩。〔浄〕你有王君㚟那廝手段麽？〔生笑介〕你家悉那邏那廝何在？〔戰介〕〔番敗下介〕〔又上，戰，番敗下介〕〔生領衆殺上〕呀，熱龍莽敗走了，我軍星夜趕去，遇城收城，遇鎮收鎮，殺出陽關以西。正是：饒他走上燄磨天，也要騰身趕將去。〔下〕⑥

【脱布衫】〔莽領敗兵走上〕想當初壯氣豪洶，把全唐看的忒虚囂。到如今戰敗而逃，可正是一報還一報。

把都們，孩兒怎了也！

【小梁州】〔哭介〕折没煞萬丈旄頭氣不銷，鬼哭神號。明光光十萬甲兵刀，成抛調，殘箭引弓弰。

〔内鼓噪報介〕漢兵到也，〔莽〕走，走，走，那來的休得追趕！

【幺】兔窩兒敢盼得番兵到，錦江山亂起唐旗號，閃周遭天數難逃。血雨漂，兵風噪，難憑國史説咱是漢天驕。

罷了，罷了。千里之外，便是祈連山，乃胡漢之界，待我想一計來。〔内雁叫介〕有計了：不免裂帛爲書，繫於雁足之上，央他放我一條歸路。萬一回兵，未可知也。天，天，天，只可惜死了那暹丞相呵，

【耍孩兒】從來將相難孤弔，一隻手怎生提調。如風捲葉似沙漂，死淋侵無路奔逃。真乃是玉龍戰敗飄鱗甲，野獸驚回溼羽毛。央及煞孤鴻叫，一兩句中腸打動，千萬個大國求饒。

【煞尾】南朝那一敲，西番這一嚻，老天天望不着咱那窠兒到。吐魯魯羞煞咱百十陣的功勞，這一陣兒掃。

走上天山一看，殺氣無邊無岸。
做了跌彈班鳩，説與寄書胡雁。

【校】

①北，臆補。本齣爲北套曲。各曲牌上不另加北字。②【雙令江兒水】，原作北【二犯江兒水】，今從葉譜改。按【二犯江兒水】是南調。③爺，原作「可」。④【清江引】見第十二齣。⑤【清江引】見第九齣。⑥原缺〔下〕字，臆補。

第十七齣　勒功

【夜行船】①〔生引衆上〕紫塞長驅飛虎豹，擁貔貅萬里咆哮。黑月陰山，黄雲白草，是萬里封侯故道。

日落轅門鼓角鳴，千羣面縛出番城。洗兵魚海雲迎陣，秣馬龍堆月照營。我盧生，總領得勝軍十萬，搶過陽關，一面飛書奏捷，一面乘勝長驅，至此將次千里之程，深入吐蕃之境。但兵法虚虚實實，且龍莽號爲知兵，恐有埋伏，不免一路打圍而去，直拿倒了龍莽，方爲罕也。〔衆應介〕〔行介〕

【惜奴嬌序】②大展龍韜，看長城之外，沙塞飄摇。〔衆〕將軍令，驟雨驚風來到。迢迢，千里邊城，到處插上了大唐旗號。不小，看圖畫上秦關漢塞，廣長多少？

〔小卒上〕報，報，報，前面黑坳兒内飛鴉驚起，恐有伏兵。〔生〕是也。上有黑雲，下有伏兵。快搜勦前去！〔小番將領衆上〕煞嘛嘛，克喇喇。〔戰介〕〔番敗走下介〕〔生〕此賊，幾乎中他之計。〔衆〕諒他小小，何足道哉！

【黑麻序】難饒，點點腥臊，費龍争虎鬭一番搜勦。看風飛草動，殺的他零星落雹。〔生〕蕭條，血染了弓刀，風吹起戰袍。〔雁叫介〕〔生射介〕雁雲高，寶雕弓扣響，風前橫落。

〔衆喝采介〕呈上將軍，雁足之上，帶有數行帛書。〔生看介〕此地是天山，天分漢與番。莫教飛鳥盡，留取報恩環。〔生笑介〕諸軍且退後。〔背介〕此詩乃熱龍莽求我還師，莫教飛鳥盡，留取報恩環。是了，飛鳥盡，良弓藏。看來龍莽也是一條好漢，且留着他。〔回介〕此山名爲何山？〔衆〕是天山。〔生〕玉門關過來多少？〔衆〕九百九十九里。〔生〕怎生少一里？〔衆〕天山上一片石占了一里。〔生〕從來有人征戰至此者乎？〔衆〕從古未有。〔生笑介〕怪的古詩云：「空留一片石，萬古在天山。」吾今起自書生，仗③聖主威靈，破虜至此，足矣。衆將軍，可磨削天山一片石，紀功而還。〔衆應磨石介〕

【園林好犯】④頭直上天山那高，打摩崖刨鉏剗鍬，向中⑤間平治了一道。山似紙筆如刀，把元帥高名插九霄。

〔生〕待我題名。〔念介〕大唐天子命將征西，出塞千里，斬虜百萬，至於天山，勒石而還。作鎮萬古，永永無極。開元某年某月某日，征西大元帥邯鄲盧生題。〔放筆笑介〕衆將軍，千秋萬歲後，以盧生爲何如？〔衆應介〕是。

【忒忒令犯】⑥〔衆〕上題着大唐年開元聖朝，下題着大元帥征西的爵號。直接上了祈連一道，折抹了黄河數套。雖則這幾行題，一片石，千椎萬鑿。這壁廂唐家盡頭，那壁廂番家對交，萬千年天山立草爲標。

〔生〕題則題了，我則怕莓苔風雨，石裂山崩，那時泯没我功勞了。〔衆〕聖天子萬靈擁護，大將軍八面威風，自然萬古鮮明，千秋燦爛。

【雙蝴蝶】⑦〔生〕⑧便風雨莓苔的氣不消，一字字雁行排天際遥。也未必蚤晚間山移石爆，長則在闕河上星迴日耀，但望着題名記神驚鬼叫。便做到没字碑，也磨洗認前朝。

〔報上〕故國山河闊，新恩日月高。稟老爺：聖上看了捷書，舉朝文武大宴三日；封老爺定西侯，食邑三千户，欽取還朝，加太子太保兵部尚書同平章軍國大事。聖旨差官迎取已到，望老爺即便班師。〔衆賀介〕〔生〕聞此聖恩，便當不俟駕而回。但塞外之事，須處置停當。自天山至陽關，千里之内，起三座大城，墩臺連接，無事屯田養馬，有事聲援⑨策應，不許有違。

【沈醉東風】⑩守定着天山這條，休賣了盧龍一道。少則少千里之遥，須則要號頭明，烽暸遠，常川看好。〔衆跪介〕承教，現放着軍政司條例分毫，但欽依小將們知道。

〔生〕這等，就此更衣了。〔内捧幞袍上〕〔更衣介〕

【錦花香】⑪〔生〕你既然承託，我敢違宣召？好些時夢魂飛過了午門橋。〔歎介〕拜辭這金戈鐵馬，卸下了征袍。和你三載驅勞，一時拋調，慘風煙淚滿陽關道。〔行介〕

【錦水棹】⑫陽關道，來回到。長安道，難輕造。便做我未老得還朝，被風沙也朱顔半凋。從軍苦也從軍樂，聽了些孤雁横秋，畫角連宵。金鉦奏，金鉦奏，畫鼓敲，嘶

風戰馬把歸鞍蹻。人争看霍飄姚，留不住漢班超。〔鼓吹介〕〔衆〕⑬

【尾聲】⑭滿轅門擂鼓回軍樂，擁定個出塞將軍入漢朝。〔生〕列位將軍，休要得忘了俺數載功勞，把一座有表記的名山須看的好。

許國從來徹廟堂，　連年不爲在疆場。
將軍天上封侯印，　御史臺中異姓王。

【校】

①六十種曲本作【夜行船引】。　②【惜奴嬌序】，據南詞新譜卷二三，當作【夜行船序】。　③仗，原誤作「使」。　④【園林好犯】，謂【園林好】犯【一封書】。　⑤中，原誤作「平」，當改。　⑥【忒忒令犯】，葉譜題作【桃紅令東風】，謂【桃紅菊】犯【忒忒令】、【沈醉東風】。　⑦【雙蝴蜨】，葉譜題作【勝皂神】，謂【勝葫蘆】犯【皂角兒】、【安樂神】。　⑧〔生〕字，臆補。　⑨援，原誤作「振」。　⑩【沈醉東風】，葉譜題作【雙醉令交枝】，謂【沈醉東風】犯【忒忒令】、【醉翁子】、【玉交枝】。　⑪【錦花香】，南詞新譜卷二三作【錦香花】，謂【錦上花】頭尾，第三、四、五句則犯【錦衣香】，即以此曲爲例。　⑫南詞新譜卷二三【錦水棹】即以此曲爲例。　⑬「衆」，臆補。　⑭【尾聲】，原誤作【鴛鴦煞】。【鴛鴦煞】原是北雙調套曲的末一曲。

第十八齣　閨喜

【桃源憶故人】〔旦引老旦貼①上〕盧郎未老因緣大，贅居崔氏清河。夫貴妻榮堪賀，忽地把人分破。〔合〕問天天方便些兒箇，歸到畫堂清妥。

【長相思】博陵崔，清河崔，昔日崔徽今又徽，今生情爲誰？　去關西，渡河西，你南望相思我向北也思，丁東風馬兒。　姥姥，一從盧郎征西，杳無信息，不知彼中征戰若何？〔老〕仗皇家福力，必然取勝，則是姐姐消瘦了幾分。

【攤破金字令】〔旦〕不茶不飯，所事慵粧裏。〔老〕他是爲官。〔旦〕爲官身跋涉，把令政成抛躲。〔老〕遠路風塵，知他是怎麽？〔旦〕則爲他人才得過，聰明又頗，好「功名」兩字生折磨。〔合〕春光去了呵，秋光即漸多。　扇掩輕羅，淚點層波，則爲他着人兒那些情意可。

【夜雨打梧桐】〔旦〕拈整翠鈿窩，悶把鏡兒呵。〔貼〕後花園走走跳跳。〔旦〕待騰那，和你花園遊和。〔行介〕做一個寬擡瘦玉，慢展凌波，霎兒間蹬着步怎那？〔旦住介〕〔老〕似這水紅花也囉，不爲奴哥，花也因何？〔合〕甚情呵，夏日長猶可，冬宵短得麽？

〔老〕梅香，取排簫絃子，鼓弄一番，和姐姐消遣。〔貼衆吹彈介〕〔旦〕歇了。

【攤破金字令】砌一會品簫絃索，慅的人没奈何。少待我翠屏深坐，静打磨陀，這好光陰閒着了我。〔貼〕看你營勾了身奇，受用了情哥。還待恁般尋索，特地吟哦，有一般兒孤寡教怎生過？〔合〕春光去了呵，秋光即漸多。扇掩輕羅，淚點層波，則爲他着人兒那些情意可。

【夜雨打梧桐】〔旦〕盼雕鞍，你何日歸來和我。渺關河，淡煙横抹。〔老〕懶去後花園，向②前門而望，儻有邊報，亦未可知？〔旦〕正是，正是。〔行介〕〔内打歌介〕雖咱青春傷大，幽恨偏多，聽青青子兒誰唱歌？〔貼〕略約倚門睃，翠閃了雙蛾，擡頭望來，兀自你鳳釵微嚲。〔合〕甚情呵，夏日長猶可，冬宵短得麽？

〔扮將官上〕羽檄飛三捷，恩光下九重。報上夫人：老爺用兵得勝，飛奏朝廷。萬歲十分歡喜，着大小文武官員，宴賀三日；封老爺爲定西侯，食邑三千户。馬上差官欽取還朝，掌理兵部尚書，加太子太保同平章軍國大事，蚤晚見朝也。〔旦〕這等，謝天謝地！

【尾聲】〔旦〕喜蛛兒頭直上弔下到裙拖，天來大喜音熱壞我的耳朵，則排比十里笙歌接着他。

去時兒女悲，　歸來笳鼓競。

借問行路人：　何如霍去病？

【校】

①「貼」字原缺，據後文補。　②向，原誤作「同」。

第十九齣　飛語

【秋夜月】〔凈引衆上〕四馬車，纔下的這東華路。但是官僚多俯伏，有一班兒不覩事難容恕。〔笑介〕敢今番可圖，敢今番可圖。

〔凈〕深喜吾皇聽不聽，一朝偏信宇文融。今生不要尋冤業，無奈前生作耗蟲。自家宇文融，當朝首相。數年前，狀元盧生不肯拜我門下，心常恨之。尋了一個開河的題目處置他，他到奏了功，開河三百里。俺只得又尋個西番征戰的題目處置他，他又奏了功，開邊一千里。聖上封爲定西侯，加太子太保，兼兵部尚書，還朝同平章軍國事。到如今再没有第三個題目了。沈吟數日，潛遣腹心之人，訪緝他陰事，説他賄賂番將，佯輸賣陣，虚作軍功。到得天山地方，雁足之上，開了番將私書，自言自語，即刻收兵，不行追趕。〔笑介〕此非通番賣國之明驗乎？把這一個題目下落他，再動不得手了。我已草下奏稿在此，只爲近日蕭嵩同平章事，本上要連他簽押，恐有異同。我已排下機謀，知他可到？

【西地錦】〔蕭上〕同在中書相府，平章兩字何如？〔笑介〕喜盧生歸到握兵符，和咱雙成玉柱。

〔見介〕①〔蕭〕平明登紫閣，〔凈〕日晏下彤闈。〔蕭〕擾擾朝中子，〔凈〕徒勞歌是非。〔蕭〕老平章，是非從何而起？〔浄〕你不知滿朝説盧生通番賣國，大逆當誅。若不奏知，干連政府。〔蕭〕怎見得？〔浄〕你説他爲何到得天山，竟然轉馬？原來與番將熱龍莽交通賄賂，接受私書。〔蕭〕盧生是有功之臣，未可造次。

【八聲甘州】〔浄笑介〕他欺君賣主，勾連外國，漏洩機謨。〔蕭〕怕没有此事，此乃番將聞風遠遁，成此大功也。〔浄笑介〕那龍莽呵，佯輸詐敗，就裏都難料取。既不呵，兵臨虜穴乘勝取，爲甚天山看帛書。〔合〕躊躇，這事體非小可之圖。

【前腔】〔蕭〕有無，這中間情事，隔邊庭弔遠，要審個真虚。〔浄〕千真萬真；既不呵，得了番書，合當奏上。〔蕭〕那將在軍中呵，隨機進止，況收復了千里邊隅。〔浄怒介〕你朋黨欺君。〔蕭〕我甘爲朋黨相勸阻，肯坐看忠臣受枉誅。〔合前〕

〔浄笑介〕原來你爲同年，不爲朝廷。這事我已做下了，有本稿在此，你看。〔蕭看念介〕中書省平章軍國大事臣宇文融、同平章事門下侍郎臣蕭嵩一本，爲誅除奸將事：有前征西節度使今封定西侯兼兵部尚書同平章軍國事盧生，與吐蕃將熱龍莽交通獻賄，龍莽佯敗而歸，盧生假張功伐。到於天山地方，擅接龍莽私書，不行追剿。通番賣國，其罪當誅。臣融臣嵩頓首頓首謹奏。呀，這等重大事情，老平章不先通聞畫知，朦朧具奏。雖然如此，也要下官肯押花字。〔浄怒介〕蕭嵩，你敢教三聲不押花字麽？〔蕭叫三聲不押介〕〔浄笑介〕好膽量！教中書科取過筆來，添你一個「通同賣國」四字，待你申訴去。〔蕭背歎介〕同刃相推，俱入禍門，此事非可以口舌争之。下官表字一忠，平時奏本花押，草作

「一忠」二字，今日使些智術，於花押上「一」字之下，加他兩點，做個「不忠」二字，向後可以相機而行。〔回介〕老平章息怒，下官情願押花。〔押介〕〔净笑介〕我説你没有這大膽。明日蚤朝，齊班奏去。

〔蕭〕②功臣不可誣，〔净〕奸黨必須誅。

〔蕭〕有恨非君子，〔净〕無毒不丈夫。

【校】

①原無「見介」二字，當補。　②下場詩上原無「蕭」、「净」二字，臆補。

第二十齣　死竄

〔堂候官上〕鐵券山河國，金牌將相家。自家定西侯盧老爺府中堂候官便是。我家老爺掌管天下兵馬數年，同平章軍國事，文武百官，皆出其門。聖恩加禮，一日之内，三次接見。看看日勢向午，將次朝回，不免伺候。早則夫人到來也。〔旦引老旦貼上〕奴家崔氏是也。俺公相領謝天恩，位兼將相。欽賜府第一區，朱門畫戟，紫閣雕簷。皆因邊功重大，以致朝禮尊隆。休説公相，便是爲妻子的，説來驚天動地。奴家是一品夫人；養下孩兒，但是長的，都與了恩蔭，真是罕稀也。〔内作瓦裂聲介〕〔旦驚介〕老嬷嬷，甚麽響？〔老旦看介〕是堂簷之上，一片鴛鴦瓦，碎下來了。〔旦驚介〕呀，鴛鴦瓦爲何而碎？〔貼望介〕哎喲，一個金彈兒抛打烏鴉，因而碎瓦。〔旦嘆介〕聖人云：烏鴉知風，蟲蟻知雨。皮肉跳而横事來，裙帶解而喜信至。鴛鴦者，夫婦之情也；烏鴉者，晦黑之聲也；落彈者，失圓之象也；碎瓦者，分飛之意也。天呵，眼下莫非有十分驚報乎？

【賞花時】俺這裏户倚三星展碧紗，見了些坐擁三台立正衙。樹色遶簷牙，誰近的鴛鴦翠瓦，金彈打流鴉？

〔内響道介〕〔旦〕公相朝回，看酒伺候。〔生引隊子上〕下官盧生，在聖人跟前平章了幾樁機務，喫了堂食，回府去也。

【幺】俺這裏路轉東華倚翠華，佩玉鳴金宰相家。新築舊堤沙，難同戲耍，春色御溝花。

〔見介〕〔旦〕公相朝回，奴家開了皇封御酒，與相公把一杯。〔生〕生受了。〔内奏樂介〕俺先與夫人對飲數杯，要連聲叫乾，不乾者多飲一杯。〔旦〕奉令了。〔生飲介〕夫榮妻貴酒，乾。〔旦看介〕公相乾了，到奴家唤：夫貴妻榮酒，乾。〔生笑介〕夫人欠乾。〔旦笑飲介〕這杯到乾了，正是小槽酒滴珍珠紅。〔生笑介〕夫人，你的槽兒也不小了。〔内鼓介〕報，報，聽説人馬鎗刀，打東華門出，未知何故也？〔生〕由他，俺與夫人唱乾飲酒。〔旦飲介〕妻貴夫榮酒，乾。〔生〕夫人倒在上面了。這杯乾的緊，待我唤：妻貴夫榮酒，乾。〔旦〕公相有點了。〔生〕夫人，這是酒瀉金莖露涓滴。〔旦笑介〕相公，你的莖長是涓的。〔生笑介〕〔内鼓介〕〔堂候官上介〕報，報，外面人馬自東華門出來，填街塞巷，好不諠鬧也。〔生〕且由他，俺與夫人叫第三乾。〔兒子走上哭介〕老爺，老夫人，人馬鎗刀，濟濟排排，將近府門來也。〔生驚起介〕

北【醉花陰】這些時直宿朝房夢喧雜，整日價①紅圍翠匝。鈴閣遠静無譁，是潭潭相府人家，敢邊廂大行踏？〔聽介〕〔内呼喝叫「拿，拿！」介〕〔生〕不住的，叫拿拿。敢是地方走了賊，反了獄？既不呵，怎的響刀鎗人鬨馬？

〔衆扮官校持鎗索上〕〔叫衆軍圍住介〕〔貼老旦驚走〕〔生惱介〕誰敢無禮！

南【畫眉序】〔衆〕聖旨着擒拿，〔生〕是駕上差來的，請了。〔衆〕奏發中書到門下。〔生慌介〕門下爲誰？〔衆〕竟收拿公相，此外無他。〔生怕介〕原來是差拿本爵，所犯何罪？〔衆〕中書丞相奏老爺罪重哩，這犯由不比常科，干係着重情軍法。〔生〕有何負國？而至於斯。〔官〕下官不知，有駕票在此，跪聽宣讀。〔生旦跪〕〔官念介〕奉聖旨：前節度使盧生，交通番將，圖謀不軌。即刻拿赴雲陽市，明正典刑，不許違誤。欽此！〔生旦叩頭起，哭「天」介〕波查，禍起天來大，怎泣奏當今鸞駕！

〔生〕這事情怎的起呵？

北【喜遷鶯】走的來風馳雷發，半空中没個根芽。待我面奏訴冤。〔衆〕閉②上朝門了。〔生〕争也麽差，着俺當朝闌駕，你省可的慢打，商量咱，到晚衙。〔衆〕有旨不容退衙。〔生哭介〕夫人，夫人，吾家本山東，有良田數頃，足以禦寒餒，何苦求禄，而今及此？思復衣短裘，乘青駒，行邯鄲道中，不可得矣。取佩刀來，顛不喇自裁刮。〔生作刎〕〔旦救介〕〔衆〕聖旨不准自裁，要明正典刑哩。〔生〕是了，是了，大臣生也明白，死也明白。夫人，牽這些業畜，午門前叫冤，俺市曹去也。遲和疾剮刀一下。便違聖旨，除死無加。〔下〕

〔高力士上〕吾爲高力士，誰救老尚書？今日爲斬功臣，閉了正殿，看有甚麽官員奏事來。〔旦同兒上〕相公市曹去了，俺牽兒子午門叫冤去。十步當一步，前面正陽門了。〔叫介〕萬歲爺爺，冤苦哪！〔高〕萬歲爺爲斬功臣，掩了正殿，誰敢囉唣！〔旦〕奴家是盧生之妻，誥封一品夫人崔氏，領這一班兒子，來此叫冤呵，〔高背歎介〕滿朝文武，要他妻兒叫冤，可憐人也。〔回介〕盧夫人麽，有何冤枉，就此鋪宣。〔旦叩頭介〕萬歲，萬歲，臣妾崔氏伸冤：

南【畫眉序】宿世舊冤家，當把盧生活坑煞。有甚駕前所犯、喫幾個金瓜？把通番罪名暗加，謀叛事關天當耍。〔合〕波查，禍起天來大，怎泣奏當今鑾駕。

〔高哭介〕可憐，可憐。你在此候旨，俺爲你奏去。〔旦〕在此撮土爲香，禱告天地。〔拜介〕崔氏在此叫冤，天天，撥轉聖人龍威，超拔兒夫狗命呵。這許多時，還未見傳旨。〔高同裴光庭上〕聖旨到：既盧生有冤，着裴光庭領赦，往雲陽市，免其一死。遠竄廣南崖州鬼門關安置，即刻起程。謝恩！〔高哭介〕可憐，可憐，唳鶴無情聽，啼烏有赦來。〔下〕〔内鼓介〕〔衆綁押生囚服裹頭上〕

北【出隊子】〔生〕排列着飛天羅刹，〔扮劊子，尖刀，向前叩頭介〕〔生〕甚麽人？〔劊〕是伏事老爺的劊子手。〔生怕介〕唬煞俺也。看了他捧刀尖勢不佳。〔劊〕有個一字旗兒，稟老爺插上。〔生看介〕是個甚麽字！〔衆〕是個「斬」字。〔生〕恭謝天恩了。盧生只道是千刀萬剮，卻只賜一個「斬」字兒，領戴，領戴。〔下鑼下鼓，插旗介〕〔生〕蓬席之下，酒筵爲何而設？〔衆〕光禄寺擺有御賜囚筵，一樣插花茶飯。〔生〕是了，這旗呵，當了引魂旛帽插宮花。鑼鼓呵，他當了引路笙歌赴晚衙。這席面呵，當了個施餤③口的功臣筵上鮓。

〔衆〕趁早受用些，是時候了。〔生〕朝家茶飯，罪臣也喫勾了。則黃泉無酒店，沽酒向誰人。罪臣跪領聖恩一杯酒。〔跪飲介〕怎咽下也！

【幺】暫時間酒淋喉下，還望你祭功臣澆奠茶。〔衆〕相公領了壽酒行罷。〔生叩頭介〕罪臣謝酒了。〔衆〕咦，看的人一邊些，誤了時候。〔生綁行介〕一任他前遮後擁鬧喳喳，擠的俺前合後偃走踢踏，難道他有甚麽劫場的人也則看着耍。

〔衆叫，鑼鼓介〕〔生問介〕前面旛竿何處？〔衆〕西角頭了。

南【滴溜子】旛竿下，旛竿下，立標爲罰。是雲陽市，雲陽市，風流灑角。〔衆〕休説老爺一位，少甚麽朝宰功臣這答，套頭兒不稱孤，便道寡。用些膠水摩髮，滯了俺一手吹毛，到頭也没法。〔生惱介〕〔掙斷綁索介〕

北【刮地風】呀，討不的怒髮衝冠兩鬢花。〔劊做摩生頸介〕老爺頸子嫩，不受苦。〔生〕咳，把似你試刀痕，俺頸玉無瑕，雲陽市好一抹淩煙畫。〔衆〕老爺也曾殺人來。〔生〕哎也，俺曾施軍令斬首如麻，領頭軍該到咱。〔衆〕這是落魂橋了。〔生〕幾年間回首京華，到了這落魂橋下。〔内吹喇叭介〕〔劊子摇旗介〕時候了，請老爺生天。〔生笑介〕則你這狠夜叉也閒弔牙，刀過處生天直下。哎也，央及你斷頭話須詳察，一時刻莫得要争差。把俺虎頭燕頷高提下，怕血淋浸展污了俺袍花。

〔衆〕老爺跪下。〔生跪受綁〕〔劊磨刀介〕〔内風起介〕〔劊〕好風也，刮的這黄沙。哎喲，老爺的頸子在那裏？〔摩介〕有了，老爺挺着。〔生低頭〕〔劊子輪刀介〕〔内急叫介〕聖旨到，留人！留人！〔裴領旨同旦急上〕

南【雙聲子】天恩大，天恩大，嗚冤鼓由人打。皇宣下，皇宣下，雲陽市告了假。

省刑罰，省刑罰。躭驚嚇，躭驚嚇。一刻絲兒，故人刀下。

聖旨到：盧生罪當萬死，朕體上天好生之德，量免一刀，謫去廣南鬼門關安置，不許頃刻停留。謝恩！〔放綁介〕〔生倒地叩頭萬歲介〕生受聖人大恩了。來者是誰！〔裴〕是小弟裴光庭。〔生〕賢弟，賢弟，俺的頭可有也！〔裴〕待我瞧瞧了。〔拍介〕老兄好一個壽星頭。

北【四門子】〔生〕猛魂靈寄在刀頭下④，荷，荷，荷，還把俺嶮頭顱手自抹。裴年兄，俺閒口相問：奏本秉筆者宇文公，也要蕭年兄肯畫知。〔歎介〕要題知「斬」字下連名他，相伴着中書怎押花？〔裴〕敢蕭年兄也不知。〔生〕難道，難道，則怕老蕭何，也放的下這淮陰胯？〔風起歎介〕看了些法場上的沙，血場上的花，可憐煞將軍戰馬。

〔裴〕老兄與嫂嫂在此叙別，小弟回聖上話去。小心煙瘴地，回頭雨露天。請了。〔下〕〔旦哭介〕怎生來話兒都説不出來？奴家有一壺酒，一來和你壓驚，二來餞行。〔生〕卑人見過那些御囚茶飯，早醉飽也。〔旦〕兒子都在午門叩頭去了，等他來瞧一瞧去。〔生〕由他，由他，他來徒亂人意。夫人，不要他來相見罷了。〔旦哭介〕俺的天呵，也把一杯酒，略盡妻子之情。

南【鮑老催】唏唏嚇嚇，〔酒杯驚跌介〕〔旦哎喲介〕戰兢兢把不住臺盤滑。撲生生遍體上寒毛乍，吸廝廝，也哭的，聲乾啞。〔内鼓介〕〔内〕盧爺，快行，快行。有旨着五城催促，不可久停。〔末小旦扮兒子哭上〕我的爹呵！〔旦〕這都是你兒子，怎下的去也！〔生〕是你婦人家，不知朝廷説我圖謀不軌，如今安置我在鬼門關外。罪配之人，限時限刻。天呵，人非土木，誰忍骨肉生離？則怕累了賢妻，害了這幾個業種，到爲不便。〔兒扯要同去介〕〔生〕去不得也，兒。〔同哭介〕眼中兒女空鉤搭，脚頭夫婦難安劄，同死去做一榻。〔旦悶倒〕〔生扯介〕

北【水仙子】呀，呀，呀，哭壞了他。扯，扯，扯，扯起他且休把望夫山立着化。〔衆兒哭介〕〔生〕苦，苦，苦，苦的這男女煎喳。痛，痛，痛，痛的俺肝腸激刮。我，我，我，瘴江邊死没了渣。你，你，你，你夫人權守着生寡。〔旦〕你再瞧瞧兒子麽。〔生〕罷，罷，罷，兒女場中替不的咱。好，好，好，這三言半語告了君王假。我去，請了。〔旦哭介〕相公那裏去？〔生〕去，去，去，去那無雁處海角天涯。〔虚下〕

〔旦哭介〕兒子回去罷。難道爲妻子的，不送上他一程？

南【鬭雙⑤鷄】君恩免殺，奴心似剮。没個人兒和他，和他把包袱打。大臣身價，説的來長業煞。

〔生上見介〕夫人，你怎生又趕上來？〔旦〕爲你没個伴當，放心不下。我袖了半截銀錁子，你路上顧覔。〔生〕罪人誰敢相近？我獨自覔食而行。你還拿這半截錁子回去，買柴糴米，休的苦了兒女呵。

北【尾】罪人家顧不出個人兒罷？我還怕的有别樣施行咱。夫人，夫人，你則索小心兒守着我萬里生還也朝上馬。

十大功勞誤宰臣，鬼門關外一孤身。

流淚眼觀流淚眼，　斷腸人送斷腸人。

【校】

①價，原誤作「假」。當改。　②閉，原誤作「閑」。　③談，原作「艷」。　④「猛魂靈」句，葉譜疊一句，以補足缺句。　⑤鬭雙，原誤作「雙鬭」，當改。

第二十一齣　讒快

【縷縷金】〔宇文笑上〕口裏蜜，腹中刀。奸雄誰似我，逞英豪？來的遵吾道。那般癡老，一萬重煙瘴怎生逃？家門盡休了。①

學生讒臣宇文融便是。一不做，二不休，盧生那廝開河三百里，開邊一千里，可謂扶天翊聖大功臣矣。被我奏他通番謀叛，押斬市曹。可恨他妻子清河崔氏，奏免其死，竄居海南煙瘴地方。那裏有個鬼門關，怎生活的去？中吾計也，中吾計也。則那崔氏，雖一婦人，留在外間，還怕有他蕭、裴同年，撥置生事。我昨密奏一本：崔氏乃叛臣之妻，當沒爲官婢；其子叛臣之種，俱應竄去遠方。聖旨准奏，其子隨便居住，崔氏没入外機坊織作。得了此旨，我即刻差官京城巡捉使，星夜將崔氏囚之機坊，將他兒子撚出京城去。好來回話也。〔大使上〕兼充五城使，未入九流官。稟老爺回話。〔宇〕拿崔氏到局坊去了？〔使〕容稟：

【黄鶯兒】半老尚多嬌，聽拘拿粉淚漂，我穿通駕上人驚倒。家私盡抄，兒女盡逃，則一名犯婦今收到。〔合〕好輕敲，把冤家散了，長是樂陶陶。

〔宇〕你這個官兒到能事，記你一功，送吏部紀録去。〔使叩頭謝介〕

殺人須見血，立功須要徹。
都是會中人，不勞言下説。

【校】

① 按譜，末句重複。

第二十二齣　備苦

〔净扮賊上〕臉上幾根毛，僭號「鬼頭刀」。小子連州人，一生翦徑。這幾日空閒，有個兄弟在古梅村，尋他幹事去。〔行介〕兄弟在家麽？〔丑扮賊上〕半生光浪蕩，混名「下剔上」。〔净〕怎生叫做下剔上？〔丑〕但是討寶，没有的，不管死活，從頦下一剔剔上去。〔净〕快當，快當。兄弟，這幾日空過怎好？〔内虎吼介〕〔丑〕虎來了，和哥哥前路等人去。誰知虎狼外，更有狠心人。〔下〕〔生傘上〕行路難，行路難。不在水，不在山。朝承恩，暮賜死。行路難，有如此。我盧生，身居將相，立大功勞。免死投荒，無人敢近。一路乞食而來，直到潭州。州守同年，偷送一個小廝，小名呆打孩，背負而來。過了連州地方，與廣東接界，只得捹命前去。那小廝也走動些麽？〔叫介〕呆打孩，呆打孩。〔童擔上〕走乏了，秀才挑了去。〔生〕你再挑一程兒麽？〔行介〕

【江兒水】①眼見得身難濟路怎熬？凌雲臺畫不到這風塵貌，玉門關想不上厓州道。〔童〕腦領上黑碌碌的一大古子來了。〔生〕禁聲！那是瘴氣頭，號爲瘴母。〔歎介〕黑碌碌瘴影天籠罩。和你護着嘴鼻過去。〔走介〕好了，瘴頭過了。〔童〕又一個瘴頭。〔生〕怎了？怎了？這裏有天難靠，北地裏堅牢，偏到的南方壽夭。

〔内虎嘯介〕〔童哭介〕大蟲來了，走不動。〔生〕着了瘴麽？有甚麽大蟲？〔童〕那不是大蟲？〔虎跳上〕

〔生驚介〕天也！天也！

【忒忒令】是不是山精野貓？觀模樣定然爲豹。古語云：刀不斬無罪之漢，虎不食無肉之人。咱盧生身上無肉也。〔童〕我呆打孩一發瘦哩。〔生〕瘦書生怎做得這、一餐東道？賽得過撲趙盾、小神獒。〔虎跳介〕〔生〕怎生不轉額前來跳，意兒不好。

虎有三步打，待咱張起傘來。〔張傘作鬬介〕〔內叫〕畜生，不得無禮！〔虎咬童下〕〔生哭介〕大蟲拖去呆打孩了，且獨自行去。〔行介〕我閒想起來，朝中黃羅涼傘，不能勾遮護我身，這一把破雨傘，到遮了我身；滿朝受恩之人，不能替我的命，到是呆打孩替了我命；看來萬物有緣哩。〔丑净持刀趕上〕漢子那裏去？〔生驚介〕往海南的。〔丑〕討寶來，討寶來。〔生〕貧子有甚麼寶？

【五供養】雨衣風帽，念盧生出仕在朝。〔净〕在朝一發有寶了。〔生〕些須曾有寶，盡被虎狼饕。〔丑〕難道老虎連金銀都喫去了？討打！討打！〔刀背打介〕〔生〕不要打，小生也是個有意思的人。〔丑〕要你有意思做甚那？〔生〕小生是個有功勞之人。〔丑〕功勞甚麼用？討寶來。〔生歎介〕咳，我想諸餘不要，則買身錢荷包在腰。誰人知意思，何處顯功勞？罵你一聲黑心賊盜。

〔丑〕没有寶，又罵我賊，下剔上宰了。〔殺生介〕〔生作死介〕〔丑〕前生有今日，來歲是周年。〔下〕〔生醒介〕哎喲，這頸子歪一邊去，濕淋侵怎的？〔看介〕是血哩，誰在我頸頦下抹了一刀。喜的不曾斷喉，且把頸子端正起來。〔掙起正頭，叫疼介〕呀，原來大海子。〔望介〕〔疼介〕恰好一隻船兒也。〔舟子上〕何來血腥氣，觸污海潮風。漢子，救你一命。〔衆不許生上介〕〔舟子勸上介〕

【玉割子】〔衆〕是烏艚還是白艚？浪崩天雪花飛到。〔内風起介〕〔衆〕颶風起了，惡風頭打住篷梢，似大海把針撈。浮萍一葉希，帶我殘生浩渺。

〔生〕好了，前面青山一帶，是海岸了。〔舟〕哎喲，鯨魚曬翅黑了天，這船人休了。〔衆哭介〕

【江神子】②則道晚山如扇插雲高，怎開交？遇鯨鼇。則他眼似明珠，攝攝的把人瞧。翅邦兒何處落？纔一閃，命秋毫。

〔内普魯空空聲介〕〔衆〕壞了！〔船覆，衆下介〕〔生得木板，漂走，哭上介〕哎喲，天妃聖母娘娘，一片木板兒，中甚用呵？〔風起介〕好了，好了，一陣颶風來。前面是岸，儘力跳上去。〔跳介〕謝天謝地！〔内大風吼介〕〔生抱頸介〕哎，緊巴着這頸子，可吹不去呢。〔風吼，哭介〕吹去頸子怎好？靠着石亭子倒了去也。〔倒介〕〔扮衆鬼上〕〔各色隨意舞弄介〕〔末扮天曹上〕衆鬼不得無禮！呀，此人有血腥氣。〔看介〕原來頦下刀傷，將我一股髭鬚，替他塞了刀口。〔鬼替撏鬚塞口，諢介〕〔天曹〕盧生，聽吾分付：二十年丞相府，一千日鬼門關。〔下〕〔生醒介〕哎喲，好不多的鬼也！分明一人將髭鬚塞了頦下刀口，又報我二十年丞相府，一千日鬼門關。呀，真個長下髩子了。〔扮二樵夫，黑臉蓬頭，繩扛打歌上〕打柴打柴打打子柴，萬鬼臺前一樹槐。〔生驚介〕又兩個鬼來了。〔樵〕是黑鬼。〔生〕一發嚇殺我也！〔樵〕我們是這崖州蠻户，生來骨髓都黑，因此州裏人都叫做黑鬼。我是砍柴的。〔生〕原來這等。你這裏白日有鬼？〔樵〕你不看亭子大金字？〔生看念介〕呀，盧生到了鬼門關，眼見無活的也。〔樵〕你是何等人，自來送死。〔生〕我是大唐功臣，流配來此。〔樵〕州裏多見人説：有大官宦趕來，不許他官房住坐，連民房也不許借他。〔生〕好苦！〔樵〕可憐，可憐，我碉房住去。〔生〕怎生叫做碉房？〔樵〕你是不知，這鬼門關大小鬼約有四萬八千，但是颼風起時，白日裏出跳。則是鬼矮的離地三寸，高的不上一丈。下面住，鬼打攪得荒，我們山崖樹杪架些排欄，夜間護着個四德狗子睡。〔生〕怎生叫四德狗子？〔樵〕他一德咬賊，二德咬野獸，三德咬老鼠，四德咬鬼。〔生〕罷了，罷了，没奈何護着狗子睡了。則我被傷之人，碉不上去。〔樵〕繩子擡罷。〔擡介〕

【清江引】狗排欄架造無邊妙，個裏難輕造。山崖斗又高，棘刺兒尖還俏，黑碌碌的回回直上到杪。

【前腔】八人擡坌煞那團花轎，這樣還波俏。草繩繫着腰，黑鬼兒梭梭跳，這敢是老平章到頭的受用了？

逃得殘生命，鷦鷯寄一枝。
情知不是伴，事急且相隨。

【校】

①【江兒水】，葉譜改題【雁過江】，謂【雁過聲】犯【江兒水】。②與【江神子】句格不同，葉譜題作【石榴鎗】，謂【石榴花】犯【急三鎗】。

第二十三齣　織恨

〔末扮機坊大使官上〕平生不作皺眉事，天下應無切齒人。自家京城巡捉使，爲抄劄盧家有功，超升外織作坊一個大使，此乃當朝宰相宇文老爺之恩也。老爺還要處置盧家，但是他夫人織造粗惡，未完事件，都要起發他一場。想起來也是個一品夫人，大使官多大，去凌辱他。〔想介〕有計了：督造太監將到，攛掇他去凌辱便了。在此伺候。〔丑扮内官上〕本是南内押班使，帶作西頭供奉官。吾乃掌管織造穿宫内使便是，好幾個月不曾下局。大使何在？〔末見介〕公公下局，小官整備茶飯伺候。〔丑〕你知近日朝廷有大喜事麽？〔末〕不知。〔丑〕乃是吐蕃國降順中華，帶領西番一十六國侍子來朝，所費錦段賞犒不貲，故來催儹。你可知事？〔末〕小官知事，只是外機坊錢糧有限，無可孝敬公公。〔丑惱介〕不孝敬公公麽？多大孫孫子哩！〔末〕不敢説，有一場大孝敬，只要老公公消受得。〔丑〕怎麽大孝敬？〔末〕老公公半年不到此間，有個織婦，係盧尚書妻小。那尚書積貫通番，得些寶玉珍珠，都在那妻子手裏。〔丑〕難道他雙手送來？〔末〕馬不弔不肥，人不弔不招。弔將起來就招了。〔丑〕我内家人心慈。〔末〕小官打耳眯子。〔丑〕着，憑仗太監公公，欺負盧家媽媽。〔下〕〔旦貼抱錦上〕

【破齊陣】一旦内家奴婢，十年相國夫人。零落歸坊，淋漓當户，織處寸腸挑盡。怎禁得咿軋機中語？待學個回環錦上文，啼殘雙翠顰。

【殢人嬌】小織機坊，煙鎖幾重簾箔。挑燈罷，停梭夢着。流人江嶺，半夜歸來飄泊。宮墻近也，又被啼烏驚覺。望斷銀河心緬邈，恨蓬首居然織作。天寒翠袖，試綵鴛雙掠。正脈脈秦川，迴文淚落。奴家盧尚書之妻清河崔氏。兒夫罪投煙瘴，奴家没入機坊，止許梅香一人相隨。暗想公相在朝，夫榮妻貴，府堂之內，奴婢數百餘人。奴有金貂，婢皆文繡。誰知一旦時事變遷？這也不在話下了。只是夫離子散，好不傷心呵。

【漁家傲】①機房静織婦思夫痛子身，海南路歎孔雀南飛，海圖難認。〔貼〕到宮譜宜男雙鴛處，怕鈿愁暈。梅香呵，昔日個錦簇花圍，今日傍宮坊布裙。〔合〕問天天，怎舊日今朝今朝來是兩人？

〔旦〕在此三年，滿朝仕宦，没個替相公表白冤情。〔貼〕好苦！好苦！

【攤破地錦花】〔旦〕大冤親，把錦片似前程扚。一謎謎塵，白日裏黑了天門。待學蘇妻，織錦迴文。〔合〕奏明君，倘然間有見日分。

〔貼〕夫人，織錦迴文，獻上御覽，召還相公，亦未可知。筆硯在此，先填了詞，好上樣錦。〔旦寫介〕宮詞二首，調寄菩薩蠻。待我鋪了金縷朱絲，梅香班②織。〔貼〕是如此。〔旦鋪錦上織介〕

【剔銀燈】無情緒絲頭亂廝引，無斷倒挑絲兒廝認。一縷縷金襯着一絲絲柔腸恨，一字字詩隱着一層層花毬暈。〔合〕迴文玉纖拋損，一溜溜梭兒攛過淚墨痕。

〔内喝介〕〔貼〕催錦的官兒將到，夫人趲起些。

【麻婆子】〔旦〕③織就織就官錦上，辭兒受苦辛。蟋蟀蟋蟀天將冷，停梭悵遠人。穿花錦滴淚眸昏，一勾絲到得天涯盡。〔內喝介〕〔合〕促織人催緊，愁殺病官身。〔末同丑響道上〕

【粉蝶兒】帽帶餛飩，高帶着牙牌風韻。

〔末〕已到機坊。〔丑〕還不見機户迎接，可惡，可惡！〔貼慌介〕督造內使來到。夫人，患難之中，只索迎接。〔旦〕我乃一品夫人，有體面的，你去便了。〔貼應，跪接介〕機户迎接公公。〔丑笑介〕好好，起來。你就是盧夫人哩？〔貼〕機户叫做梅香。〔丑問末介〕怎麼叫做梅香？〔末〕梅香者，丫頭之總名也。春間討的是春梅，冬天討的是冬梅，頭上害喇驢的叫做喇梅。這不知是盧尚書那一時討的？總名梅香。〔丑笑介〕梅香，梅香，有甚香處？〔末〕梅香者，暗香也。都在衣服裏下半截。〔低介〕弔起，那一陣陣香，滿屋竄來。〔丑低〕你纔説珠寶一事，這丫頭可知？〔末〕他是盧尚書的通房，怎生不知？〔丑歎介〕則他便是盧尚書通房，其實欠通。〔末〕不要管他，只聽我説一句，你發作一番便了。〔丑〕領教了。〔見介〕盧家的那裏？〔旦〕公公少禮。〔丑惱介〕哎喲，你是管下的機户，不磕頭，卻教公公少禮。難道做公公的你處磕頭不成？且擡犒賞夷人的錦段來瞧。〔末〕千字文編號，有個八段錦，犒賞夷人字號：宣威沙漠，臣伏戎羌。每個字號該錦八疋，八八六十四疋。〔丑〕呈樣來。〔貼呈錦介〕這宣威沙漠的樣錦。〔末耳語介〕〔丑〕呀，錦文麤薄，不中，不中。〔貼又呈錦介〕這是臣伏戎羌的錦。〔末耳語介〕〔丑〕忒軟了。〔貼〕公公是不知，這宣威沙漠字號的錦，就要紗一般薄；臣伏戎羌的錦，就要絨一般軟軟的；都是欽降錦樣兒。〔丑問末介〕敢是欽降的？你去點數來。〔末點介〕只有七七四十九疋，少造了八八六十四疋。〔丑惱介〕好打哩！〔做打介〕〔貼遮〕〔旦哭介〕

【普天樂犯】[4]錦官院，把時光儘，織作署風雷迅。〔末耳語介〕〔丑〕是哩，這錦上絲文長是斷的，且不打正身，打這丫頭傷春懶慢。〔旦〕他作官身甚傷春？到是俺縷金絲腸斷懷人。〔末耳語介〕〔丑〕是哩，懷人便是傷春，傷春便是懷人，好打，好打。〔旦背哭介〕織錦字字縈方寸，怎覷的一絲絲都是淚痕滚？〔回身指末介〕恨無端貝錦胡云，〔指錦介〕似這官錦如雲，甚干忙，要巴巴羯羯你這內家人。

〔末背嘴介〕婦人罵老公公哩。罵你巴，又罵你羯狗，好發作了。〔丑惱介〕呀，偏我巴，你不巴！我羯，你不羯！本待不尋思你，不怕不尋思你，待我親自問他。那囚婦過來，聽是你丈夫交通番國，有寶玉珍珠多少，拿送公公鑲帽頂，鬧粧鸞帶可好？〔旦〕家私都打没了，那討哪？〔末耳介〕〔丑〕是了，馬不弔不肥，人不打不招。先把梅香弔起來。〔弔介〕〔末假救介〕老公公休打他，他自招來。〔丑打〕〔貼不伏介〕哎喲，寶貝都没有了，珍珠到有些兒。〔丑〕在那裏？〔貼〕裙窩裏溜的。〔貼尿諢介〕〔丑〕這是梅香下截的香竄將出來了。〔內喝道〕〔丑末慌介〕司禮監公公響道了。〔走介〕〔高上〕

【金鷄叫】帽擁貂蟬，紅玉帶蟒袍生暈。可憐金屋裏有向隅人，何日金鷄傳信？

自家高力士便是。〔歎介〕我與平章盧老先生交遊有年，一旦遠竄煙方，妻子没入外機坊織作。〔歎介〕好些時不曾看得他，知他安否？〔丑末跪接介〕督造機坊內使大使叩頭，迎接老爺。〔高〕去。〔進見介〕〔高〕夫人拜揖。〔旦〕不知老公公出巡，妾身有失迎接。〔高〕幾番遣人送些醬菜時鮮，可到呢？〔旦〕都領下了。〔哭介〕老身好苦也！

【朱奴兒犯】⑤機絲脆怕彊忙摘緊，機絲潤看雨暄風煴。又怕展污了幾夜殘燈燼，奴便待儘時樣花文帖進。〔高〕使得，使得。〔旦〕奴家還有一言告稟：官錦之外，奴家親手製下粉錦一端，迴文宮詞二首，獻上御覽，也表白罪婦一片苦心。〔高〕這不妨，便與獻上御前，或有回天之喜。〔合〕淒涼運，憑誰問津？問天公怎偏生折罰這弄梭人？

〔貼哭叫介〕老公公饒命！〔高〕夫人，饒了這丫頭罷。〔旦〕不是老身難爲他。不敢訴聞，都是貴衙門督造内使。〔高〕怎的來？〔旦〕到這裏也不催錦，也不看錦，只是打鬧，討寶貝若干，珍珠若干。老公公，你説罪犯之婦，那討呵？〔高惱介〕原來這等，小的兒，快放下來。〔丑忙鬆綁介〕〔高〕軍校，帶着小的，衙門伺候。〔拿丑下介〕〔旦〕⑥也是大使作弄他。〔高〕連那大使拿着。〔拿介〕

【尾聲】〔高〕縷金箱點數了且隨宜進。〔旦〕聒殺人那促織兒聲韻。〔高〕夫人，老尚書呵，終有日衣錦還鄉你心放穩。

拋殘紅淚溼窗紗，　織就龜⑦文獻内家。
但得絲綸天上落，　猶如錦上再添花。

【校】

①【漁家傲】，當作【漁家傲犯】，犯【雁過聲】也。②班，疑常作「幫」。③「旦」字，臆補。④【普天樂犯】，南詞新譜卷四作【普天帶芙蓉】，謂【普天樂】犯【玉芙蓉】。⑤【朱奴兒犯】，南詞新譜卷四作【朱奴插芙蓉】，謂【朱奴兒】犯【玉芙蓉】。⑥〔旦〕，臆補。⑦龜，疑當作「回」。

第二十四齣　功白

【六幺令】〔宇文同蕭上〕〔宇〕龍顔光現，探龍珠怕醒龍眠。〔蕭〕五雲高處共留連，黄閣老，紫微仙。〔宇〕萬年枝上葫蘆纏，萬年枝上葫蘆纏。

〔蕭〕老相公怎麽説個葫蘆纏？〔宇笑介〕脚不纏不小，官不纏不大哩。今日諸番侍子來朝，聖主御樓受賀，實乃滿朝之慶也。〔蕭〕恰①好裴年兄以中書侍郎掌四夷館事，前來引奏，必有可觀。

【前腔】〔裴上〕天朝館伴，盡華夷押入朝班。雕題侍子漢衣冠，同舞蹈②，拜金鑾，長呼萬歲天可汗，長呼萬歲天可汗。

〔裴〕二位平章老先生請了。今日侍子趨朝，君王受賀，舊規光禄寺排筵宴，織作坊賜文錦，俱已齊備，恭候駕臨。〔宇〕衆侍子禮當丹墀站立。〔各侍子上〕古魯古魯，力喇力喇。近隨漢使千堆寶，少答戎王萬疋羅。〔宇〕分付諸番侍子，門外候駕。〔各侍下〕〔内響仗介〕〔上引高力士衆上〕

【夜行船】日華高罩長明殿，繞垂旒萬里江山。五國單于，三韓侍子，都俯伏在丹墀北面。

〔宇蕭見介〕〔裴見介〕中書侍郎掌四夷館事臣裴光庭謹奏我王：有吐蕃國侍子，領西番諸國侍子朝

見。〔高〕傳旨：侍子丹墀下聽旨。〔裴呼萬歲介〕〔宇蕭裴〕恭賀萬歲，天威遠播，臣等謹排御筵，奏上千秋萬壽。〔進酒介〕

【好事近】花舞大唐年，罄歡心太平重見。喜一天鋪滿，和風甘雨祥煙。齊天福壽，聽海外，謳歌來朝獻。御樓前細樂風傳，玉盞内金盤露偃。

〔内唱〕諸番侍子進酒。〔侍子上〕古魯古魯，力喇力喇。吾乃吐蕃大將熱龍莽之子，俺父親當年戰敗，爲盧元帥追剿，危急之際，白雁題書，求他撥轉馬頭，放條歸路。書云：莫教飛鳥盡，留取報恩環。今日遠聞盧元帥到爲咱父親之故，負罪銜冤，父親不忍，啓奏番王，着咱充爲侍子，領帶各番侍子來朝。奏對之際，辯雪其冤。報恩之環，正在此矣。今當見駕，不得造次。〔衆古魯介〕〔俯伏呼萬歲萬歲萬萬歲，叩頭起舞介〕

【千秋歲】好堯天，單照着唐朝殿，十二柱金龍爪齊現。疊鼓聲諠，闌單單，做一字兒壽星來獻。回回舞，婆羅旋。錦帽上，花枝低顫。舞袖班闌③捲，做獅蹲象跪，俯伏堦前。

侍子們上天可汗萬萬歲一杯酒。〔上〕勞你們國中遠來，寡人何德致此？各言其故。〔侍〕以前諸國，倚恃山川，自外王化。自經盧元帥西征，諸番震恐，方知螢火難同日光。敬遣小臣，瞻天朝賀。〔上〕原來如此。豈非前節度使盧生乎？叫内侍，將欽賞花文錦匹，唱數分給了。赴四夷館筵宴。〔高唱禮介〕侍子朝門外領賞，叩頭。〔侍子叩頭呼萬歲介〕自識天朝禮，方知將帥功。〔下〕〔高數錦介〕侍子跪聽頌錦：細法真紅大百花四疋，緋紅天馬六疋，青紫飛魚八疋，翠池獅子錦十疋，八答雲雁錦二十疋，簇四金鵰錦三十疋，大窠馬打毬錦四十疋，天下樂錦五十疋，犒設紅錦一百疋。啓萬歲爺：夷人官錦欽依散完。官錦之外，餘下一端。〔上〕取來寡人觀之。〔看介〕原來織成幾行字在上面。〔念介〕詞寄菩薩蠻：○梅題遠色春歸得，遲鄉瘴嶺過愁客。孤影雁回斜，峯寒逼翠紗。　窗殘拋錦室，織急還催織。錦官當夕情，啼斷望河明。○還生赦泣人天望，雙成錦匹孤鸞悵。獨泣見誰憐，流人苦瘴煙？　生親還棄杼，鴛配關河戍。遠心天未知，人道赦來時。〔裴跪介〕臣覽此詞，可以迴文讀之：〔念介〕明河望斷啼情夕，當官錦織還催急。織室錦拋殘，窗紗逼翠寒。　峯斜回雁影，孤客愁過嶺。瘴鄉遲得歸，春色遠題梅。○時來赦道人知未？天心遠戍河關配。鴛杼棄還親，生煙瘴苦人。　流憐誰見泣？獨悵鸞孤匹。錦成雙望天，人泣赦生還。〔上〕奇哉，奇哉。看錦尾必有名姓。是了，外織作坊機户臣妾清河崔氏造進。呀，清河崔氏，何人也？〔裴〕前征西節度使盧生之妻。〔上〕呀，原來盧生家口，入官爲奴。傷哉此情，可以赦之。〔宇〕啓上我王：盧生通番賣國，罪不容誅。〔上〕蕭卿以爲何如？〔蕭〕聽此侍子之言，盧生乃功臣也。〔宇文惱介〕呀，蕭嵩爲臣，反復不忠，萬歲可併誅之。〔上〕他如何反復不忠？〔宇〕論盧生本頭，有蕭嵩名字。〔蕭〕臣並無押花。〔宇〕臣袖有原本在此，呈上。〔高接本〕〔上覽介〕平章軍國大事臣宇文融，同平章事門下侍郎臣蕭嵩謹奏。呀，是有蕭嵩之名。再看奏尾，呀，蕭卿押有花字，何得推無？〔蕭〕此非臣之真正花押。〔上〕怎生是真正花押？〔蕭〕臣嵩表字一忠，平日奏事，花押草作「一忠」二字。及搆陷盧生事情，宇文融預先造下連名奏本，協同臣進。臣出無奈，押此一花，暗于「一」字之下「忠」字之上，加了兩點，是個「不忠」二字。見得宇文此奏，大爲不忠，非臣本意。〔宇〕萬歲，看此人賣友欺君，當得何罪？〔上怒介〕呀，宇文融與盧生同時將相，掩蔽其功，譖以大逆，欺君賣友，非融而誰？高力士，與我拿下！〔高綁宇介〕〔宇〕哎喲，這難題目輪到我做了。到頭終有報，來早與來遲。〔下〕〔上〕蕭、裴二卿傳旨：差官星夜欽取盧生還朝，拜爲當朝首相；妻崔氏即時放出，復其一品夫人，仍賜官錦霞帔一襲；諸子門蔭如故。〔歎介〕寡人若非吐蕃諸侍子之言呵，

【尾聲】十大功臣不雪的冤，且和俺踈放他滿門良賤。〔衆〕這是主聖臣忠道兩全。

盆下無由見太陽，南冠君子竄遐荒。
忽然漢詔還冠冕，計日應隨鴛鷺行。④

【校】

①「恰」字原缺，當補。②「蹈」字原缺，當補。③班闌，疑當作「斑斕」。④下場詩上，清暉、獨深、竹林三本俱有「集唐」二字。

第二十五齣　召還

【趙皮鞋】〔丑①司户官上〕出身原在國兒監，趁食求官口帶饞。蛇羹蚌醬飽腌臢，海外的官箴過得𧶽。

小子崖州司户，真當海外天子。長夢做個高官，忽然半夜起水。好笑，好笑，一個司户官兒，怎能巴到尚書閣老地位？不想天弔下一個盧尚書來此安置，長説他與朝廷相知，還有欽取之日，小子因此再也不難爲他。誰想上頭没有他的路？昨日接了當朝宇文丞相密旨，説他最恨的是盧尚書，叫我結果了他的性命，許我欽取還朝，不次重用。思想起來，八品官做下這場方便事，討了欽取，有甚不好？今早缺官署印，盧生可來參見也。

【步蟾宫】〔生上〕喫盡了南州青橄欖，似忠臣苦帶餘甘。三年憔悴甚江潭，有百十倍的帶圍清減。

俺盧生，有罪流配此州。州無正官，便是司户官兒署掌，也不免過去見他。〔見介〕司户先生拜揖，請了。〔丑惱介〕呀，你是何人？〔生〕長在此相見的盧生。〔丑〕你不説是盧生罷，盧生流配之人，目今掌印，便是你收管衙門，不應得你叩頭站立伺候？叫我一聲司户，就請了去。好打，好打。〔生〕誰敢？〔丑〕便叫牢子打哩。〔衆拖生打介〕〔生〕有何罪過呵？〔丑〕還不知罪！

【紅衲襖】打你個老頭皮不向我門下參，打你個硬骸兒不向我庭下跕。打你個蠢流民儘着嘍，打你個暗通番該萬斬。〔生〕宇文融可恨，可恨。〔丑〕宇文相公甚麼樣好人，你也罵他，打你個罵當朝一古子的談。〔生〕不要哩，朝廷有用我之時。〔丑〕打你個仗當今一塊子的膽。〔生笑介〕〔丑〕打的你皮開肉綻還氣巖巖也。打了呵，還待火烙你頭皮鐵寸嵌。

【前腔】〔生〕我分的大朝家辯諂讒，怎到你小官司行對勘？則道住的是狗排欄身自躭，誰想過了鬼門關刑較慘？罷了，罷了，既在矮簷下，怎敢不低頭？撲着口三千段朝家事一謎的緘，搶着頭十二分你本官前再不敢。你打的我血淋侵達喇的痛鑱鑱也，怎再領得起你那十指鑽鉗潑火燂？〔鐵鈐生頭，火烙生足介〕〔使臣帶將官捧朝服上〕

【縷縷金】將雨露，灑煙嵐。皇宣催請急，舊新參。一點三台路，海風吹暗。堂堂天使此停驂，過來的鬼門站。②

〔内上報介〕天使到來，欽取宰相回朝。〔丑驚喜介〕我的宇文老爺，小官還不曾替你幹的事，就蒙你欽取我拜相回朝。領戴，領戴。且把老頭兒監候。〔作接使臣不跪〕〔使問介〕是甚麼官兒，不跪？〔丑〕天使來取司户回朝拜相，體面不跪。〔使〕咄！快起去，盧老爺那裏？〔丑慌取生出介〕〔使〕盧老先生憔悴至此！有欽賜朝服。〔生更衣〕〔户慌介〕〔使讀詔介〕皇帝詔曰：咨爾前征西節度使兵部尚書盧生，以朕一時不明，陷汝三年邊瘴。宇文融今已伏誅，賜汝定西侯爵邑如故。欽取還朝，尊爲上相，兼掌兵權。馬頭所到，先斬後奏。欽哉！謝恩。〔使見介〕敢問老先生到此多年了！

【紅芍藥】〔生〕有三年不到朝參，雲陽市别了妻男。僥倖煞天恩免囚轞，日南珠滿淚盤沾糝，受盡熱和鹹，纔記起風清河淡。〔合〕喜重歸相府潭潭，有的這青天湛湛。

〔丑自綁上〕〔請罪介〕那裏知朝廷真有用他之時？宇文公，宇文公，弄得我没上没下的，只得前去請死。〔見介〕司户小人，有眼不識太山，綁縛堦前，合當萬死。〔生笑介〕起來，此亦世情之常耳。

【紅衫兒】③是則是世間人，都扯淡。有的閒窺瞰，也着些兒肚子包含。都不計較你了。自羞慚，把你那絮叨叨口業都除懺。〔丑〕老爺縱饒狗命，狗心不穩，顛倒號令施行了罷。〔生笑介〕疑惑我後來麼？大人家説過了無欺蘸，頭直上青天監。

〔丑叩頭介〕天大肚子的老爺，千歲千千歲！〔生〕君命召，就此起行了。〔黑鬼三人上〕黑鬼們來送老爺。〔生〕勞苦你三年了。

【會河陽】地折底走過，瓊、厓、萬、儋。謝你鬼門關口來相探。〔丑〕地方要起老爺生祠，千年萬載。〔生〕要立生祠，立在他狗排欄之上，生受，他留我住站。我魂夢遊海南，把名字他碉房嵌。司户，我去後好看覷黑鬼，要他黑爺兒，穩着那樵歌擔；蛋夫妻，穩着那魚船纜。

我去也。〔行介〕

【紅繡鞋】皇宣一紙鸞緘，鸞緘。車塵馬足趲趲，趲趲。笑奸貪，枉愚濫。把時情憾，皇恩感。烏頭蘸，舊朝簪，舊朝簪。

【尾聲】讒痕妬迹無沾嵌，向鳳凰池洗净征衫。今後呵，海外山川長則是畫屏風邊際覽。

海外流人去，　朝中宰相歸。
舉頭紅日近，　回首白雲低。

【校】

①「丑」字原缺，臆補。　②據譜，末句是重句。　③按，【紅衫兒】是南吕調，句格與此完全不合。當作中吕【耍孩兒】。

第二十六齣　雜慶

【大迓鼓】〔工部大使上〕小官工作場，功臣甲第，蓋造牌坊。魯班墨綫千年樣，高閣樓臺金玉裝。〔合〕賞犒無邊願他官高壽長。

自家工部營繕所一個大使，奉旨蓋造盧老爺大功臣坊、勑書閣、寶翰樓、醉錦堂、翠華臺、湖山、海子，約二十八所。各工奏完，盧府賞銀三千錠，花酒不計其數，好氣概也。

【前腔】〔廄馬大使上〕小官羣牧坊，功臣賜馬，夜白飛黄。方圓肥瘦都停當，穩稱他一路鳴珂裊袖香。〔合前〕

學生飛龍廄一個管馬大使，萬歲爺御樓上見盧府各位公子，朝馬肥瘦不一，詔賜内廄馬三十匹，送到盧府乘坐。蒙盧府賞我大使官一秤馬蹄金，押馬的九十餘人，各賞金錢一百貫，好不興也。

【前腔】〔户部大使上〕小官册籍廊，爲功臣田土，詔撥皇莊。山田水碓何爲廣？更有金谷名園勝洛陽。〔合前〕

小子户部黄册庫大使，奉旨齎送欽賜田園數目：田三萬頃，園林二十一所，送到盧府。蒙賞契尾錢一萬緡，好利市也。

【前腔】〔樂官緑衣花帽上〕小官内教坊，要功臣行樂，賜與糟糠。〔内〕連龜婆都去了。〔樂〕偷賣了一個粉頭，老婆替哩。吹彈歌舞都停當，只怕夫人是個喫醋王。〔合前〕賤子是新襲職的龜官兒，萬歲爺賜功臣女樂，欽撥仙音院二十四名，以按二十四氣。蒙禮部裴老爺差委，送去盧府。女妓都留着用，賞賤子砑光插花帽一頂，百花衣一件，金錢一千貫，好不興也。〔唱合前〕

〔與前三官見介〕〔樂〕三位老先唱偌。〔衆惱介〕反了，反了，臭龜官敢來唱偌。〔樂〕你官多大？〔衆〕更不大，也是一考三年，三考九年，朝廷正氣大選，六品行頭，出去爲民之父母。你何等様？開口唱偌。〔打介〕也罷，不要打他，瞧他家小娘兒去。〔樂〕老先，老先，我家小娘，連娘都牽在盧府去了。〔衆〕這等，權把你當小娘，唱個小①曲兒。唱的好，罷。不然，呈告禮部堂上，打碎你的殼。〔樂〕也罷，便做小娘，唱個銀紐絲兒：〔唱介〕愛的是奴家一貌也花，親親姊妹送盧家，好奢華。獨自轉回衙，風吹了緑帽紗，斜簪一朵花，小攢金袖軟靴兒乍。撞着嘴脣皮疙癩，臭冤家，把咱背克喇，鑽通鬭不着也他。我的外郎夫呵，喇龜兒我龜兒喇。〔衆〕唱的好，再唱，再唱。〔樂〕罷了。〔衆諢〕〔内響道介〕〔衆〕太老爺下朝房了，走，走，走。正是：

人逢開口笑，
花插滿頭歸。〔下〕

【校】

① 小，原作「干」。

第二十七齣　極欲

【感皇恩】〔旦引貼上〕依舊老平章，平沙堤上，宴罷千官擁門望。歸來袍袖，長是御爐煙颺。皇恩深幾許？如天廣。〔貼〕御宿田園，御書樓榜，御樂仙音整排當。〔旦〕滿牀簪笏，盡是綺羅生長。年光休去也，留清賞。

【集句】遥見飛塵入建章，紅英撲地滿筵香。誰知不向邊城苦？爲報先開白玉堂。相公自嶺海歸來，二十年當朝首相，今日進封趙國公，食邑九千户，官加上柱國太師。先蔭兒男一齊陞改：長子傅，翰林侍讀學士；次子倜，吏部考功郎；三子儉，殿中侍御史；四子位，黄門給事中。這梅香伏侍相公，也養下一子，叫做盧倚，因他年小，掛選尚寶司丞。孫子十餘人，都着送監讀書。恩榮至矣。幾日前父子侍宴御樓之上，萬歲爺憑闌，望見我家朝馬肥瘦不齊，即便選賜御馬三十匹。宴罷之際，聞得老相公家中少用女樂，即便分撥仙音院女樂二十四名，以應二十四氣。又賜田園樓館，形勝非常。此時相公出朝，我教排設家宴，想俱整齊。相公早到。〔衆擁生上〕向曉入金門，侍宴龍樓下。身惹御爐煙，歸來明月夜。我盧生，出將入相，五十餘年。今進封趙國公，食邑九千户，四子盡陞華要。禮絶百寮之上，盛在一門之中。侍宴方闌，下朝歸府。不免緩步而行。

北【中吕粉蝶兒】錦繡全唐，真乃是錦繡全唐。① 鬧堂餐偏醉上我頭廳宰相，有那些伴飲班行。壓沙堤，歸軟馬，是我到有些美懷佳量。轉東華鶱着我庭堂，又逼札的我那夫人酬唱。

〔見介〕夫人，恭喜了，進封爲趙國夫人。侍宴而歸，不覺梨花月上。〔旦〕妾因御賜樓臺幾所，因此開紅粧宴，上翠華樓，陪公相盡通宵之興。〔生〕少待，少待，你四個兒子，都擺着一路頭踏，鳴珂珮玉而回。〔四子冠帶上〕兄弟同日陞蔭，拜見老爺老夫人去。〔見禮介〕禮樂衣冠地，文章富貴家。南山開壽域，東海溢流霞。爹娘在上，容孩兒們敬上一杯賀酒。〔進酒介〕

南【泣顔回】列桂捧瓊觴，滿冠蓋青雲成浪。穿朝入苑，無非戚畹宮墻。老爺，你把朝堂穩坐，一家兒門户山河壯。保蒼生你大古裏馳名，荷皇封小的兒沾賞。

〔旦〕院子，請官兒堂上飲酒。〔四子跪介〕稟老爺老夫人，兒子荷爹娘福庇，新受皇恩，各衙門俱有公宴。〔生〕正是，衙門公宴，不可遲遲。〔四子打躬退介〕暫赴鴛行席，長趨燕喜堂。〔下〕〔内作樂〕〔生歎美介〕〔旦〕老公相不知，此乃皇恩頒賜女樂二十四名，按二十四氣，吹彈歌舞，可謂妙矣。〔生〕哎喲，我只道是家常雅樂，原來教坊之女，咱人不可近他。〔旦〕怎生不可近他？〔生〕尋常女子，有色無聲，名爲啞色。其次有聲而未必有色，能舞而未必能歌。只有教坊之女，攬箏琶，舞霓裳，喬合生，大迓鼓，醉羅歌，調笑令，但是標情奪趣，他所事皆知。所以君子可視也，不可陷也；可棄也，不可往也。且其幼色取自鮮妍，假母教其精細。容止則光風霽月，應對則流水行雲。加之粉則太白，加之朱則太赤。高一分則太長，低一分則太短。詩家説道：月出皎兮，美人嫽②兮。巧笑倩兮，美目盼兮。那一盼你道是甚麼盼，把你的心都盼去了。那一笑你道是甚麼笑？把人那魂都笑倒了。故曰：皓齒蛾眉，乃伐性之斧；鶯聲燕語，乃叫命之梟；細唾黏津，乃腐腸之藥；翻牀跳席，乃厥痿之機。老子曰：五色令人目盲，五音令人耳聾。所以小人戒色，須戒其足。君子戒色，須戒其眼。相似這等女樂，咱人再也不可近他。〔旦〕這等，公相可謂道學之士，何不寫一奏本，送還朝廷便了。〔生笑介〕這卻有所不可。禮云：不敢虛君之賜。所謂卻之不恭，受之惶愧了。〔旦〕公相，聽你說白一篇，到躭誤了幾個曲兒。叫女樂近前，勸公相酒。〔女樂叩頭介〕〔生〕你們都是奉旨來的，請起，請起。唱的唱，舞的舞。

北【上小樓】〔樂〕我則望仙樓排下這內家粧，步寒宮出落的紫霓裳，一個個清歌妙舞世上無雙。把紅牙兒撒朗，羯鼓兒繃邦③。間的是吉琤琤的銀鴈兒打的冰絃喨，吸烏烏洞簫聲悠漾。把我這截雲霄不住的歌喉放，唱一個殘夢到黃粱。〔生〕怎說起黃粱？〔衆〕不是，唱一個殘韻繞虹梁。

南【泣顏回】〔生〕軒昂，氣色滿華堂，立宮花濟楚珠珮玲琅。謝夫人賢達，許金釵十二成行。插花筵畔捧蓮杯，笑立嬌模樣。蚤餐他鳳髓龍肝，卻沾承黛綠蛾黃。

〔旦〕啓相公得知：還有酒在翠華樓，爲今夜暖樓之宴。〔生〕賢德夫人也。淡月籠雲，玉堦之上可以翫賞。侍女們燃百十枝絳紗燈，細樂導引，我與夫人緩步遊賞一回。〔貼衆燈籠細樂行介〕

北【黃龍衮犯】④踼蕩蕩的蹬道三條，滴溜溜的平川一掌。藹溶溶的淡月長空，高簇簇的紗籠翠晃。抵多少銀燭朝天紫陌長。〔笑跌介〕待不笑呵，不是他紅生生翠袖雙扶，把我脆設設的肝腸一踹。〔內奏樂笑聲響道介〕〔生〕前面幾十對紗燈響道，問是誰家？〔貼衆問介〕〔內應介〕便是我家四位官兒宴歸私宅。〔生笑介〕好人家也。前面翠華樓了。

南【撲燈蛾犯⑤】靄青青煙裊袖鑪香，廝琅琅落花御溝漾。啣喳喳晚風飄細樂，齊怎怎千步廊回向。高豔豔的金牌玉榜，軟幽幽粉樓下垂楊。密札札雕簷畫戟，雄赳赳有笑天獅，門外滾毬場。

〔到介〕〔旦〕公相，你看翠華樓前面，欽賜碧蓮湖三十六景。〔生〕真乃神仙景致。女樂們扶我與夫人上樓去。〔上介〕〔生〕大觥灑酒來，與夫人痛飲。

北【上小樓犯⑥】展嵬嵬登了閣，砌臻臻遊了房。真乃是倚着紅雲，踏着紅蓮，逗着紅妝。〔旦〕老爺請酒。〔做酒翻溼袖介〕〔生〕笑的來酒影花枝，酒摇燈暈，酒生袍浪，越顯的這風清也似月朗。

〔旦〕高樓良夜，相公可以盡懷。〔樂争持生介〕〔生〕聽我分付：今夜便在樓中派定，此樓分爲二十四房，每房門上掛一盞絳紗燈爲號，待我遊歇一處，本房收了紗燈，餘房以次收燈就寢。倘有高興，兩人三人臨期聽用。〔樂笑應介〕

南【疊字犯】⑦拍拍紅諠翠嚷，匝匝情深意廣。沈沈的玉漏稀，娟娟的風露涼。悉的悉喇宿鳥兒湖上，閃閃開紅紗繡窗。一個個待枕席生香，落落滔滔取情兒翫賞。笑笑笑人生幾百歲，醉煞錦雲鄉。

（旦）夜闌了，相公將息貴體。（生）夫人，吾今可謂得意之極矣。

【尾聲】論功名，爲將相，也是六十載擎天架海梁。夫人，向後呵，⑧則把這富貴榮華和咱慢慢的享。

美景天將錦繡開，　昇平元老醉金杯。
夜夜笙歌歸院落，　朝朝燈火下樓臺。

【校】

①據曲譜，原無重句。　②嫽，原誤作「了」。　③下句起是幺篇。幺篇結尾原無重句。　④北【黃龍衮犯】，葉譜作北【鬬鵪鶉】。　⑤⑥葉譜删「犯」字。　⑦南【疊字犯】，葉譜作南【撲燈蛾】。　⑧「則」字上原有「我」字，衍。

第二十八齣　友歎

【掛真兒】〔蕭上〕生意盡憑黄閣下，歎元僚①病染霜華。紫禁煙花，玉堂風月，長好是精神如畫。

故交君獨在，又欲與君離。我有新愁淚，非關秋氣悲。下官蕭嵩，忝同平章事。有首相盧老先生，乃同年至交，年今八十有餘，忽然一病三月，重大事機，詔就牀前請决。皇上恩禮異常，至遣禮部官各宫觀建醮禳保。那禮部堂上是裴年兄，上香而回，必然到此。〔裴上〕

【番卜算】元老病能瘥，聖主心縈掛。〔見介〕〔蕭〕年兄，這一番祈禱是如何？要作從長話。

年兄，盧老先生平日精神甚好，因何一病纏縣？

【風入松】〔裴〕略知元老病根芽，説起一場新話。〔蕭〕是閣中機務所勞？〔裴〕非關閣下傷勞雜，是房中有些兒兜荅。〔蕭〕呀，難道盧老先生此時還有餘話？〔裴〕好採戰説長生事大，皇恩賜女嬌娃。

〔蕭〕有這等的事，老夫人怎不阻他？〔裴〕都道彭祖年高八百，也用採女之術。

【前腔】〔蕭〕老年人似紙烘殘蠟，能禁幾陣風花。千年彭祖今亡化，顛倒着折本生涯。〔裴〕盧年兄富貴已極，止想長生一路了。〔蕭〕便是，論吾儕都是八旬上下，遲和蚤幾争差？

盧老先既有此失，勢必蹺蹊。且喜年兄大拜在即了。〔裴〕不敢。

病到調元老，　朝家少國醫。
惟餘一枝樹，　留與後來棲。

【校】

① 僚，原作「寮」。

第二十九齣　生寤

【金蕉葉】〔旦愁容上〕愁長恨長，天樣大門庭怎放？就其間有話難詳。天，天，天，怎的我老相公一時無恙？

事不三思，終有後悔。我老相公夫婦齊眉，極富極貴，年過八十，五子十孫；此亦人間至樂矣。以前止是幾個丫鬟勸酒，老身時時照管，不致疎虞。近因皇帝老兒，没緣没故送下幾個教坊中人，歌舞吹彈，則道他老人家飲酒作樂而已。誰想聽了個官兒，他希求進用，獻了個採戰之術。三月以前，偶然一失，因而一病蹺蹊。所仗聖眷轉深，分遣禮部官于各宮觀建醮祈禱，王公國戚以次上香，可謂得君之至矣。只恐福過災生，未肯天從人願。天呵，不敢望他百歲，活到九十九也罷了。〔兒子走上報介〕老夫人，老夫人，老爺不好了！分付請他出堂而坐。〔兒子、梅香扶生病上〕

【小蓬萊】八十身爲將相，如今幾刻時光。猛然惆悵，丹青易老，舟楫難藏。

【集唐】將相兼權似武侯，誰人肯向死前休？臨堦一盞悲春酒，野草閒花滿地愁。夫人，我病勢沈沈，精魂散亂，多應罷了。思想當初，孤苦一身，與夫人相遇。登科及第，掌握絲綸。出典大州，入參機務。一竄嶺表，再登台輔。出入中外，迴旋臺閣，五十餘年。前後恩賜，子孫官蔭，甲第田園，佳人名馬，不可勝數。貴盛赫然，舉朝無比。聖恩未報，一病郎當。夫人，我和你以前歷過酸辛，兒子都不知道。豈知我八十而終，皆天賜也。

【勝如花】寒窗苦滯選場，瘦田中蹇驢來往。猛然間撞入卿門，平白地天門看榜。命直着簸箕無狀，手爬沙去開河運糧，手提刀去胡沙戰場。險些兒劍死雲陽，貶炎方受瘴。又富貴八旬之上。〔合〕算從前勞役驚傷，到如今疾病災殃。

〔旦〕老相公，你此病雖然天數，也是自取其然。八十歲老人家，怎生採戰那？〔生惱介〕採戰，採戰，我也則是圖些壽算，看護子孫，難道是瞞着你取樂？

【前腔】〔旦〕你年過邁自忖量，説採戰混元修養。爲朝廷燮理陰陽，自體上不知消長，這一病可能停當？老相公，平安罷了，有些差池，就要那二十四個丫頭償命。〔生惱介〕少道，少道。〔衆子〕老夫人言詞太搶，老相公尊性兒廝强。俺孝順兒郎，爹爹揀口兒咱盡情供養。〔生〕不想喫呵。〔衆子〕這等有湯藥在此。〔跪進藥介〕嘗了藥進些無恙。〔生惱介〕還喫甚藥！〔合前〕

〔内報介〕報，報，報，閣下裴老爺蕭老爺問安到堂。〔旦〕怎好相待？〔生〕長兒子答應去。你説有勞蕭叔叔裴叔叔，晚些下朝，請來有話。〔長子應下〕〔内介〕公侯駙馬伯各位老皇親問安到堂。〔生〕次兒子答應去。這都是四門親家。説有勞了，容病起叩謝。〔次應下①〕〔内介〕五府六部都通大堂上官共八十員名，稟帖問安到堂。〔生〕三的兒答應去。你説有勞了。〔三子應下〕〔内介〕小九卿堂上官共一百八十員名脚色，問安到堂。〔生〕第四的答應去。你説知道了。〔小應下〕〔内介〕合京大小各衙門官三千七百員名，連名手本問安，門外伺候。〔生〕堂候官，分付都知道了。〔官應下〕〔内介〕報，報，報，萬歲爺欽差高公公，領了御醫來到。〔旦慌介〕〔生〕快取冠帶加身，夫人接旨。〔高領御醫上〕

【滴溜子】驃騎的，驃騎的，駕前排當。領聖旨②，御醫前往。直到平章宅上，他病患有干係，無虛誑。俺比他富貴無聊，他百寮之上。

〔到介〕聖旨到，跪聽宣讀。詔曰：卿以俊德，作朕元輔。出鎮藩服，入贊緝熙。昇平二紀，實卿是賴。比因疾累，日謂痊除。豈遽沈頓，良深憫默。今遣驃騎大將軍高力士就第省候，卿其勉加調養，爲朕自愛。深冀無妄，期於有喜，謝恩。〔旦謝恩起介〕〔生〕老公公，學生多蒙聖恩，有勞貴步，何以爲報！〔高〕宫監事煩，不得頻來看望老先生。萬歲爺甚是懸掛，以前雖遣中使時常問安，還不放心，以此特差本監，領這御醫視藥調膳。叫你千萬寬養，以副③眷懷。且着御醫診視。〔診脈介〕

【榴花泣】〔御〕貴人擡手指下細端詳，手背上汗亡陽。呀，魚遊雀啄去佯佯，喜心經有脈絃長。

老爺，下官太素最精，老爺心脈洪大，眼下有加官蔭子之喜，下官不勝欣賀！〔生笑介〕難道，難道。〔御背高介〕盧老爺脈息欠好了，魂飛散揚，争些兒要得身亡喪。〔高哭介〕可憐盧老先，幾十載裏外同心，霎兒間形影分張。

〔御〕老爺，容下官處方呈上，可憐醫國手，空費藥籠心。〔下〕〔生〕老公公，俺高年重病，醫療多難。頂戴皇恩，没身無報。

【前腔】書生何德毫髮聖恩光，垂老病賜仙方。微臣要掙挫做姜公望，八旬外恁的郎當。老公公，老臣不能下牀，只在枕頭上叩首謝恩了。〔三叩首介〕萬歲萬歲萬萬歲。天恩敢忘，願來生做鬼也向丹墀傍。老公公，蕭、裴二公雖係同年同官，還仗老公公青目。〔高〕這是交情在前了。〔生〕要緊一事，俺六十年勤勞功績，老公公所知。怕身後蕭、裴二公總裁國史，編載不全。〔高〕這個朝家自有功勞簿，逐一比對，誰敢遺漏？〔生〕保家門全仗高公，紀功勞借重同堂。

〔生〕請問老公公：身後加官贈謚何如？〔高〕自有聖眷，不必掛心。咱去也。〔生哭介〕哎喲，還有話：老夫有個孽生之子盧倚年小，叫來拜了公公。〔扮小公子出拜介〕好個公公，公公青目你孫子些兒。〔生笑介〕孩子到賊哩。〔高〕小哥注選尚寶中書了。〔生〕本爵止叙邊功，還有河功未叙，意欲和這小的兒再討個小小應襲，望公公主持。〔高〕謹記在心，不敢久停了。〔生叩頭哭介〕千萬奏知聖上，老臣再不能勾瞻天仰聖了。〔哭介〕〔高〕要知忍死求恩澤，且盡餘生荅聖明。〔下〕〔生〕哎喲，哎喲，我汗珠兒滚下來了。絲筋寸骨都是疼的，好冷，好冷哩。是了，這叫做風刀解體，誰替的我呵？叫大兒子，將文房四寶，掃席焚香，待我寫下遺表，謝了朝廷，便死瞑目矣。〔旦〕公相不煩自寫。〔生〕你不知，俺的字是鍾繇法帖，皇上最所愛重。俺寫下一通，也留與大唐家作鎮世之寶。〔長兒上〕老得文園病，還留封禪書。焚香在此，老爺草表。〔生叩頭，旦扶頭正衣冠，寫介〕

【急板令】儘餘生丹心注香，盼堦前斜陽寸光。呀，手戰寫不得。罷了，起個草，兒子代書。待親題奏章，待親題奏章，俺戰戰兢兢，寫不成行。你整整齊齊，記了休忘。〔長歎落筆介〕〔合〕從今後大古裏分張，窮富貴在何方？

〔生短氣介〕不要聒噪，大兒子念表文俺聽。〔長念介〕臣本山東書生，以田圃爲娱。偶逢聖運，得列官序。過蒙榮獎，特受鴻私。出擁旄鉞，入升鼎輔。周旋中外，綿歷歲年。有忝恩造，無裨聖化。負乘致寇，履薄臨兢。日極一日，不知老之將至。今年八十餘，位歷三公。鐘漏並歇，筋骸俱敝。彌留沈困，永辭聖代。臣無任感戀之至！謹奉表稱謝以聞。〔生〕是了，俺氣盡之後，端正寫了奏上。夫人，你和俺解了朝衣朝冠，收在容堂之上，永遠與子孫觀看。〔换舊衣巾歎介〕人生到此足矣。呀，怎生俺眼光都落了？俺去了也。〔死向舊睡處倒介〕〔衆哭介〕

【前腔】老天天把相公命亡，老爺爺俺天公壽喪。且立起容堂，且立起容堂，把一品夫人，哭在中央。列位官生，哭在邊傍。〔合前〕

〔衆哭介〕〔旦暗去生鬚，拍生背，哭介〕盧郎好醒呵。〔下〕〔生作驚醒看介〕哎喲，好一身冷汗。夫人那裏？〔丑扮前店主上〕甚麽夫人？〔生叫介〕盧僔、盧倜、盧儉、盧位、小的盧倚呢？咳，都在那裏去了？〔丑〕叫誰那？〔生〕我的兒子。〔丑〕你有幾個兒子那？〔生〕五個哩。咳，都往前面勑書閣寶翰樓耍子。〔丑〕便只是小店。〔内驢鳴介〕〔生〕三十足御賜的名馬，可餵些料？〔丑〕只一個蹇驢在放屁。〔生〕啊，我脱下了朝衣朝冠。〔丑〕破羊裘在身上。〔生〕嗄！好怪，好怪，連我白鬚鬍子那裏去了？〔看介〕你是誰？不是崔家院公麽？〔丑〕甚麽崔家院公。趙州橋店小二，煮黄粱飯你喫哩。〔生想介〕是哩，飯熟了麽？〔丑〕還饒一把火兒。〔生起介〕有這等事！

【二郎神】難酬想，眼根前不盡的繁華相。當初是打從這枕兒裏去。〔提枕介〕枕兒内有路分明留去向，向其間打滚，影兒歷歷端詳。難道這一星星都是謊？怎教人不護着這枕兒心快？〔歎介〕忽突帳，六十年光景，熟不的半箸黄粱。

〔吕上笑介〕山静似太古，日長如小年。盧生，睡的可得意麽？〔生〕老翁，太奇，太奇。俺一徑的搶中了唐家狀元，替唐天子開了三百里河路，打過了一千里邊關哩。〔吕笑介〕咦，多少功勞！〔生〕老翁不知，小生也不敢訴聞。恁大功勞，還聽個讒臣宇文丞相之言，賜斬咸陽都市。喜得妻兒哭救，遠竄嶺南，直走到崖州鬼門關外。〔吕〕僥倖，僥倖。後來？〔生〕後來有得蕭裴二位年兄辯救，欽取還朝，依舊拜爲首相。金屋名園，歌兒舞女，不記其數。親戚俱是王侯，子孫無非恩蔭。仕宦五十餘年，整整的活到八十多歲。〔吕〕你説大丈夫當建功樹名，出將入相，列鼎而食，選聲而聽，使宗族茂盛而家用肥饒，然後可言得意。如子所遇，豈不然乎？此際尋思，得意何在？〔生想介〕便是呢，黄粱飯好香也。〔吕〕子方列鼎而食，希罕此黄粱飯乎？

【玉鶯啼】你堂餐多飽，鼻尖頭還新廚飯香。〔生〕黄粱恁般難熟。〔吕〕這黄粱是水火勾當，好枕兒邊問你那崔氏糟糠。可還挑黄粱半箸，與你那兒郎豢養。〔生想介〕好多時候哩。〔吕笑介〕終不然水米無交，蚤滚熟了山河半餉。你希迷想，怎不把來時路玉真重訪？

〔生笑介〕老翁，教我把玉真重訪，難道來時路還在這枕眼裏？〔再看枕歎介〕咳，枕兒，枕兒，你把我盧生有家難奔，有國難投。别的罷了，則可惜俺那幾個官生兒子呵！〔吕笑介〕你那兒子，難道是你養的？〔生〕誰養的？〔吕〕是那店中鷄兒狗兒變的。〔生〕咳，明明的有妻，清河崔氏，坐堂招夫。〔吕〕便是崔氏也是你那胯下青驢變的，盧配馬爲驢。〔生想介〕這等，一輩兒君王臣宰，從何而來？〔吕〕都是妄想遊魂，參成世界。〔生歎介〕老翁，老翁，盧生如今惺悟了。人生眷屬，亦猶是耳。豈有真實相乎？其間寵辱之數，得喪之理，生死之情，盡知之矣。

【簇御林】④風流帳，難算場。死生情，空跳浪，埋頭午夢人胡撞。剛等得花陰過窗，鷄聲過墻，説甚麽張燈喫飯纔停當？罷了，功名身外事，俺都不去料理他，只拜了師父罷。〔拜介〕似黄粱，浮生稊米，都付與滚鍋湯。

【啄木兒】〔吕〕成驚怳，忒遽忙，敲破了枕函我也無伎倆。你拜了我，便要跟我雲遊了。〔生〕便跟師父雲遊去。〔吕〕求道之人，草衣木食，露宿風餐，你做功臣的人怎生享用的？〔生〕師父又取笑了。〔吕〕還一件，徒弟有參差的所在，師父當頭拄杖，就打死了，眉也不許皺一皺。〔生〕弟子雲陽市上都不曾瞅個眉，怎怕的師父打？〔吕笑介〕你雖然是寐語星星，怕猛然間舊夢遊揚。〔生〕白日青天，還做甚麽夢也？師父。〔吕〕你果然比黄齏苦辣能供養，比餐刀痛澀能回向，也還要請個盟證先生和你議久長。

〔生〕便隨師父尋個證盟師去。

【滴溜子】跟師父，跟師父，山悠水長。那證盟的，證盟的，他何人那方？不離了邯鄲道上，一匝眼煑黄粱，鍋未響。六十載光陰，唱好是忙。

【尾聲】〔生〕俺識破了去求仙日夜忙。師父，證盟師在那裏？〔吕〕有個小庵兒唤做蓬萊方丈。〔生〕這等快行，快行。〔丑〕黄粱飯熟，可喫了去。〔生〕罷了，罷了，待你熟黄粱又把俺那一枕遊仙擔誤的廣。〔下〕

〔丑〕好笑，好笑，一個活神仙度了盧秀才去了。

生死長安道，邯鄲正午炊。
蚤知燈是火，飯熟幾多時。

【校】

①下，原作「介」，當改。②「領聖旨」應有叠句。③副，原作「付」，當改。

④【簇御林】，葉譜作【御林鶯】，謂【簇御林】犯【黄鶯兒】。

第三十齣　合仙

【清江引】〔鍾離上〕漢鍾離半世有神仙分，道貌生來坌。〔曹舅上〕那雖然國舅親，富貴做尋常論。〔合〕世上人，不學仙真是蠢。

【前腔】〔鐵拐上〕這拐兒是我出海撩雲棍，一步步把蓬萊寸。〔采和上〕高歌踏踏春，爨弄的隨時諢。〔合前〕

【前腔】〔韓湘上〕小韓湘會造逡巡醖，把頃刻花題韻。〔何姑上〕我笊籬兒漏洩春，撈不上的閒愁悶。〔合前〕

〔衆仙起手介〕〔何笑介〕鍾離公，着你高徒洞賓子奉東華道旨，下界度引真仙，還不見到，好悶人也。〔拐打何介〕啐，做仙姑還有的想，我一拐打斷你笊籬根。〔漢笑介〕大家蟠桃花下走跳去。漢鍾離到老梳丫髻，曹國舅帶醉舞朝衣。李孔目拄着拐打磕睡，何仙姑拈針補笊籬。藍采和海山充樂探，韓湘子風雪棄前妻。兀那張果老五星輪的穩，算定着呂純陽三醉岳陽回。〔衆下〕〔呂引生上〕

【北仙呂點絳脣】一片紅塵，百年銷盡，閒營運。夢醒逡巡，蚤過了茶時分。

〔生〕師父，前面一簇高山流水是那裏？〔呂〕此乃蓬萊滄海，大修行之處也。〔生〕那裏有甚麼景致？

【混江龍】〔吕〕這裏望前征進，明寫着碧桃花下海仙門。到時節三光不夜，那其間四季長春。〔生〕呀，望見大海那蓬萊方丈了。那山上敢也有虎？便是這海子又有鯨鼇。〔吕笑介〕就裏這海濤中，有三番十五衆鼇魚轉眼。到的那山島上，止一斤十六兩白虎騰身。〔生〕海船那裏？〔吕〕你背着師父去。〔生怕介〕〔吕〕你合着眼過去。〔生背介〕一匝眼過了海也。〔望介〕喜的没有颶風。赫赫海子外没個州郡，淒涼人也！〔吕〕你道是仙人島有三萬丈清涼界全無州郡，比你那鬼門關八千里煙瘴地遠惡州軍。〔生〕可有蓊徑的？〔吕〕蓊徑的無過是走傍門，提外事貪天小品。〔生〕也有跳鬼的？〔吕〕跳鬼的有得那出陽神，抛伎子散地全真。〔生望介〕呀，雲端之下，是有人家。怎生穿紅穿緑，跏的跛的，老的小的？是怎的豈有這等一班人物？〔吕〕都是你的證盟師了。數你聽：有一個漢鍾離雙丫髻，蒼顔道扮；一個曹國舅八采眉，象簡朝紳；一個韓湘子棄舉業，儒門子弟；一個藍采和他是個打院本，樂户官身；一個拄鐵拐的李孔目，帶些殘疾；一個荷飯笊何仙姑，挫過了殘春。〔生〕他們日夜在這所在貴幹？〔吕〕他們無日夜演禽星看卦氣，抽添水火。有時節點殘碁斟壽酒，笑傲乾坤。〔生〕這都是生成的神仙，怕修行的不能勾？〔吕〕雖則是受生門，緑眼睛紅腦子，仙風道骨。也恰向修行路，按尾閭通夾脊，换髓移筋。〔生〕弟子小可能到此？〔吕〕你可也有福力開了頭崔氏宅夫榮妻貴，無業障搨了脚唐家地蔭子遺孫。可是你三轉身單注着邯鄲道禄盡衣絶，一睫眼猛守的清河店米沸湯渾。〔生笑介〕弟子一生躭閣了個情字。〔吕〕蚤則是火傳薪半竈的燒殘情榾柮，卻怎生風鼓鞲一鍋兒吹醒睡餛飩？也因你有半仙之分能消受，遇着我大道其間細講論。〔望介〕〔生〕兀那來的老者眉毛多長。〔吕〕眼睁着張果老，把眉毛褪。雖不是開山作祖，仙分裏爲尊。

【清江引】〔果老上〕看蟠花兩度唐堯運，甲子何勞問。蓬山好看春，只要有神仙分。〔合〕世上人，不學仙真是蠢。

〔吕稽首叫生後，跪迎介〕〔吕〕張仙翁，吕巖稽首。〔張〕後面跪的何人？〔生〕前唐朝狀元丞相趙國公盧生叩參。〔張笑介〕請起，老國公，老丞相，這等寒酸了。〔生〕做夢哩。〔張笑介〕可是夢哩？也虧你奈煩了五十年人我是非。詫異，詫異。〔生〕是也。〔張〕盧生前來。〔生跪介〕〔張〕你雖然到了荒山，看你癡情未盡，我請衆仙出來提醒你一番，你一樁樁懺悔者。〔生應介〕〔衆仙漁鼓簡子唱上介〕上鵲橋，下鵲橋。天應星，地應潮。響綳綳漁鼓鬧雲樵，酒暖金花探着藥苗。青童笑來玉女嬌，火候傷丹細細的調。轉河關撒手正逍遥，莫把海山春躭誤了。〔見介〕張翁稽首了。〔何見介〕洞賓先生引的這癡荅漢來了。〔吕〕仙姑，恰好蟠桃宴時節哩。〔生〕師父，只説你是回道人，原來便是吕洞賓活神仙，我拜的着也。〔張〕衆仙真，可將他夢中之境，逐位點醒他，證盟一番，方好收度。〔衆〕仙翁主見極明，癡人跪下。〔六仙依次責問〕〔生跪介〕

【浪淘沙】〔漢〕甚麽大姻親？太歲花神，粉骷髏門户一時新。那崔氏的人兒何處也？你個癡人。〔生叩頭答介〕〔合〕①我是個癡人。

【前腔】〔曹〕甚麽大關津？使着錢神，插宫花御酒笑生春。奪取的狀元何處也？你個癡人。〔生叩頭答介〕〔合前〕

【前腔】〔李〕甚麽大功臣？掘斷河津，爲開疆展土害了人民。勒石的功名何處也？你個癡人。〔生叩頭答介〕〔合前〕

【前腔】〔藍〕甚麽大冤親？竄貶在煙塵，雲陽市斬首潑鮮新。受過的悽惶何處也？你個癡人。〔生叩頭答介〕〔合前〕

【前腔】〔韓〕甚麽大階勳？賓客填門，猛金釵十二醉樓春。受用過家園何處也？你個癡人。〔生叩頭答介〕〔合前〕

【前腔】〔何〕甚麽大恩親？纏到八旬，還乞恩忍死護兒孫。鬧喳喳孝堂何處也？你個癡人。〔生叩頭答介〕〔合前〕

〔張〕且住，盧生被衆仙真數落，這一會他敢醒也？〔生〕弟子老實醒也。〔張〕盧生聽吾法旨：你本是邯鄲道儒生未遇，爲功名想得成癡。幸直着小二店乾坤逆旅，過去了八十載人我是非。掙醒來端②然一夢，道人間飯熟多時。誰信道趙州橋半夜水漲，剛打到丞相府白日鬼迷。你和那崔氏女拋殘午夢，虧了洞賓子攛弄天機。黄粱飯難消一粒，葫蘆藥到用的刀圭。垂目睡加工水汞，自心息把東金鍊齊。心生性吾心自悟，一二三主人住持。饑時節和你安壚作竈，醒了後又怕你苦③眼鋪眉。叫鐵拐子把思凡枕葫蘆提拄碎，請仙姑女把那殘花帚欛柄子傳題④，直掃得無花無地非爲罕，這其間忘帚忘箕⑤不是癡。那時節騎鸞鶴朝元證聖，纔是你跨驢駒入夢便宜。〔吕〕盧生領了帚，拜謝仙翁。〔生領帚拜介〕

【沈醉東風】⑥再不想煙花故人，再不想金玉拖身。〔吕〕你三生配馬驢，一世行官運，碑記上到頭難認。〔漢曹〕富貴場中走一塵，只落得高人笑哂。

【前腔】〔生〕雲陽市餐刀嚇人，鬼門關掙脱了這殘生。〔吕〕這等驚惶你還未醒，苦戀着三台印，那其間多少冤親？〔拐藍〕日未殺西蚤欠申，有甚麽商量要緊？

【前腔】〔生〕做神仙半是齊天福人，海山深躲脱了閒身。〔吕〕你掀開肉弔窗，蘸破花營運，賣花聲喚醒迷魂。〔韓何〕眼見桃花又一春，人世上行眠立盹。〔生掃花介〕

【前腔】〔生〕除了籍看茱黍⑦邯鄲縣人，着了役掃桃花閬苑童身。老師父，你弟子癡愚，還怕今日遇仙也是夢哩。雖然妄蚤醒，還怕真難認。〔衆〕你怎生只弄精魂？便做的癡人説夢兩難分，畢竟是遊仙夢穩。

〔張〕朝東華帝君去。〔衆鼓板行介〕

【清江引】儘榮華掃盡前生分，枉把癡人困。蟠桃瘦作薪，海水乾成暈。那時節一翻身，敢黄粱鍋待滾？

北【尾】度卻盧生這一人，把人情世故都高談盡，則要你世上人夢回時心自忖。

莫醉笙歌掩畫堂，　暮年初信夢中長。
如今暗與心相約，　静對高齋一炷香。

【校】

①按譜，【浪淘沙】五句，無合唱句。　②端，原作「炏」。當改。　③苦，原作「苦」，當改。　④題，疑當作「遞」。　⑤原作「忘掃忘帚」，據别本改。　⑥原作「北【沉醉東風】」。按，此爲南曲。　⑦茱黍，當作「茱萸」。用王維九月九日憶山東兄弟詩意：「遥知兄弟登高處，遍插茱萸少一人。」謂盧生已從邯鄲除籍成仙也。

湯顯祖集全編

附録

目録

序跋題詞

傳記文獻

諸家評論

序跋題詞

問棘郵草十卷本序

謝廷諒

海若氏八世藏書至十萬卷，然亦不肯竟讀也。爲文自悦而已。十三四歲時，稍從徐子拂爲詞賦。處州何公並舉余爲童子秀才，非好也。喜以琴釣自起，又無若其家大人及余先大夫之屬何。迨余遊瀟湘，感昔人之賦，則茫然有去俗神遊之想。非海若子孰解是耶。

君氣亮蓋世，而常共於匹夫。長安長者多所知名，而州大夫或無半面；鄉人有不能得其片字，而四方有識傳寶其書。語帝王大略，激昂萬乘，而不能説丘巷。足不識城府逵路，而好談天下阸塞。料人物數千里之外，而常爲眉目小兒所紿。發策周歷，潛冥律氣，而手不能差量幣物。娶婦十年矣，而袖無半錢。惡惡道至甚，而聞盜賊之死亦悲。幻提貴達，而石友無聊之士，儹而務分人。克後房而居，常不内反。拒謝絶人地，而好觀名山川，尋師服食。此余有所解，有所未解也。所述有十三經存注、讀二十一史略。而兩家前後火，所藏書著作殆盡。獨易、書、詩、論語、孝經、爾雅、孟子、左氏、後漢、三國志、南北史、舊唐書、五代史數十卷，在友人饒崙伯宗、楊以善吉甫處存。而君性豪略，恐亦不能續全之矣。爲是刻其丁丑以來詩賦，或有所附，題曰郵草，所傳答四方，馳示余者也。君名顯祖，字義少，長我半年耳。萬曆六年端陽日友人謝廷諒友可甫書于問棘堂。

【箋】

此文原題刻湯臨川問棘堂郵草叙。此書所收作品止于萬曆八年（一五八〇）。詳見拙作湯顯祖年譜附録湯顯祖詩賦文集考略。謝廷諒、徐子拂見本書有關詩文箋語。

玉茗堂文集序

序一

帥機

蓋聞夜光結緑，非胠篋之恒珍；丹鳳翠黄，豈豢畜之凡物。況夫文也者，所以發揮垠堮，彌綸兩儀，抒性之梭織，鳴情之律吕，自非苦心極力，博觀約收，焉能樹幟於詞場，揚葩於藝苑也。國朝用經術宋學取士。經學既售，間有浮慕古，强爲詞賦者，業已溺所聞，不相爲用矣。於是乃好持議論，務蹈襲。其憚難趨易者，既因循韓宋；貴耳賤目者，則摸剽漢魏。甚淡而無味，似而賊真。蓋自六朝、四傑而後，詞人百六矣，予竊鄙之，苦無當於心者。獨予同邑友人湯義，束髮嗜古好奇，探玄史之奥賾，淬宇宙之清剛。弱思不入於心胸，露語不形於楮穎。詞賦既成，名滿天下。乃始登一第。登第以後，翳跡仕途，播遷海濱。益沈精務内，一官一集。其所爲羅浮山青雪樓賦，編星濯錦，當令天台汗顔。其他古近諸詩，聚寶鎔金，可使少陵焚硯。蓋瞀視之，則字句挾風霜，若從天降；潛玩之，則精光射霄漢，皆由内溢。譬諸瑶池之宴，無腥腐之混品；珠履之門，靡布褐之蕪雜。誠余目中所希覯。明興以來所僅見者矣。

世俗之人讀其書而未解，求其故而不可得，則或訾湯生爲刻削，疑湯生爲杜撰，不知湯生於世俗之書，非未嘗讀之也。彼固已熟而厭之，有所不屑也。蓋博故能精，淵故恣挹。於塵無不有，乃能吐陳宿而爲鮮新；於物無不備，乃能汰混濁而透清泠。海上人不信有木大如魚，胡人不信蟲能吐絲成錦。無惑乎其訾且疑也。不佞嘐嘐少可，礧礧觥奇。然每讀君集，常覺學有不足。方諸古人，可謂内無遺思。嗟夫，末學牛毛，淺術黿測，燕石之賤，輒擬和璞隋珠；覆瓿之物，自謂鏤金刻版。如湯義集最多，而所選極精嚴。可謂六朝之學術，四傑之儔亞，卓然一代之不朽者矣。湯生與余唱和賞音，爲生平莫逆交，故因其請而序之焉。

録自萬曆三十四年刊玉茗堂文集

序二

屠隆

詩大難言矣。思通淹緯者，多乏天才；才氣俊邁者，或疏冥討。氣韻高勝，懼少體裁；法律森嚴，時減風致。雄渾悲壯，求之流利則窮；清蒨蕭疎，責以沉着多窘。率意師心，托之自然，乃如噉蔗，都無回味。腐毫斷髭，命曰精思，恒苦棘澀，不中宫商。平澹和雅，類有道之言，或太嘽緩而無度；急節哀響，有快士之烈，或傷凄切而不和。豪宕激人，或驟驚四筵，無當獨賞；幽洽自喜，或止宜野唱，不勰雅音。夫詩烏有兼長哉。曹劉顔謝，沈宋李杜，八子者皆不能兩相爲也。夫詩烏有兼長哉。庶其兼之，今天壤之間，乃有義仍。義仍意始不可一世，歷下琅邪而下，多所睥睨。余頗不謂然。乃近者義仍玉茗堂集出，余一見心折。世果無若人，無若詩，多所睥睨，非過也。義仍才高學博，氣猛思沉。材無所不蒐，法無所不比。遠播於寥廓，精入於毫芒。極才情之滔蕩，而稟於鴻裁；收古今之精英，而鎔以獨至。其格有似凡而實奇，調有甚新而不詭。語有老蒼而不乏於恣（姿），態有纖穠而不傷其骨。爲漢魏則漢魏，爲騷選，則騷選，爲六朝則六朝，爲三唐則三唐。天綱頓物，大冶鑄金。左右縱横，無不如意。當其揮霍，如法和按劍，僧辯濟師，川嶽共命，風雲從指。當其秀爽，如仙人神鼎，帝女天漿，入口冷（泠）然，凡骨立蜕。義仍足於此道，大矣化矣。詎惟獨步方今，且將陵轢往古。此其時寧復有當義仍者耶！余詩才氣骨力，遠不逮義仍。一讀近草，若鄒忌見徐君，自嘆以爲弗如；尹氏見邢夫人，掩面而泣也。世寧復有當義仍者耶！

義仍氣節孤峻，由祠部郎抗疏謫南海尉。間關炎徼，涉瘴江，觸蠻霧。訪子瞻遺蹟惠州，尋葛仙翁丹砂朱明洞館。洒焉自適，忘其謫居。久之轉平昌邑令。邑在萬山中，人境僻絶，土風淳美。君樂而安之。爲治簡易，大得民和。惟日進邑中青衿孝秀，程藝譚道，下上千古，假以練養神明，湛寂靈府。令德日新，而詩道亦且日進。登峯詣極，是天之所以陶冶義仍斯完矣。義仍不可一世，而胸中猶似着幺麽屠生。每謂諸生言，吾此編非長卿莫可序我。嗟夫，豈謂長卿真足序義仍哉！世無大如來，則向辟支獨覺參印義諦耳。余以小乘爲大乘説法，即令天雨花，石點頭，何能覰如來一毛孔！

按，原書缺署名。據内容及明詩紀事庚籤卷二所引本文數句，知作者爲屠隆，原見絳雪樓集。録自萬曆三十四年刊玉茗堂文集。

玉茗堂全集序

序一

臨川先生，生應廬嶽之霄鈴，骨濯紅泉之靈灝。遐清高厲，少振發乎純英；醍醴玄齊，總味滋於氣母。極命草木，掀採苞符。鮑參軍鶴翥文場，尤資健翮；陸平原龍驚學海，不假崩雲。既體會夫風騷，自妙諧夫鍾律。三都誠麗，猶徵夏熟於上林；九辨已閟，肯溷春歌於下里。觀其史玄並作，雅變不拘，貫珠編貝以扶光，觸石隨山而注委，砰磕羽獵之盛，顧盼駁娑之雄，斯亦擲地爲鏘，雕章成虡矣。若乃通諳國體，刺達樞宜，屬詞興事之有端，覈實契本之多致，直氣兼包乎古義，峻標亦削於濡籤，故能仁愛智輿，足言足志。斂還奔放，解釋牽拘，由八觀以證一匡，即十難而淹七略。含今古之制，扣宮徵之聲。藻火紛披，不闕補綴。車攻徒御，豈失馳驅。匪借名法以申言，雖肆滑稽而皆道。時復金柅度雁，玉茗流鶯。句開芍藥之花，思掛葡萄之樹。笑聞電女，適報驍投；淚滴泉姬，微看珠暈。莫不樓迎張祐，橋記李謩。忽從聾俗狂酲之中，醒以警枕清冰之法。萬千説偈，一二寓言。要以源接盱江，驅百川而入海；席分紫柏，超三乘以安禪。故覃思不數王何，而機捷每先曹洞。晝夜齊視，暄涼等情。閲世觀生，守雌知白。陵祠蕭淡，忘興嘆於北門；瘴嶺流離，反寄懷於南郭。貴生院裏，變鴂舌爲好音；君子亭前，植蒿蓬爲美箭。歸來柳色，依然槐棘春風；老去荷衣，更喜斕斑朝舞。迨孺慕極於死孝，而歸全不失達生。栩栩騎蝴蝶以飛，朗朗還星辰之位。重泉可作，九派難追。輟斤慟於莊生，聞笛哀如向氏。惟幸音徽如在，矧復縑素頻通。摩娑吉光之裘，片羽亦祕；饑渴縑緗之襲，連城未償。猶子於兹，頗耑夙好。遡搜近採，短什長行，勒成琬琰之章，庶復雅頌之所。猶願羽陵小酉之策，盡出人間；將以山木澧蘭之思，告諸公子。務使經緯昭回，光岳肆奠。豈止懸金秦市，刻石漢京。是非未定於陳王，離合猶傷於平叔哉。

天啓改元清和朔旦吴興後學韓敬謹纂。

序二

義仍先生爲一代偉人。於書無所不窺，故其才横絶古今。而又具深心厚識，有以達其才之所發皇。當時稱爲今日晁賈，非虚譽也。余聞見單寡，不必遠爲援引，即就臨川文獻論之。臨川名流鵲起，代不乏著作手。而能爲晁賈之文，馳騁萬變，使讀者壯心駭目，無如晏元獻、王荆國。而先生排斥歷下、琅琊之踳駁，力振衰靡，不屑依傍人門户，特挾其寶光浩氣，以赴于楮墨間。故所著古文詞，雄渾博大，堅潔深秀，直可與同叔、介甫二公，並壽千古。若夫有韻之章，則又兄事小山，而弟畜溪堂。是能爲晁賈之文，而又兼備諸家體裁，與古人劘壘角勝，令當時健者，皆出其下。至于曲學乃才人遊情之技，擅場者少，而惟四夢記，真堪壓倒王、董，轢轢關馬。蘊義淵弘，尤空前後所未有。故天下得其片紙隻字，如獲拱璧天球。其集有雍藻、問棘、玉茗等編，然二編散佚無存；惟玉茗堂集，韓求仲、沈何山二先生，校讎詳核，而韓本爲尤精。然屢經兵燹之餘，刻于姑蘇者，日久板刓。雖積學之士，罕覯其書；即當事諸公下檄徵求，亦苦搜羅之難。乃余戚阮子凌雲、正嶽，欲倡明古學，取韓太史所次先生集，編摩考訂，捐貲重梓。書成而請序于余。余曰：先生才大而遇蹇，雖歷官太常郎署，直諫有聲，而冷局孤踪，不獲展其志用。有識者深爲惋惜。然立言與立功，均爲不朽盛事，則坐而言，何異起而見諸行也。且前人往矣，而前人所恃與後人相接者，惟此鴻裁健製。倘後人于前哲遺書，聽其爲殘編斷簡，則將來竟與雲煙草樹，同其泯没，而文獻不足徵，豈僅關一邑一郡之故哉。今阮子能表章是集，非但有功于先生已也。使當先生夢楹之後，有阮子其人者，壽二編於棗梨，則先生之全見焉。然先生之全雖不見，而俾學人因其遺書，以想見其全，學亦未始不基于此矣。余冒昧僭弁，用志私淑先哲之懷云。時皇清康熙癸酉歲，季夏縠旦，賜進士第吏部驗封清吏司主政，同郡後學陳石麟及陵氏頓首拜題。

序三

先玉茗集舊有韓求仲、沈天羽二刻，近皆散軼無存。乃阮氏凌雲、正嶽二甥，有志斯道，杰然裒貲而梓之。悉照韓刻舊本，而玉茗之大觀復成。嗚呼，文章之顯晦，其猶日星也乎。陰霾薄蝕，因其時會則然。而貞觀貞明之質，莫之能揜也。革之爲道，離明入於澤中，巳日而乃孚，文明以革而愈彰也。公生平以文明著，而其名位沮落，坎壈百罹。推其初願，豈僅欲以筆墨馳騁而已哉。幽潛淪匿，其自晦於澤中者多矣。身没而以虚名垂世，又當更革，幾幾零落而不傳，離明不將終於兑澤乎？今得復還舊觀，人以爲文明以悦之會，予則悲公名位不達於當年，而又幾沉淪於身後，至於今而革道乃孚也。公少時學道於盱江羅明德先生，有得於性命之旨。壯年成進士，銳然有志當世。爲南祠部郎，抗疏論列時相，謫尉海南。既而量移平昌，即自投劾而歸。且時年僅四十有七（九）。少宰李本寧暨郭希老南弦浦數公，于吏部堂上，爭臨川爲有關繫人。茫茫海言其高尚已久，爭之愈力。主者援筆落其籍云：「竟成此君之高。」鄒南皋聞而歎曰：「茫茫海宇，遂不能容一若士耶？」自是家居二十年，杜門清嘯，日以文墨自娱。達官貴人，輒干之不置，公亦不以屑意也。然佳篇韻語，流布人間，固已動中外而滿江湖矣。李鄴初謂其「簪笏名除大雅留」，豈虛語哉。莊子云：「無受天損易，無受人益難。」若公者，天固不得而損之，人亦無從而益之矣。損益兩局，於通人何與乎。獨怪世之慕公者，類皆賞其清詞麗句，僅在騷人墨客間，無乃望遠者見其貌而不見其神，聽遠者聞其疾而不聞其舒乎？公之學以明體達用爲歸，非錚錚細響自鳴而已。直以抑塞流放，上之不得秉朝家經制彝常之盛，每欲別成一書，以明道旨。奈先儒剔抉已盡，故拓落文詞，寫其精洞弘麗之致，而寄其哀怨騷激之情。至其精論詞曲，則云：「上自葛天，下至蒙古，皆是歌曲。駘蕩淫逸，轉變在筆墨之外。」殆與邵子聲音律數，冥符造化矣。豈僅花菴玉林爭能節拍哉。君子之文德，與日新之。德皆德也，而易中之大畜小畜分焉。不獲大畜於天衢，則小之懿其文德而已。公之文詞，其小德也。其大者不可得而見矣，然猶恃有小者存焉。後之慕公者，無徒售其櫝而已。予生也晚，不及聆公謦咳。予祖乃公同懷季弟，而亦早世。幸伯父尊宿，爲公次子，淹雅而享遐齡。時時得親杖履，備聞公嘉言懿行。中心藏之，未敢一日忘也。今年春吾郡司馬陸公，訪玉茗遺址，建新祠而祀公焉。予已具述所聞，載入新祠記中矣。及冬而玉茗堂全集之梓適成。予時司鐸鄱陽，阮子馳書命爲之序。深幸玉茗佳事，一歲之中而兩得之，是以不禁文明革道之感。自顧才力短淺，不足發舒其萬一。然歐陽公爲王太師作記，亦據其孫家傳，以補舊史之闕。予雖不敏，或得附於斯義。阮氏兄弟與先玉茗屬外王父，猶陶潛之傳孟嘉也。淵源有自，堪作千古佳話矣。時康熙甲戌仲春既望姪孫秀琦謹識。

序四

先生乃峴兄弟外王父行也。峴恨生不同時，弗獲瞻有道風儀，而學術虧疎，又不能窺先生之底蘊。然幼喜讀玉茗集，不忍釋手。知其組織經史，原本關閩。故其發爲文章，奥衍宏深。是匹夫而爲百世師，一言而爲天下法。唐有昌黎，明有先生，其揆一也。乃先生雖學究天人，而剛直蹇諤之操，爲當事所忌，竟投閒置散，至今令人惋惜。顧當世能忌先生，而先生千秋之名，原不因是而有增損也。況不以組解爲戚，不以謗興爲憂，而獨抒其厚識遠神於大小著述之間，自非大賢篤志，與道污隆，孰能如此乎？而世僅企其才名，歎爲古今文人所莫及，猶淺之乎視先生也已。其集有韓沈二選本。然沈本漫滅不可校讎，余因取韓本詳爲訂定，捐貲重鋟。「聊效一瓣香，敬爲曾南豐」之義。而母舅小岑先生，以陶潛之傳孟嘉，過爲奬借。夫先生之學，海涵地負；先生之風，山高水長。固度越孟江州，而先兄弟則不堪作柴桑牛馬走也。敢曰能傳先生哉。時康熙三十三年季春朔日重外孫阮峴、嵩仝頓首謹識。

玉茗堂選集題詞及序

選集總序

三五而前言爲經，三五而後言爲子，唐宋以還言爲集。經不可擬而子著，子不可續而集行。代愈降，言愈繁，而其義愈漓。夫以尼山之聖，曾思子輿之賢，所垂世立教無多篇，而詩書則在所删矣。猶龍之叟，夢蝶之儒，富强陰計之士，規一家言，亦未有多篇也。厥後體裁既裂，立言務工，人自製集，羨漫謬悠而不可勝讀。然甚多且久者，昌黎眉山諸大家而外，未概見。唯濂溪圖説、横渠西銘，可以擬經，皇極經世可以續子，不隨風氣爲靡靡者也。

我明以制義帥士，士一志畢慮，故不工而得之，以餘力爲古，或求工而失焉。龍門到今，他不具論，如于鱗、弇州數子，號稱巨擘，而句積殊門，章就紛雜，意騖於多，自見其淺，亦復使學人淺也。余沉淪制義，積有年所，而不得其效。乃肆力古業，一遇異書，輒損衣食購之。盈架連屋，身蠹此中，而集則棄去，存者不數種，蓋性莫可强也。今次義仍先生集問世何哉？吾嘗審制義之風氣矣。東南西北，猶之橘柚梅李，甘辛酸苦，原自具味，何能人人問其嗜厭，亦聽其自遇之爾。而風氣轉徙，又若有合治鑄之者，乃江右實往往轉徙之。故他國多宗江右，而江右未嘗附他國。予心折焉。昔人語云：「彭蠡主三江，廬嶽主衆阜。」蓋江山之秀，勁挺出之爲忠義，則有弋陽廬陵；沉涵泳之爲理學，則有南豐鵝湖；恬漠守之爲清節，則有彭澤南州；晶英噴之爲文章，則有六一涪翁。若制義之自爲派，夫何足云。而義仍先生，其人不可得而見，其集可得而論。殆褎誠慕義，彊執孤行，而躑躅不進，思窮力蹙，故大放厥辭。歡忻悲歎，法戒作止，莫不假是以托情，緣情而著體。非瞭然於中者勿言，非誠有於己者勿述。文至於此，謂之古宜也。然則不盡存之，必爲之揚摧取舍者，揀金於沙，而復揀金於金，所汰彌多，所存彌精。嗟乎，胡銓一封不朽，鄭谷一字稱師，亦何歉乎江右哉。義仍復起，應不嘆王維舊雪圖矣。

崇禎歲丙子積陽旦日蘇郡後學沈際飛天羽甫纂於曉閣。

選集總序

材之至者能兼，觭者能擅。與角去齒，習翔昧泳，擅也。牟尼青赤，漩洑方圓，兼也。古之人，班馬以史，李杜以詩，韓蘇輩以文，其精神各有所詣，而魄力亦遂橫絕，以是鳴於一代。蓋專取則工，概舉則戾，自吾師不言兼，而材以觭著久矣。

明興，人文霞蔚。若金華北地歷下琅琊諸公稱蓋代雄手，其集櫨不勝載。迺攸擅各有一端，而總乎筆墨之全，論世者躊躇而未有可也。又況短長易殊，内外岐致，其文詞繩樞草舍而純懿忠方，或波屬雲委而獰鈍迷罔，背羽虚翮之數，一憑之腕舌與哉。竊有遡於臨川之若士先生也。

先生於諸史百家蔑不沉酣漁獵，而能達其幽深玄微，化其陳腐聲格。意匠經營，初無慘澹；形制畢舉，非關斤鋏。有荒荒油雲，寥寥長風者，賦之凌鸚鵡也；有采采流水，蓬蓬遠春者，詩之譜鴛鴦也；有峩峩太行，宛宛羊腸者，文之轡龍虎也；有娟娟羣松，泠泠獨鶴者，啓牘之挾風霜也；有悠悠花香，蕭蕭落葉者，樂府之戛金石也。而行神如空，行氣如虹。時脱巾獨步，登彼扶桑；時拂劍絶行，汎此浩劫；時隈紅自嘯，輸我煙蘿。豈遊目以騁懷，忽憂心而如擣。蓋丹石其難奪，抑重基之可擬。惟是陳詞忠厚，懷君父之思；寄言勸勉，無怨懟之意。先生之集有兼能也哉！因而按先生貧似修齡，清同胡質，不難以霹靂手遠馭高厲，而偏身著書，自托於小詞以傳。然先生馴鱷開雲之蹟，留床載石之風，徐聞之人言之，遂昌之人言之，即臨川之人能言之。先生往矣，而夫人之言之無異詞也。惟先生以性情爲文，故往來千載，脱然畦封；以性情爲治，故浮湛一官，儻然適志。其文弗可及，其人愈弗可及也。

吴士沈子天羽，嗜古自立，慨慕先生而論次其集以行，屬序於余。謂余治吴寧澹清净有似臨川，宜叙之。然而余非能爲先生也。吴俗動而與以静，吴俗汰而與以約，他未之兼也。兼先生之材，誦其詩，讀其書可也。

崇禎歲丙子季夏日温陵陳洪謐龍甫父譔。

詩集題詞

臨川詩集獨富。自謂鄉舉後乃工韻語，詩賦外無追琢功。於中萬有一當，能不朽如漢魏六朝李唐名家。其教人則云：學律詩必從古體始，從律始，終爲山人律詩耳。學古詩必從漢魏來，學唐人古詩終爲山人古詩耳。似臨川於詩復有獨詣，乃反覆詳攬有不然者。全詩贈送酬答居多。惟贈送酬答，不能無揚詡慰恤，而揚詡慰恤不能切着，於是有沈稱休文、揚稱子雲之類。稱名之不足，則借夫樓顔榭額以爲確然。而有時率意率筆以示確然，未能神來情來，亦非鄙體野體，徒見魔劣。蓋靖節多俚，少陵多不成語，而未可以此少之者，其聲律風骨氣味，厚薄真僞不同故也。長律落敷衍聯偶，猶是作賦伎倆。絶句佻易，便似下場小詩。律則河下輿隸矣。全詩非無風藻整栗，沉雄深遠，高逸圓暢者，而疵累既繁，聲價頗減。豈退之所云「時時應事作俗語，下筆令人慚。及以示人，大慚以爲大好，小慚以爲小好」，姑妄爲之耶。夫山人慮山林氣，宰官慮紗帽氣，知山人之不可爲詩而不知宰官之不可爲詩，五十步之笑百步耳。況夫聲律風骨氣味，無可湊泊，偶然得之，不能自已。振筆追之，意盡而止。好詩原不得多，多詩自不盡佳。昔人有寧割愛不貪多之説，而予因是汰其什五。敢云操戈，殆竊附于割愛之意云爾。臨川又曰：「得詩賦三四十首行爲已足。」若此又奚存乎見少。而王司寇爲臨川云：「湯生標塗吾文，他日有塗湯生文者。」其言則驗，予又免于後之人哉！吴門沈際飛書。

詩集原序

葑嵎子曰：詩，六經之微言也。騷人好談詩矣，談詩好談微矣。好談微而微絶，亦復更爲不好談微矣。談其所不好，談微而微更絶。微言不續，情性淆訛，而天地萬物之心閉。彼夫藉口雅言，而流連於鳥獸草木之騷屑者，此政不可與臨川言詩者也。余汗漫人也，而妄謂臨川可與余言詩。臨川亦嘗嘲余拙，而知臨川之微者余也。余初知臨川于雲龍之放鶴亭。讀雍藻，知臨川詩，見其微矣。「臣心似江水，長遶孝陵雲。」由奉常遷南祠部謁孝陵吟也。「不能趨舞蹈，聊自展衣冠。」由祠部左遷嶺南江上吟也。「比似陶家栽五柳，便無槐棘也春風。」由平昌中考功法辛丑吟也。此臨川君國行役之微也。癡絶不作白鶴（嶽）之夢，笑歌不入黄扉之閣。豈臨川傲也？稻粱而作江海之心，煙柳而恣河嶽之態。豈臨川俠也？觀燈縱貫索而夷猶，剪冰對紗窗而抛却。豈臨川韻也？此臨川情性豐采之微也。臨川涉世之似，微者可解，不可解之心。余之似臨川，微者能言，不能言之口。又何趙孟之徒，必欲抹殺辛丑一段公案，使臨川不可解與？余不可言之微，托之藺翁以自乾也。臨川所吟「含笑侍堂房，班衰拂螻蟻」，余知臨川無復遺憾于君親之交矣。樵（檇）李岳元聲書。

按：原見潛初子集卷四湯臨川絶句選。

詩集原序

天下人於寵辱得喪死生夢覺之關打不破者，識不破也。惟打不破，故説不破。年來熟讀莊周書，乃知此老胸中世情道理，萬分透澈。道真不遺於尿溺，樂真不遺於髑髏。梁真争國於蝸，楚真赫人以鼠。故王元美謂莊子鬼神於文，是真知莊子者。近有刻湯若士先生詩。余視其篇中如閲世、題夢、訣世等，是何其高闊特達，多仁人長者之言也。盛唐詩人，俱稱李杜。然李獨工情語，杜單妙景詞。試質之忘寵辱、齊得喪、一死生、了夢覺，當復滯筆。先生才既殊絶，而意復清虚。自平昌赤乎（手）歸，橐不留一錢。一二（賣賦）粥文，日爲四方門人客子取酒用。餘金幾何弗問。終日枯坐，如蒲團上人。乃始得以其静心閒閲世人之鬧，以其癡情冥砭世人之黠。時論稱先生制文、傳奇、詩賦昭代三異。曷異爾？他人擬爲，先生自爲也。擬爲者學唐學宋，究竟得唐宋而已。自爲者性靈發皇，天機滅没，一無所學，要以自得其爲先生。此先生所以過人，而天下人厭王、李者思袁、徐，厭袁、徐者思先生。故先生詩可以刻也。全書未行，姑先此以慰天下之思耳。後學丘兆麟題。

按：臨川縣志卷四九亦載此文，題目作湯若士絶句序。文字頗有出入。

文集題詞

若士自評其長行文字云，平生學爲古人文字，不滿百首。夫古人文字，貴多乎哉！秦漢而上，其文少而愈貴；宋元而下，其文頤而愈賤。何也？自云，事關國體，或得以冠玉欺人。且多藏書，纂割盈帙，亦借以傳。常自恨不得與館閣典制著記，求文字者多村翁小儒小墓銘時義序耳。因自頹廢。夫古今秉朝家經制彝常之筆，不可勝紀，大半付煙月銷沉，而寒士遺老單文獨著，千秋不泯，且必欲吞剥搨搘類穿窬所爲哉！自云，名亦命也。韻語行，無容兼取。不行，則故命也。此又若士極憤懣不平，托之不可知之命以自解。而文之至者一人知之，後世知之，非如制義之得失，升九天沉九淵者，命以升沉之也。若士積精焦志於韻語，而竟不自知其古文之到家。穠纖修短，都有矩矱。機以神行，法隨力滿。言一事，極一事之意趣神色而止；言一人，極一人之意趣神色而止。何必漢宋，亦何必不漢宋。若士自云，漢宋文字各極其致是也。又云，國初文字宋龍門開山，方遜志已弱，李夢陽以下，骨力强弱巨細不同，等贋文耳。若士不肯爲其贋者，故寧少無多。又云，古文賦秦、西漢而下率以不足病，唐四傑、子美而外，亦無有餘，從其不足而足焉，斯已幾矣。臨川無所不足，故一篇之中寫理入微，援情窮變，涕泗歌舞，有並時而集，異時而擅者，真也，有餘也，非漢宋字句之謂也。後生學人優孟於漢宋字句，而是漢非宋，或易宋難漢，且不知有宋龍門，亦何知臨川之所以臨川哉。知臨川真與有餘之解，可以言文，可以言臨川之文。吴門沈際飛書。

文集原序

吾友許子洽氏以萬曆乙卯謁義仍先生於臨。攜所著古文以歸，集爲十卷，而屬予序之。嗟乎，義仍詩賦與詞曲世或陽浮慕之，能知其古文者或寡矣。義仍少刻畫爲六朝，長而湛思道術，熟於人世情僞，與夫文章之流别。凡序記志傳之文，出於曾王者爲多。其手授子洽諸篇是也。嘉隆之文，稱秦漢古文詞者争訾謷曾王，以爲名高。二十年來日以頹敝，説者羣起而擊排之。排誠是也，而不思所以返於古。敗者東走，逐者亦東走，古文之復，豈可幾也。義仍有憂之，是故深思易氣，去耆割愛，而歸其指要於曾王。夫曾王者，豈足以盡古文哉。其指意猶多原本六經，其議論風旨去漢唐諸君子猶未遠也。以義仍之才之情，由前而與言秦漢者争爲掱撦割剥，我知其無前人；由後而與言排秦漢者争爲叫囂隳突，我知其無巨子。而迴翔弭節，退而自處於曾王，世之知曾王者鮮，則知夫義仍者洵寡矣！

余君房，世所謂知言君子也。稱義仍之爲六朝，與夫已氏並。夫已氏之擬於義仍，目論之常也，出於君房之口，則滋異。然則知義仍之六朝者亦寡矣，又況其爲曾王者乎。推義仍之意，寧世無一人知我，終不願與當世作者掉鞅於詞場。後有君子，好學深思，探極其旨要，而識古文興復之機，義仍已矣，猶庶幾世有子雲也哉！

義仍爲郎時，有所論劾，罪且不測。移書所親：「乘興發一小疏，未知當事何以處我？」晚年里居，故人開府者，馳傳邀致之。義仍謝曰：「身與公等比肩事主，老而爲客，非所能也。」嗟乎，義仍故不以風節自命，而世之知義仍者或寡矣。不獨古文也。虞山後學錢謙益纂。

文集原序

夫文章者，不朽之至撰也。鏡倫紀於藻先，抒性靈之我祕，綴言妙於居要，稱業藉之行遠，經籍尚矣。玉瑩肆變，乃開楚奏；風霜中挾，爰裁漢體。若夫建安秦始（按：當作正始或泰始），繁響新製，元嘉天監餘英別豔，排珠聚穀，盛矣麗矣。陳隋靡靡濫觴，唐搆着意駢偶，都無生色。韓柳更制，去蕪存美，中興斐然。歐蘇曾王，各暢奢趣。衰宋不振，辭入注疏，冗手寡韻。迨於明興，景濂正始，大雅開美。獻吉才雄，大放厥詞，九合遂霸。於時攀龍托鳳，後先暉麗。雖陶匏異宜，而黼黻競賞。斯皆興朝之冠冕，名籍之大備也。伯安道思，發藻儒林，羽翼宋體。

元美高唱，排王蹴唐，表章獻吉，遠則秦先，定衆著之評，標一時之榜。而盛極衰微，浸淫今製。文繁墨黯，事叢義雜。後進士俗，纔能學語，莫不禘李祖王，鏟帖歷下，掇拾新都。甲襲乙蹈，讀者捧復（腹）。毋惑乎輕俊之士，比之食生不化；而高聽之流，耻其習諱忘囂也。夫文以足志，意寓詞中。始云依附捃人剩餘，固足嗤其因陳；第云修詞假人面貌，豈遂同於象物。示存砥柱，賴有作者。故曰：選義考言者，文章之通論也。起衰濟溺者，君子之用心也。

粤我義仍夫子，星降西州，雲章東夏。昔春秋在少，而朝野蚤傾；雖人爵未崇，而清風故遠。觀其體氣高妙，才情逸發，學浸洙典，筆芬左册。麗則之篇，并潘陸而綴古；窈窕之音，續沈宋而微吟。固已範玄趣奥，鑄新叶利，奪鮮化工，争清鈞廣。而書牋序記，翩翩奕奕。陶韓鑄柳，語必衷裁；摹歐範曾，言非强結。學士謂之通才，文人師其大成矣。熙於乙卯之夏，一登夫子之堂。談筵窮莫，渺矣情飛；玄論徹幽，爽然骨解。是編也，雖咀我一臠，未窺鼎内。而珍兹尺錦，足祕帳中。當世不乏桓生，何敢獨私蔡子。閒與伯欽次定傳之。惜乎道窮夢楹，人悲殄國。緬惟驛館執别，依依後期。落葉甫更，杳然長逝。斯文在兹，庶彷佛乎山梁；序言可稱，竊幸依之日月。若夫大節褒然，孤標卓爾，在宦有拙，居夷不陋，允矣百世之師，逖哉人倫之表。才章具見，大美實多，非庸愚所克揄揚也。 吴郡門人許重熙撰。

文集原序

先生長行文字，如解陰符，論五賊禽制之法；序春秋輯略，發仁孝動天之旨；記小辨，明復小乾大之一致；闢相圃，極天地四方之皆我。慨人之罔生者衆也，揭貴生以覺其幽；憫人之認才者誣也，剖秀才以作其氣。言歷歷有徵，道昭昭如在。雖聖人復起，百世不能易也。至其尚論千古，顯微闡幽，則吴越史纂有序，岳王祠志有序，孫驛丞生祠有記，而他記序碑銘，可按法而會其神。於滅虎可以觀誠，於求友可以觀情，於五燈會元序、復永安寺田記，又可以觀誘釋歸道之深心焉。惟清源戲神一記，實抉二夢之原因。世不可與莊語也，托之戲以轉移風俗，維持道之術。直令死者活而醉者醒，非特爲沉湎之資，謔浪之藉而已。可以興觀怨羣。邇之事父，遠之事君。故曰：觀於君子之言，而五經之教可知也。南豐朱廷誨書。

賦集題詞

風雅頌各有賦。自詩變爲騷，騷沿爲賦，而賦有專稱，傳曰：「登高能賦，可爲大夫。」長卿云：「得之於内，不可得而傳。」長卿後，推子雲爲祭酒。而子雲晚年自悔。隋唐以還，藝文志無載。嗟乎，賦豈易言哉。其諷詠類歌詩，諫諍擬書疏，事實愈爾雅，感托寓滑稽。自唯屈平離讒憂國，而辭旨一本於忠厚惻隱，世乃以經目之。若徒誇閎衍，比於唐人對語之俳；而或能脱略，又入於宋人散語之文。未見其能賦也。

玉茗堂賦有二體：一祖騷，如至方不能加矩，至圓不能過規。多僻字險句。一祖漢晉，感物造端，材智深美，洋洋灑灑，而浮曼淺俚處，亦不乏。大抵鋪張揚厲，長於序述。於風比興雅頌之義，未之有獲焉。蓋善爲賦者，情形於辭，故麗而可觀；辭合於理，故則而可法。有情有辭，有辭有理。故以樂而賦，讀者躍然喜；以愁而賦，讀者愀然吁；以怒而賦，令人欲按劍而起；以哀而賦，令人欲掩袂而泣。動盪乎天機，感發乎人心，然後得賦之神而合古之製。若士筆力豪贍，體亦多變。但遠於性情，如後山所謂進士賦體，林艾軒所謂只填得腔子滿。嗟乎，人各有能有不能，能填詞或不能騷賦，而文章落官腔，則又未免多一進士爲之祟矣。臨川猶戛戛乎難之哉！吴門沈際飛書。

尺牘題詞

爲詩磨韻調聲，爲賦繁類掞藻，爲文鎔經鑄史，爲詞曲工顰妍笑：皆有意立言，久而後成。至於裁書叙心，春容千言，寂寥數字，揮毫輒就，開函如譚，自非内足於理，外足於辯，學無餘瀋，品無留僞者，其書不工；雖工，而不可與千萬人共見也。湯臨川才無不可，尺牘數卷尤壓倒流輩。蓋其隨人酬答，獨攄素心，而頌不忘規，辭文旨遠。於國家利病處纚纚詳言，使人讀未卒篇，輒憬然於忠孝廉節。不則惝怳泬寥，泊然於白衣蒼狗之故，而形神欲换也。又若雋泠欲絶，方駕晉魏，然無其簡率。而六朝以還議論滋多，不復明短長之致，則又非臨川氏之所與也。嗚呼，不以臨川之牘射聊城，而徒供寒暄登答，爛熳雲煙，亦何足以竟其用哉！選成爲之三嘆。鹿城後學沈際飛載書。

尺牘原序

湯臨川文聲實與曾南豐相上下。勁骨逸思。則惟大（天）所授，有物來助。獨聖之語，乃出匠心。論才近代，臨川實冠冕。他有作者，則昔人所云，工人染夏，以視羽畝，有生死之殊。斯篤論也。尺牘其一種耳。尺牘之體，春容乎大篇，則以窮極奥衍，洄漩往復爲奇。沉謬乎小言，則以澹語遠神，餘韻幽揚爲美。兹刻多落落穆穆，有江右餘風。率意之中，乃見名語。淒琴獨奏，闃然以止。一往之音，乃在空谷。使人思之不可詣，見而如不盡，蓋又尺牘之一法耳。必傳之語，故自不乏。權貴膏肓，媢子箴砭。謇諤之氣，形乎似謔。則有舒司寇、張龍峯諸書。通塞之故，轉關在微。肺腑旋幹（斡），激不如宛。則有王趙諸書。聞流言不信，生死靡他。古處之心，於野之同。則有惟審庚陽諸書。依永和聲，惟風悟通。古曲今絲，獨窺前識。則有論曲論樂諸書。守恬處約，静一流競。我生君子，志未可平。一二正人，治忽攸係。則有免北留鄒別沈諸書。至於論人論文，皆以真僞有餘不足，千古具眼。夫生死，此真僞之别名也。則有論文諸書。於其所不處，可以觀介；於其所流涕太息而深言也，可以觀志。斯人也，斯懷也，可以觀世。不欲使其身一日參於權貴之間者，性也。不能使其身一日安身於朝廷之上者，命也。汨羅長河，千載同調。其所扼腕，正不在遇。丈人之心，凌厲六合，粃糠纓紱，蓋無心遇合而遇亦隨之。雖謂是編爲臨川具體可也。蓋余嘗評臨川云：當代史筆無雙，千古才名可念。三復斯言，以爲實録云。西吴沈演撰。

尺牘原序

文至尺牘，斯稱小道。然草創潤色，必更四賢。謀野裨邦，以爲首務。願（顧）吾夫子則有祖質因宗盤盂詞命之别者。今觀叔寧先生所彙尺牘，其愛德錫數，則成爻而利溥，本之温厚和平，無游言也；其莊語榮威，則無罪而有戒，本之剛方直毅，無䚷言也；其準繩規矩，則取於人，不聞取人，本之節品敬正，無辭費也；其捄扢掊折，則言近而指遠，本之迪哲明數，無微億也；其悃愊切偲，斷金久要，則又本之以金石，無貌言市語也。合斯五德，時而出之。至於走寸管於懸河，組尺一於倚丘，思則以之泉涌，辨則雷燿雲蒸，雕龍炙轂之儔，飛矢稽古之彦，皆夫子之緒耳。又豈直充蘇緘臘固，問慰寒暄，供先輩之清裁，資後來之摭拾而已哉。通家子帥廷銶書。

尺牘原序

張夢澤先生曰：「令師一字，當爲世寶。」再三請其長行文字以行。復柬叔寧云：「即爲名山之藏，願假張郎一面。」則吾師之於文，信有所以大過人者。師制藝詩賦傳奇久行於世，而古文不少概見。自云五不足行，又何説也？五者切中時人之弊，君子無欲上之心，用是深祕惜耳。師謝世二載，諸當道索之亟，叔寧簡尺牘壽之梓。誨捧讀之，嘆曰：非所謂問訊寒暄，達情修好者乎？師牘每愛人以德，而自寫其真。其妙且麗，諸名公叙不啻詳矣。誨不能已於言者，爲世人多以講學爲迂，故師亦不以講學爲的。措之於行，則德行也。發之於言，則德言也。一符於明德羅先生之教。其善繼善述者耶。若夫金玉其音，蹻跖其衷者，曷可令君子觀也。師閎中肆外，先行後從。誦其言者，於以體驗身心性情之閒，庶有爲者亦若是。而張公所云世寶者不虚耳。南豐門人朱廷誨書。

尺牘原序

歲在龍蛇，六月既望，家嚴祠部公遂棄藐諸孤去矣。一時索遺文者踵相接也。不肖思祠部公之生也，不欲以身累人，豈其没也而欲以名累人乎。故趦趄而未有以應也。今春雨露之感，發故篋，得祠部公尺牘凡若干首。或微語而見天心，或極言而盡人事，或仁賢之進退於是乎闢，或文章之真僞於是乎辨，或闡幽而流雲霞日月之光，或持平而奪雷風水火之射。至其與朝言朝，與野言野，則又周行之示，而正直之好也。故有所委蛇言之而非謔，有所指切言之而非懟，有所粥粥然言之若謂其子弟然，而初非有所求。得是書而讀之者，其亦可以消急仕之忮心，破膚學之滿志，而因以油然於忠愛也，有不容已者矣。

祠部公歸來，卜築沙井，一歲不再見郡縣。有問之者，曰：「時官難對也。」有丐文者，多並書幣還之。曰：「吾耐粥文，亦耐粥爵也。」食貧二十餘年，而阮嘯自如，萊舞無缺。易簀之夕尚爲孺子哭，命以麻衣冠就斂。若祠部公者，真所謂有易天下之賢，而無逢天下之意；有名後世之具，而無名後世之心。其體不可而窺，其用亦不可得而竟者矣。祠部公嘗語人曰：「吾欲以無可傳者傳。」安在不以有可傳者傳也。敢曰知父者莫若子乎！戊午男開遠識。

翠娱閣評選湯若士先生文集弁首

垂髫讀制舉義，知先生已奪瞿唐之席；已讀四夢，則又扼高王關鄭之吭而結其舌。蕩乎才，誠海若哉。然使先生不以其才與廬陵臨川永豐維列而四，知先生未已也。因取先生集丹黄之。其思玄，其學富，其才宏。似欲翻高深峻潔之窠臼，另以博大瑰麗名。彭蠡之濤，風雷奪而天地浮；匡廬之瀑，珠璣噴而瑶玫落。句饒蕖豔，字帶蘭芬。不又舍歐陽曾王别樹一幟哉。予謂歐陽轉卑弱之氣，開雅醇之先，爲春；曾王製（孳）斂氣多，爲秋，爲冬；而先生則爲夏。當遞王而爲君，不與學士騷人争旦夕聲也。抑能夏則大，而獨取其小，將無不盡其才歟？予曰：芥子須彌，予正欲小中見大。歲崇禎壬申冬日雨侯陸雲龍題。

按：原書分二卷，收賦、序、題詞、記、文、説、頌、尺牘，合共三十六首。内署：「竟陵鍾惺伯敬選。仁和江之淮道行錢塘陸雲龍雨侯評。」

湯義仍先生集序

今有馬于此，其貌同也，試以馳驟廣遠，則不免駑鈍與跅跑，于是咎天下之無馬。有從而語之曰，是未見夫騏驥也，一日千里，其過都國若歷塊然。迨騏驥之馬出，自以爲至矣。而人又議之曰：夫騏驥之馳千里也，比其將至，舉首而曰，在其前是騏驥亦未爲足也。有天馬者出，倜儻雄奇，光景嘘吸，若滅若没，于是天下之馬盡空。夫天馬非能空天下之馬也。彼其有天者存，所以異之也。

湯義仍先生明所稱一代之才也。以予觀之，先生之著文甚多。人以爲功在乎人，而不知本其天。諸凡制義及填詞，大例不入乎集，而其古文，追琢成工而取掇競爽，人也。若其沛然雄放，超忽無前，則天也。其詩賦，聯翩華藻而錯雜黼黻，人也。若其興情緜邈，一往自如，天也。其簡牘，叙致遥深而選萃芳潤，人也。若其時加顛倒，勃窣自喜，則天也。蓋先生之文，可貴者大抵其詩在漢魏，而文尤望史漢而上遡。視他人之欲至而必不能至者，其天爲之耳。至其才可取通貴，而受知如舉主，于館選猶甚之，故沉淪于一令。幸爲郎，復下爲尉。卒終困窮而不恤。故嘗以他人之才者人，而先生之才天也。惟其爲天，萬物之理，予之齒者亡其角，予之足者缺其翼，得其才不復得其遇。天固先有以自限也。且無論先生之爲文爲天，其爲人亦全乎其爲天也。尹平昌而縱囚觀燈歸家，爲南郎忽以疏言權貴。家居時一同年貴人招致之，有與公等俱起，今不能屑之語。率皆其天之所致然也。漢武帝雄才好士，時多才子而相如爲最。然使當高文大册，尚嫌于遲，謂疾不如枚皋。如使先生當其時，由尚書給筆札，猶可不需上林之一月侍從。華國之選，古人又何足道哉。慈谿胡亦堂二齋譔

湯海若先生制藝序

先生詞家之冠絶者矣。今觀其古文詞及諸制藝，巧心俊發，鮮采動人。魏晉諸名士不足多也。爲魏晉者有真有僞。學既荒塞，取資偶麗，貌既獰惡，而粉飾盛容。此有識者之所過而羞也。若先生文有其質，言有其則。鏤刻萬物之形，巧奪前人之義。雖未純乎大雅，豈不卓然領袖於英華之苑哉。固城陳名夏題

題紫釵記

沈際飛

紫釵之能，在筆不在舌，在實不在虛，在渾成不在變化。以筆爲舌，以實爲虛，以渾成爲變

化，非臨川之不欲與於斯也，而紫釵則否。小玉愚，李郎怯，薛家姬勤，黄衫人敢，盧太尉莽，崔韋二子忠，筆筆實，筆筆渾成，難言其乖於大雅也。惟詠物評花，傷景譽色，穠縟曼衍，皆花間、蘭畹之餘，碧簫紅牙之拍。自古閲今，不必癡於小玉，才於李郎，婉於薛姬，而皆可有其端委，有其託喻。此紫釵記所以止有筆有實有渾成耳也。臨川自題曰：「案頭之書，非臺上之曲。」案頭書與臺上曲果二（以下缺半頁）

牡丹亭題詞

沈際飛

數百載以下筆墨，摹數百載以上之人之事；不必有，而有則必然之景之情而能令信疑，疑信，生死，死生，環解錐畫。後數百載而下，猶恍惚有所謂懷女、思士、陳人、迂叟，從楮間眉眼生動。此非臨川不擅也。臨川作牡丹亭詞，非詞也，畫也；不丹青，而丹青不能繪也；非畫也，真也；不啼笑而啼笑，即有聲也。以爲追琢唐音乎，鞭箠宋調乎，抽翻元劇乎？當其意得，一往追之，快意而止。非唐，非宋，非元也。柳生騃絶，杜女妖絶，杜翁方絶，陳老迂絶，甄母愁絶，春香韻絶，石姑之妥，老駝之勤，小癩之密，使君之識，牝賊之機，非臨川飛神吹氣爲之，而其人遁矣。若乃真中覓假，呆處藏黠，繹其指歸，□□則柳生未嘗癡也，陳老未嘗腐也，杜翁未嘗忍也，杜女未嘗怪也。理於此確，道於此玄，爲臨川下一轉語。震峰沈際飛書於獨深居。

題南柯夢

沈際飛

夫蟻，時術也，封户也，雉堞具也，甲胄從也，黄黑鬪也，君臣列也，此昔人之言，非臨川氏之夢也。蟻而館甥也，謡頌也，碑思也，象譽也，佞佛也，此世俗之事，臨川氏之説也，臨川有慨於不及情之人，而樂説乎至微至細之蟻；又有慨於溺情之人，而託喻乎醉醒醒醉之淳于生。淳于未醒，無情也。惟情至，可以造立世界；惟情盡，可以不壞虚空。而要非情至之人，未堪語乎情盡也。世人覺中假，故不情；淳于夢中真，故鍾情。既覺而猶戀戀因緣，依依眷屬，一往信心，了無退轉，此立雪斷臂上根，決不教眼光落地。即槐國螻蟻各有深情，同生忉利，豈偶然哉！彼夫儼然人也，而君父、男女、民物間悠悠如夢，不如淳于，並不如蟻矣，並不可歸於螻蟻之鄉矣。賢愚經云，長者須達爲佛起立精舍，見地中蟻子。舍利弗言，此蟻子經今九十一劫，受一種身，不得解脱。是殆不情之蟻乎？斯臨川言外意也。震峰居士沈際飛漫書。

題邯鄲夢

沈際飛

人生如夢，惟悲歡離合，夢有凶吉爾。邯鄲生忽而香水堂、曲江池，忽而陝州城、祁連山，忽而雲陽市、鬼門道、翠華樓，極悲、極歡、極離、極合，無之非枕也，牀頭可奪，司户可笞，夢中之炎涼也。鑿郲行謀，置牛起城，夢中之經濟也。君臭喪元，諸番賜錦，夢中之治亂也。遠竄以酬悉那，死讒以報宇文，夢中之輪迴也。臨川公能以筆毫墨瀋，繪夢境爲真境，繪驛使、番兒、織女輩之真境爲盧生夢境。臨川之筆夢花矣。若曰：死生，大夢覺也；夢覺，小生死也。不夢即生，不覺即夢，百年一瞬耳。奈何不泯恩怨，忘寵辱，等悲歡離合於漚花泡影，領取趙州橋面目乎？嗟乎，盧生蔗蘗八十年，躑躅數千里，不離趙州寸步。又烏知夫諸仙衆非即我眷屬跳弄，而蓬萊島猶是香水堂、曲江池、翠華樓之變現乎？凡亦夢，仙亦夢，凡覺亦夢，仙夢亦覺。微乎，微乎，臨川教我矣。震峰居士沈際飛漫書。

書牡丹亭還魂記

石林居士

嘗讀臨川樂府，半出之夢。還魂則尤夢之幻者矣。非緣情結夢，翻緣夢生情。率至生而死，死而生，以極其夢之變。嗚呼，夢因如是哉？非也。既已夢矣，何適而不可。鹿可矣，蝶可矣，即優遊蟻穴，亦無不可矣，而況同類中人。雖然，此猶執着之論也。我輩情深，何必有，何必無哉。聊借筆花以寫若士胸中情語耳。而腐儒不解，且以爲迂。嗟乎，叩盤而求日之聲，捫籥而索日之形。癡人説夢，大半類此。萬曆丁巳季夏石林居士書于銷夏軒。

【箋】萬曆丁巳爲四十五年（一六一七），湯氏去世之次年。此書原爲北京圖書館所有，現藏臺灣。牡丹亭傳世版本有年代可考者以此爲最早。石林居士，真姓名待考。

批點玉茗堂牡丹亭叙

王思任

火可畫，風不可描；冰可鏤，空不可斡。蓋神君氣母，別有追似之手，庸工不與耳。古今高才，莫高於易。易者，象也。象也者，像也。其次則五經遞廣之，此外能言其所像人亦不多。左邱明、宋玉、蒙莊、司馬子長、陶淵明、老杜、大蘇、羅貫中、王實甫，我明王元美、徐文長、湯若士而已。若士時文既絶，古文詞、詩歌、尺牘，元貴浩鮮，妙處夥頤。然稟胎江右，開乳六朝，楨糟粉肉，饗屧板袍之意，時或有之。至其傳奇靈洞，散活尖酸，史因子用，元以古行，筆筆風來，層層空到。即若士自謂一生四夢，得意處惟在牡丹。情深一叙，讀未三行，人已魂銷肌粟。而安頓齣字，亦自確妙不易。其款置數人，笑者真笑，笑即有聲；唬者真唬，唬即有淚；歎者真歎，歎即有氣。杜麗娘之妖也，柳夢梅之癡也，老夫人之輭也，杜安撫之古執也，陳最良之霧也，春香之賊牢也；無不從筋節竅髓，以探其七情生動之微也。杜麗娘雋過言鳥，觸似羚羊。月可沈，天可瘦，泉臺可瞑，獠牙判髮可狎而處，而「梅」、「柳」二字，一靈咬住，必不肯使劫灰燒失。柳生見鬼見神，痛叫頑紙，滿心滿意，只要插花。老夫人眢是血描，腸鄰斷草，拾得珠還，蔗不陪槩。杜安撫搖頭山屹，强笑河清，一味做官，半言難人。陳教授滿口塾書，一身𢇁氣，小要便益，大經險怪。春香眨眼即知，錐心必盡，亦文亦史，亦敗亦成。如此等人，皆若士元空中增減朽（圬）塑，而以毫風吹氣生活之者也。然此猶若士之形似也。而其立言神指：邯鄲，仙也；南柯，佛也；紫釵，俠也；牡丹亭，情也。若士以爲情不可以論理，死不足以盡情。百千情事，一死而止，則情莫有深於阿麗者矣。况其感應相與，得易之咸；從一而終，得易之恒。則不第情之深，而又爲情之至正者。今有形一接而即殉夫以死，骨香名永，用表千秋，安在其無知之性不本於一時之情也。則杜麗娘之情，正所同也，而深所獨也，宜乎若士有取爾也！至其文冶丹融，詞珠露合，古今雅俗，泚筆皆佳。沛公殆天授，非人力乎！若夫綽影布橋，食肉帶刺，冷哨打世，邊鼓撾人，不疼不癢處，皆文人空四海、墳五嶽，習氣所在，不足爲若士病也。往見吾鄉文長批其卷首曰：「此牛有萬夫之稟。」雖爲妒語，大覺頫心。而若士曾語盧氏李恒嶠云：「四聲猿乃詞場飛將，輒爲之唱演數通。安得生致文長，自拔其舌！」其相引重如此。予不知音律，第𣌭以文義測之，雖不能爲周公瑾，而猶不至如馬子侯。僭加評校，以復兩張新湯之請，便即交付一語。若士見改竄牡丹詞者，失笑一絶：「醉漢瓊筵風味殊，通仙鐵笛海雲孤。總饒割就時人景，卻愧王維舊雪圖。」持此作偈，乞韋馱尊者永鎮此亭。天下之寶，當爲天下護之也。天啓癸亥陽生前六日，謔庵居士王思任題於清暉閣中。

批點牡丹亭題詞

陳繼儒

吾朝楊用修長於論詞，而不嫻於造曲。徐文長四聲猿能排突元人，長於北而又不長於南。獨湯臨川最稱當行本色。以花間蘭畹之餘彩，創爲牡丹亭，則翻空轉換極矣！一經王山陰批評，撥動髑髏之根塵，提出傀儡之啼哭。關漢卿、高則誠曾遇如此知音否？張新建相國嘗語湯臨川云：「以君之辯才，握麈而登皋比，何渠出濂、洛、關、閩下？而逗漏於碧簫紅牙隊間，將無爲青青子衿所笑！」臨川曰：「某與吾師終日共講學，而人不解也。師講性，某講情。」張公無以應。夫乾坤首載乎易，鄭衛不删於詩，非情也乎哉！不若臨川老人括男女之思而托之於夢。夢覺索夢，夢不可得，則至人與愚人同矣！情覺索情，情不可得，則太上與吾輩同矣！化夢還覺，化情歸性，雖善談名理者，其孰能與於斯！張長公、次公曰：「善。不作此觀，大丈夫七尺腰領，畢竟罨殺五慾甕中。臨川有靈，未免叫屈。」白石山眉道人陳繼儒題。

批點牡丹亭記序

茅元儀

玉茗堂樂府，臨川湯若士所著也。中有牡丹亭記，乃合李仲文、馮孝將兒女、睢陽王、談生事，而附會之者也。其播詞也，鏗鏘足以應節，詭麗足以應情，幻特足以應態，自可以變詞人抑揚俯仰之常局，而冥符於創源命派之手。雉城臧晉叔以其爲案頭之書，而非場中之劇。乃删其采，剉其鋒，使其合於庸工俗耳。讀其言，苦其事怪而詞平，詞怪而調平，調平而音節平。於作者之意，漫滅待盡。並求其如世之詞人俯仰抑揚之常局而不及。余嘗與面質之，晉叔心未下也。夫晉叔豈好平乎哉！以爲不如此，則不合於世也。合於世者必信乎世。如必人之信而後可，則其事之生而死，死而生，死者無端，死而生者更無端，安能必其世之盡信也。今其事出於才士之口，似可以不必信；然極天下之怪者，皆平也。臨川有言：「第云理之所必無，安知情之所必有耶？」我以不特此也，凡意之所可至，必事之所已至也。則死生變幻，不足以言其怪，而詞人之音鄉音慧致，反必欲求其平，無謂也。家季爲校其原本，評而播之。庶幾知其節，知其情，知其態者哉。然亦必知其節，知其情，知其態者，而後可與言矣。前溪茅元儀題。

傳記文獻

臨川湯先生傳

鄒迪光

先生名顯祖，字義仍，别號若士。豫章之臨川人。生而穎異不羣。體玉立，眉目朗秀。見者嘖嘖曰：「湯氏寧馨兒。」五歲能屬對。試之即應，又試之又應，立課數對無難色。十三歲，就督學公試，舉書案爲破。曰：「形而上者謂之道，形而下者謂之器。」督學奇之。補邑弟子員。每試必雄其曹偶。彼其時，於帖括而外，已能爲古文詞；五經而外，讀諸史百家汲冢連山諸書矣。庚午舉于鄉，年猶弱冠耳。見者益復嘖嘖曰：「此兒汗血，可致千里，非僅僅蹀躞康莊也者。」彼其時，於古文詞而外，能精樂府歌行五七言詩，諸史百家而外，通天官地理醫藥卜筮河渠墨兵神經怪牒諸書矣。公雖一孝廉乎，而名蔽天壤，海内人以得見湯義仍爲幸。丁丑會試，江陵公屬其私人啖以巍甲而不應。庚辰，江陵子懋修與其鄉之人王篆來結納，復啖以巍甲而亦不應。曰：「吾不敢從處女子失身也。」公雖一老孝廉乎，而名益鵲起，海内之人益以得望見湯先生爲幸。至癸未舉進士，而江陵物故矣。諸所爲席寵靈、附薰炙者，駸且澌没矣。公乃自嘆曰：「假令予以依附起，不以依附敗乎？」而時相蒲州、蘇州兩公，其子皆中進士，皆公同門友也。意欲要之入幕，酬以館選，而公率不應，亦如其所以拒江陵時者。

以樂留都山川，乞得南太常博士。至則閉門距躍，絶不懷半刺津上。擲書萬卷，作蠹魚其中。每至丙夜，聲琅琅不輟。家人笑之，老博士何以書爲？曰：「吾讀吾書，不問博士與不博士也。」閒策蹇驢，探雨花木末，烏榜燕磯，莫愁秦淮，平陂長干之勝，而舒之毫楮。都人士展相傳誦，至令紙貴。時典選某者，起家臨川令，公其所取士也。以書相貽曰：「第一通政府，而吾爲之慫恿，則北銓省可望。」而公亦不應，亦如其所以拒館選時者。尋以博士轉南祠部郎。部雖無所事事，而公奉職毖慎，不以閒局故，稍自贖虺。謂兩政府進私人而塞言者路，抗疏論之，謫粵之徐聞尉。徐聞吞吐大海，白日不朗，紅霧四障，猩猩𢧐𢧐，短狐暴鱷，啼煙嘯雨，跳波弄漲。人盡危公，而公夷然不屑。曰：「吾生平夢浮丘羅浮，擎雷大蓬，葛洪丹井，馬伏波銅柱而不可得，得假一尉，了此夙願，何必減陸賈使南粵哉！」居久之，轉遂昌令。遂昌在萬山中，土風淳美。其民亡羯夷之習，彫劫流穴之患。不煩衡決，勞擿伏。相與去鉗劇，罷桁楊，減科條，省期會，一意拊摩噢咻，乳哺而翼覆之。用得民和。日進青衿子秀揚搉論議，質義斧藻切劘之，爲兢兢。一時醇吏聲爲兩浙冠。而公以倜儻夷易，不能帣韝鞠𦜕，睨長吏色而得其便。又以礦稅事多所蹳蹩，計偕之日，便向吏部堂告歸。雖主爵留之，典選留之，御史大夫留之，而公浩然長往，神武之冠竟不可挽矣。已抵家，浙開府以復任招，不赴。浙直指以京學薦，不出。已無意仕路，而忌者不察，懼捉鼻之不免而爲後憂，遂於辛丑大計，褫奪其官。比有從旁解之者曰：「遂昌久無小草意，何必乃爾。」當事者曰：「此君高尚，吾正欲成其遠志耳。」

居家，於所居之側，小結菟裘，延青引翠，英巨靈谷之勝，發牖而得。中丞惠文，郡國守令以下，干旄往往充斥巷左，而多不延接。亡論居閒謝絶，即有時事，非公憤不及齒頰。人勸之請托，曰：「吾不能以面皮口舌博錢刀，爲所不知後人計。」指牀上書示之：「有此不貧矣。」朝夕與古人居。評某氏某氏，誰可誰否。雌黄上下，不遺餘力。千載如對。與鄉人居，則于于逌逌，屏城府，去厓略，黜形骸，而一飲之以醇。與家人居，嗃嗃熙熙，相劑而出，笑顰不假，而光霽自若。與其兩尊人居，則柔氣愉色，逆所欲惡而先意爲之。小不諧懌，慄慄憂虞，若負重辜。然其與五兄弟俱，解衣分餐，弼其逮(違)而補其缺失，務令得兩尊人歡。以一人而兼兄弟五人以事其親，故兩尊人老而致足樂。公又喜任達，急人之難甚於己。人有困鬬，昏夜叩門户而請。即有弗逮，必旁宛助之，不以貧無力解。人謂公迂。公曰：「施濟不係富有力，必富有力，安所得信義之士乎？」公於書無所不讀。而尤攻漢魏文選一書，至掩卷而誦，不訛隻字。於詩若文無所不比擬，而尤精西京六朝青蓮少陵氏。然爲西京而非西京，爲六朝而非六朝，爲青蓮少陵而非青蓮少陵。其洗刷排盪之極，直舉秦漢晉唐人語爲芻狗，爲餕餘，爲土苴，而汰之絶糠粃，鎔之絶泥滓，太始玉屑，空濛沆瀣，帝青寶雲，玄涯水碧，不可以物類求，不可以人間語論矣。公又以其緒餘爲傳奇，若紫簫、二夢、還魂諸劇，實駕元人而上。每譜一曲，令小史當歌，而自爲之和，聲振寥廓。識者謂神仙中人云。

鄒愚公曰：世言才士無學，故戴逵王弼之不爲徐廣殷亮。而公有其學矣。又言學士無才，故士安康成之不爲機雲。而公有其才矣。又言文人學士，無用亦無行。而公爲邑吏有聲，志操完潔，洗濯束縛，有用與行矣。公蓋其全哉。世以耳食枕衾之不愜，而飾貌修態，自塗塗人，人執外而信其裏。公與予約遊具區靈巖虎丘諸山川，而不能辦三月糧，逡巡中輒（輟）。然不自言貧，人亦不盡知公貧。公非自信其心者耶。予雖爲之執鞭，所忻慕焉。

録自沈際飛輯玉茗堂選集卷首

明史湯顯祖傳

湯顯祖字若士，臨川人。少善屬文，有時名。張居正欲其子及第，羅海内名士以張之。聞顯祖及沈懋學名，命諸子延致。顯祖謝弗往。懋學遂與居正子嗣修偕及第。顯祖至萬曆十一年始成進士。授南京太常博士，就遷禮部主事。十八年，帝以星變嚴責言官欺蔽，並停俸一年。顯祖上言曰：言官豈盡不肖，蓋陛下威福之柄潛爲輔臣所竊，故言官向背之情亦爲默移。御史丁此吕首發科場欺蔽，申時行屬楊巍劾去之。御史萬國欽極論封疆欺蔽，時行諷同官許國遠謫之。一言相侵，無不出之於外。於是無耻之徒，但知自結於執政，所得爵禄直以爲執政與之。

縱他日不保身名，而今日固已富貴矣。給事中楊文舉奉詔理荒政，徵賄鉅萬。抵杭，日宴西湖。鬻獄市薦以漁厚利。輔臣乃及其報命，擢首諫垣。給事中胡汝寧攻擊饒伸，不過權門鷹犬，以其私人猥見任用。夫陛下方責言官欺蔽，而輔臣欺蔽自如。失今不治，臣謂陛下可惜者四。朝廷以爵禄植善類，今直爲私門蔓桃李，是爵禄可惜也。羣臣風靡，罔識廉恥，是人才可惜也。輔臣不越例予人富貴不見爲恩，是成憲可惜也。陛下御天下二十年，前十年之政，張居正剛而多欲，以羣私人囂然壞之；後十年之政，時行柔而多欲，以羣私人靡然壞之。此聖政可惜也。乞立斥文舉、汝寧，誡諭輔臣省愆悔過。帝怒，謫徐聞典史。稍遷遂昌知縣。二十六年上計京師，投劾歸。又明年大計，主者議黜之。李維楨爲監司，力争不得，竟奪官。家居二十年卒。

顯祖意氣慷慨，善李化龍、李三才、梅國楨，後皆通顯，有建豎，而顯祖蹭蹬窮老。三才督漕淮上，遣書迎之。謝不往。

【箋】

〔湯顯祖字若士〕若士是别號。

〔十八年，帝以星變嚴責言官欺蔽〕明史神宗本紀及明實録都作十九年，當從。

〔又明年大計〕萬曆二十九年（一六〇一）事。

湯遂昌顯祖傳

錢謙益

顯祖字義仍，臨川人。生而有文在手。成童有庶幾之目。年二十一，舉於鄉。嘗下第，與宣城沈君典薄遊蕪陰。客於郡丞龍宗武。江陵有叔，亦以舉子客宗武。交相得也。萬曆丁丑，江陵方專國。從容問其叔：「公車中頗知有雄駿君子晁賈其人者乎？」曰：「無逾於湯、沈兩生者矣。」江陵將以鼎甲畀其子，羅海内名士以張之。命諸郎因其叔延致兩生。義仍獨謝弗往。而君典遂與江陵子懋修偕及第。又六年癸未，與吴門、蒲州二相子同舉進士。二相使其子召致門下，亦謝勿往也。除南太常博士。朝右慕其才，將徵爲吏部郎，上書辭免。稍遷南祠郎。抗疏論劾政府信私人，塞言路。謫廣東徐聞典史。量移知遂昌縣。用古循吏治邑。縱囚放牒，不廢嘯歌。戊戌上計，投劾歸，不復出。辛丑外計，議黜。李本寧力争，遂昌不應考法，且已高尚久矣。主者曰，正欲成此君之高耳。里居二十年。年六十餘，始喪其父母。既葬，病卒。自爲祭文，遺命用麻衣冠草履以斂。年六十有八。

義仍志意激昂，風骨遒緊。扼腕希風，視天下事數着可了。其所投分李于田、道甫、梅克生之流，皆都通顯，有建豎。而義仍一發不中，窮老蹭蹬。所居玉茗堂，文史狼藉，賓朋雜坐。鷄塒豕圈，接跡庭户。蕭閒詠歌，俯仰自得。道甫開府淮上，念其窮，遺書相迓。義仍謝曰：「身與公等比肩事主。老而爲客，所不能也。」爲郎時，擊排執政，禍且不測。詒書友人曰：「乘興偶發一疏，不知當事何以處我？」晚年師盱江而友紫柏，翛然有度世之志。胸中魁壘，陶寫未盡，則發而爲詞曲。四夢之書，雖復留連風懷，感激物態，要於洗蕩情塵，銷歸空有，則義仍之所存略可見矣。嘗謂：「我朝文字，以宋學士爲宗，李夢陽至瑯琊，氣力强弱巨細不同，等贗文耳。」萬曆間，瑯琊二美同仕南都。爲敬美太常官屬。敬美唱爲公宴詩，不應。又簡括獻吉、于鱗、元美文賦，標其中用事出處及增減漢史唐詩字面，流傳白下，使元美知之。元美曰：「湯生標塗吾文，異時亦當有標塗湯生者。」自王、李之興，百有餘歲，義仍當霧雺充塞之時，穿穴其間，力爲解駮。歸太僕之後，一人而已。義仍少熟文選，中攻聲律。四十以後，詩變而之香山、眉山，文變而之南豐、臨川。嘗自叙其詩三變而力窮。又嘗以其文寓余，以謂「不蘄其知吾之所已就，而蘄其知吾之所未就也」。於詩曰變而力窮，於文曰知所未就。義仍之通懷嗜學，不自以爲能事如此。而世但賞其詞曲而已。不能知其所已就，而又安能知其所未就？可不爲三歎哉！

義仍有才子，曰士蘧。五歲能背誦二京、三都。年二十三，客死白下。次大耆，才而佻，然有父風。次開遠，以鄉舉官監軍兵使，討流賊死行間。開遠好講學，取義仍續成紫簫殘本及詞曲未行者，悉焚棄之。大耆實云。幼子季雲，亦有儁才。

録自列朝詩集小傳丁集中

【箋】

〔年六十有八〕當作六十有七。

〔晚年師盱江〕盱江指明德羅汝芳。汝芳卒於萬曆十六年(一五八八),時湯顯祖三十九歲。

湯顯祖傳

查繼佐

湯顯祖字義仍,號海若。江西臨川人。萬曆丁丑會試,江陵以其才,一再啖巍甲,不應。癸未成進士。時同門中式蒲州、蘇州兩相公子,啖以館選,復不應。自請南博士。覽勝寄毫末。轉南禮部郎。以建言謫徐聞尉。久之,令遂昌。哺乳其民。日進儒生,論貫古義。性簡易,不能睨長吏顏色。入計,輒告部堂歸。留不得。撫按復薦起,不赴。忌者猶於辛丑大計奪其官。築小室,藏書其中。嘗指客:「有此不貧矣。」喜任俠,好急人。博洽,尤耽漢魏文選。以其緒餘爲傳奇。每製一令,使小史歌之。和不工(?),渢渢樂也。以不慕東林,終身宦不達。

論曰:海若爲文,大率工於纖麗,無關實務。然其遺思入神,往往破古。相傳譜四劇時,坐輿中謁客。得一奇句,輒下輿索市廛秃筆,書片楮,粘輿頂。蓋數步一書,不自知其勞也。余評其所爲牡丹亭一詞,謂慧精而稍不擇。海若初見徐山陰四聲猿,謾罵此牛有千夫之力。遂爲之作傳。

【箋】

〔以不慕東林，終身宦不達〕湯顯祖與東林諸賢甚相投合。此二句與事實不符。

〔遂爲之作傳〕查湯顯祖集並無此傳。疑是袁宏道爲文長作傳之誤。

撫州府志湯顯祖傳

湯顯祖字義仍，號若士，一稱海若。臨川人。生而有文在手。成童有庶幾之目。隆慶庚午舉於鄉。與宣城沈懋學遊蕪陰。客於郡丞龍宗武處。江陵有叔，亦以公車客蕪。交相得也。嘗語江陵，今日晁賈，無踰湯沈兩生者。江陵令其子延致之，謝不往。而懋學遂與江陵子同及第。越癸未始成進士。與時宰張四維、申時行之子爲同年。二相招致之，亦不往。除太常博士。將徵爲吏部郎，上書辭免。稍遷南祠部郎。抗疏論劾政府信私人，塞言路。謫廣東徐聞典史。量移知遂昌縣。滅虎，縱囚，誠信及物，翕然稱循吏。二十六年上計，投劾歸。家居二十餘年。父母喪時，顯祖已六十七歲。明年以哀毁卒。

顯祖意氣慷慨，以天下爲己任。因執政所抑，天下惜之。少以文章自命。其論古文，謂本朝以宋濂爲宗，李夢陽、王世貞輩等贋文也。當時能排擊歷下者，惟顯祖、歸有光二人。見人寸長如己不及。事親柔聲怡色，門庭肅寂。長子士蘧有異才，早卒。次大耆，以文學顯。次開遠，別有傳。

録自撫州府志卷五九

【箋】

〔家居二十餘年〕四十九歲罷官歸，六十七歲卒，家居不滿二十年。

〔父母喪時，顯祖已六十七歲〕湯顯祖六十五歲，母卒；次年父死。

諸家評論

徐　渭

與湯義仍書云：渭於客所讀問棘堂集，自謂平生所未嘗見，便作詩一首以道此懷，藏此久矣。頃值客有道出尊鄉者，遂托以塵，兼呈鄙刻二種，用替傾蓋之譚。問棘之外别構必多，遇便倘能寄教耶？湘管四枝，將需灑藻。

讀問棘堂集詩云：蘭苕翡翠逐時鳴，誰解鈞天響洞庭？鼓瑟定應遭客駡，執鞭今始慰生平。即收吕覽千金市，直换咸陽許座城。無限龍門蠶室淚，難偕書札報任卿。按：以上見問棘郵草兩卷本卷首。

問棘堂集總評云：「真奇才也，生平不多見。」又云：「五言詩大約三謝二陸作也。」又云：「其用典故多不知，卻自覺其奇，古妙而又渾融，又音調暢足。」

臧懋循

元曲選序云：湯義仍紫釵四記，中間北曲，駸駸乎涉其藩矣。獨音韻少諧，不無鐵綽板唱

「大江東去」之病。南曲絶無才情，若出兩手。何也。按：序作於一六一五年。

元曲選序二云：由斯以評，新安汪伯玉高唐、洛川四南曲，非不藻麗矣。然純作綺語，其失也靡。山陰徐文長禰衡、玉通四北曲，非不伉傸矣。然雜出鄉語，其失也鄙。豫章湯義仍庶幾近之，而識乏通方之見，學罕協律之功，所下句字，往往乖謬，其失也疎。按：序作於一六一六年。

玉茗堂傳奇引云：臨川湯義仍爲牡丹亭四記。論者曰：「此案頭之書，非筵上之曲。」夫既謂之曲矣，而不可奏於筵上，則又安取彼哉！且以臨川之才何必減元人，而猶有不足於曲者，何也？當元時，所工北劇耳。獨施君美幽閨、高則誠琵琶二記，聲調近南，後人遂奉爲榘矱。而不知幽閨半雜贋本，已失真多矣。即「天不念」、「拜新月」等曲，吳人以供清唱，而調亦不純。其餘曲名，莫可考正。故魏良輔止點琵琶板而不及幽閨，有以也。琵琶諸曲頗爲合調，而鋪叙無當。如登程折、賜宴折，用末、净、丑諸色，皆涉無謂。陳留洛陽相距不三舍，而動稱萬里關山；中郎寄書高堂，直爲拐兒紿誤：何繆戾之甚也。至曲每失韻，白多冗詞，又其細矣。今臨川生不踏吳門，學未窺音律，艷往哲之聲名，逞汗漫之詞藻，局故鄉之聞見，按亡節之弦歌，幾何不爲元人所笑乎？予病後，一切圖史悉已謝棄，閒取四記，爲之反覆删訂。事必麗情，音必諧曲，使聞者快心，而觀者忘倦。即與王實甫西廂諸劇並傳樂府可矣。雖然，南曲之盛，無如今日，而訛以訟(沿)訛，舛以襲舛，無論作者，第求一賞音人不可得。此伯牙所以輟弦於子期，而匠石廢斤於郢人也。刻既成，撫之三歎。萬曆徒維敦牂之歲夏五日東海臧晉叔書于雕蟲館。

王驥德

曲律論須識字第十二云：如梁伯龍浣紗記金井水紅花曲：「波冷濺芹芽，濕裙靸。」「靸」字法用平聲，然靸，箭袋也。若衣衩之衩，屬去聲。唐李義山無題詩：「八歲偷照鏡，長眉已能畫。十歲去踏青，芙蓉作裙衩。」足爲明證。此其失亦自陳大聲散套節節高之「蓮舟戲女娃，露裙衩」始。然伯龍不獨浣紗，散套歸仙洞：「荆棘抓裙衩」，又爾。近日湯海若還魂記懶畫眉：「睡荼蘼抓住裙衩綫」，亦以「衩」字作平音，皆誤。

同書論引子第三十一云：引子須以自己之胷腸，代他人之口吻。蓋一人登場，必有幾句緊要説話。我設以身處其地，模寫其似，卻調停句法，點檢字面，使一折之事頭，先以數語該括盡之，勿晦，勿泛，此是上諦。節　近惟還魂、二夢之引，時有最俏而最當行者。以從元人劇中打勘出來故也。

同書論賓白第三十四云：紫簫諸白，皆絶好四六，惜人不能識。

同書論訛字第三十八云：又撇道，北人調侃説脚也。湯海若還魂記末折：「把那撇道兒搭，長舌揸。」是以撇道認作顙子也。誤甚。

同書雜論第三十九上云：戲劇之道，出之貴實，而用之貴虚。明珠、浣紗、紅拂、玉合，以實而用實者也。還魂、二夢，以虛而用實者也。以實而用實也易，以虛而用實也難。

同書雜論第三十九下云：還魂、二夢如新出小旦，妖冶風流，令人魂消腸斷。第未免有誤

字、錯步。

又云：臨川湯奉常之曲，當置法字無論，盡是案頭異書。所作五傳，紫簫、紫釵第修藻艷，語多瑣屑，不成篇章。還魂妙處種種，奇麗動人。然無奈腐木敗草，時時纏繞筆端。至南柯、邯鄲二記，則漸削蕪纇，俛就矩度。布格既新，遣辭復俊。其掇拾本色，參錯麗語，境往神來，巧湊妙合，又視元人别一谿徑。技出天縱，匪由人造。使其約束和鸞，稍閒聲律，汰其賸字累語，規之全瑜，可令前無作者，後鮮來喆，二百年來一人而已。

又云：臨川之於吴江（沈璟），故自冰炭。吴江守法，斤斤三尺，不欲令一字乖律，而毫鋒殊拙。臨川尚趣，直是横行。組織之工，幾與天孫争巧。而倔曲聱牙，多令歌者齚舌。吴江嘗謂：寧協律而不工，讀之不成句，而謳之始協，是爲中之之巧。曾爲臨川改易還魂字句之不協者。吕吏部玉繩（鬱藍生尊人）以致臨川，臨川不懌。復書吏部曰：「彼惡知曲意哉！余意所至，不妨拗折天下人嗓子。」其志趣不同如此。鬱藍生謂臨川近狂而吴江近狷，信然哉！

又云：詞隱（沈璟）之持法也，可學而知也。臨川之修辭也，不可勉而能也。大匠能與人規矩，不能使人巧也。其所能者人也，所不能者天也。

又云：詞隱墜釵記，蓋因牡丹亭記而興起者。中轉折儘佳，特何興娘鬼魂别後更不一見，

至末折忽以成仙會合，似缺針綫。余嘗因鬱藍之請爲補入二十七盧二舅指點修煉一折，始覺完全。

又云：客問今日詞人之冠。余曰：「節於南詞得二人。曰吾師山陰徐天池先生，瑰瑋濃鬱，超邁絶塵。木蘭、崇嘏二劇，刳腸嘔心，可泣鬼神。惜不多作。曰臨川湯若士，婉麗妖冶，語動刺骨。獨字句平仄，多逸三尺。然其妙處，往往非詞人工力所及，惜不見散套耳。」問體孰近？曰：「於文辭一家得一人，曰宣城梅禹金。摛華掞藻，斐亹有致。於本色一家，亦惟是奉常一人。其才情在淺深、濃淡、雅俗之間，爲獨得三昧。餘則修倚而非垛則陳，尚質而非腐則俚矣。」

又云：（孫如法）與湯奉常爲同年友。湯令遂昌日，會先生（如法）謬賞余題紅不置。因問先生：「此君（驥德）謂余紫簫何若？」（時紫釵以下俱未出。）先生言：「嘗聞伯良（驥德）艷稱公才而略短公法。」湯曰：「良然。吾兹以報滿抵會城，當邀此君共削正之。」既以罷歸不果。故後還魂記中驚夢折白，有「韓夫人得遇于郎，曾有題紅記」語，以此。

又云：勤之（吕天成）曲品，節　新曲列爲九品。以上之上屬沈、湯二君。而以沈先湯，蓋以法論。然二君既屬偏長，不能合一，則上之上尚當虚左。

又云：世所謂才士之曲，如王弇州、汪南溟、屠赤水輩，皆非當行。僅一湯海若稱射鵰手，而音律復不諧。曲豈易事哉！

按：「復書吏部曰」，見玉茗堂尺牘之三答孫俟居。引文與原句略有出入。

馮夢龍

古今譚概佻達部第十一湯義仍講學云：張洪陽相公見玉茗堂四記，謂湯義仍曰：「君有如此妙才，何不講學？」湯曰：「此正吾講學。公所講是性，吾所講是情。」

吕天成

曲品以沈璟、湯顯祖爲上之上，其贊顯祖曰：湯奉常絶代奇才，冠世博學。周旋狂社，坎坷宦途。雷陽之謫初還，彭澤之腰乍折。情癡一種，固屬天生；才思萬端，似挾靈氣。搜奇八索，字抽鬼泣之文；摘艷六朝，句疊花翻之韻。紅泉祕館，春風檀板敲聲；玉茗華堂，夜月湘簾飄馥。麗藻憑巧腸而濬發，幽情逐彩筆以紛飛。蘧然破噩夢於仙禪，皭矣銷塵情於酒色。熟拈元劇，故琢調之妍媚賞心；妙選生題，致賦景之新奇悦目。不事刁斗，飛將軍之用兵；亂墜天花，老生公之説法。原非學力所及，洵是天資不凡。

曲品、新傳奇論玉茗堂傳奇云：紫簫，琢調鮮美，鍊白駢麗。向傳先生作酒色財氣四犯，有所諷刺，是非頓起，作此以掩之。僅成半本而罷。覺太曼衍，留此清唱可耳。紫釵：仍紫簫者不多，然猶帶靡縟。描寫閨婦怨夫之情，備極嬌苦，真堪下淚。絶技也。還魂，杜麗娘事甚奇。而著意發揮，懷春慕色之情，驚心動魄，且巧妙疊出，無境不新，真堪千古矣。南柯夢，酒色武夫，迺從夢境證佛，此先生妙旨也。眼闊手高，字句超秀。方諸生（王驥德）極賞其登城北詞，不減王、鄭，良然，良然！邯鄲夢，窮士得意，興盡可仙。先生提醒普天下措大，功德不淺。即夢中苦樂之致，猶令觀者神摇，莫能自主。按：以上五種俱列爲上上品。

張琦

衡曲麈譚云：臨川學士，旗鼓詞壇。今玉茗堂諸曲，争膾人口。其最者，杜麗娘一劇，上薄風騷，下奪屈宋，可與實甫西厢交勝。獨其宫商半拗，得再調協一番。辭調兩到，詎非盛事歟。惜乎，其難之也。

丘兆麟

湯若士絶句序云：近有好事刻行湯若士先生絶句選者，余視其篇中如閲世、題夢、嘆老、唤病、伏枕嘆、訣世語，是何其高閎特達，多仁人長者之言也。先生才既殊絶，而意復清虚。自平昌赤手歸，橐不名一錢，賣賦鬻文，日爲四方門人、客子取酒用，餘金幾何弗問。終日枯坐如蒲團上人，乃始得以其静心閒閲世人之鬧，以其癡情冥砭世人之黠。故平昔所撰傳奇如黄粱、南柯，唤人曉世類若此；而此固其碎金矣。時論稱先生制義、傳奇、詩賦昭代三異。曷異爾？他人擬爲，先生自爲也。擬爲者學唐宋，究竟得唐宋而已。自爲者天性發皇之際，天機滅没，一無所學，要以自得其爲先生。自得其爲先生，此先生之所以過人；而天下人厭王李者思袁徐，厭袁徐者思先生與！

按：沈際飛玉茗堂選集卷首亦載此序，文字頗有出入。

録自臨川縣志卷四九之四

沈德符

顧曲雜言云：湯義仍牡丹亭夢一出，家傳户誦，幾令西厢減價。奈不諳曲譜，用韻多任意處，乃才情自足不朽也。

又云：又聞湯義仍之紫簫，亦指當時秉國首揆。纔成其半，即爲人所議，因改爲紫釵。

又云：頃黄貞甫汝亭以進賢令内召還。貽湯義仍新作牡丹亭記，真是一種奇文。未知於王實甫、施君美如何，恐斷非近時諸賢所辨也。按：此與野獲編所記全同。

姚士粦

見只編卷中云：湯海若先生妙於音律，酷嗜元人院本。自言篋中收藏，多世不常有，已至千種。有太和正韻所不載者。比問其各本佳處，一一能口誦之。及評近來作家，第稱梁辰魚浣紗記佳，而記中普天樂尤爲可歌可詠。此説至今不得其解。公復玄解星命，謂余乙運擾擾。以今驗之，果然。

按：臧懋循負苞堂集卷四寄謝在杭書云：「還從麻城，於錦衣劉延伯家得抄本雜劇三百餘種。世所稱元人詞盡是矣。其去取出湯義仍手。」見只編云若士藏曲之富，不誣也。

錢謙益

列朝詩集丁集中帥思南機小傳：義仍晚歲以詞賦傾海内，而二謝（廷諒、廷讚）著作庸猥，爲時所輕。友可（廷諒）心不能平，嘗語予曰：「湯生少遊賤兄弟間，賤兄弟讀文選，湯生亦讀文選。」余笑應之曰：「詞人讀文選，正如秀才讀四書，看作手何如耳。」餘姚孫鑛論近代文章家，稱能爲六朝者，曰湯某、謝某。世人耳食如此，無怪乎友可之自負刺刺不休也。

同書丁集中袁稽勳宏道小傳：萬曆中年，王、李之學盛行。黄茅白葦，彌望皆是。文長、義仍歸然有異。沉痼滋蔓，未克芟薙。中郎以通明之資，學禪於李龍湖（贄）。讀書論詩，横説竪説，心眼明而膽力放，於是乃昌言排擊，大放厥辭。以爲唐自有詩，不必選體也。初、盛、中、晚皆有詩，不必初、盛也。歐、蘇、陳、黄各有詩，不必唐也。唐人之詩，無論工不工，第取讀之，其色鮮妍，如旦晚脱筆研者。今人之詩雖工，拾人飣餖，纔離筆研，已成陳言死句矣。唐人千歲而新，今人脱手而舊，豈非流自性靈與出自剽擬者所從來異乎！空同未免爲工部奴僕，空同以下皆重儓也。論吴中之詩，謂先輩之詩，人自爲家，不害其爲可傳。而詆訶慶、曆以後，沿襲王、李一家之詩。中郎之論出，王、李之雲霧一掃，天下之文人才士始知疏瀹心靈，搜剔慧性，以蕩滌摹擬塗澤之病。其功偉矣。機鋒側出，矯枉過正，於是狂瞽交扇，鄙俚公行，雅故滅裂，風華掃地。竟陵代起，以凄清幽獨矯之，而海内之風氣復大變。譬之有病於此，邪氣結轖，不得不用大承湯下之。然輸瀉太利，元氣受傷，則别症生焉。北地、濟南，結轖之邪氣也；公安瀉下之，劫藥也；竟陵傳染之，别症也。餘分閏氣，其與幾何！慶、曆以下，詩道三變，而歸於凌夷熸熄，豈細故哉！

凌濛初

譚曲雜劄云：近世作家如湯義仍，頗能模倣元人，運以俏思，盡有酷肖處，而尾聲尤佳。惜其使才自造，句脚、韻脚所限，便爾隨心胡凑，尚乖大雅。至於填調不諧，用韻龐雜，而又忽用鄉音，如「子」與「宰」叶之類，則乃拘于方土，不足深論，止作文字觀，猶勝依樣畫葫蘆而類書填滿者也。義仍自云：「駘蕩淫夷，轉在筆墨之外。佳處在此，病處亦在此。」彼未嘗不自知。祇以才足逞而律實未諳，不耐檢核，悍然爲之，未免護前。況江西弋陽土曲，句調長短，聲音高下，可以隨心入腔，故總不必合調，而終不悟矣。而一時改手，又未免有斲小巨木、規圓方竹之意，宜乎不足以服其心也。如「留一道畫不□耳的愁眉待張敞」，改爲「留着雙眉待敞」之類。

按：末舉之語見邯鄲記第六齣尾聲，原句爲「俺留着這一對畫不了的愁眉待張敞」。

祁彪佳

遠山堂明曲品列紫簫、紫釵爲艷品。其論紫簫曰：工藻鮮美，不讓三都、兩京。寫兒女幽歡，刻入骨髓。字字有輕紅嫩緑。閲之不動情者，必世間癡男子。先生稱禹金玉合，並其沈麗之思，減其穠長之累。然則此曲有曼衍處，先生亦自知之矣。向傳先生作酒、色、財、氣四劇，有所譏刺。是非頓起，作此以掩之。又爲部長吏抑止，僅成半帙而罷。然已得四十三齣。十郎塞上初歸，會於牛女之夕，亦可作結體。正不忍見小玉憔悴一段耳。願知音者亟附紅牙。

按：紫簫記訖七夕之會凡三十四齣，此誤。

又論紫釵曰：先生手筆超異。即元人後塵，亦不屑步。會景切事之詞，往往悠然獨至。然傳情處太覺刻露，終是文字脱落不盡耳。故題之以艷字。

按：曲品前當有妙品、雅品，今已不全。故不及牡丹亭及南柯、邯鄲二夢。據排印本曲品後記，祁彪佳生於萬曆三十年（一六〇二），卒於順治二年（一六四五）。

王夫之

薑齋詩話卷二云：劉伯温、楊用修、湯義仍、徐文長有純净者，亦無歇筆。又云：詩文立門庭使人學己，人一學即似者，自詡爲大家，爲才子，亦藝苑教師而已。高廷禮、李獻吉、何大復、李于鱗（鱗）、王元美、鍾伯敬、譚友夏，所尚異科，其歸一也。纔立一門庭，則但有其局格，更無性情，更無興會，更無思致。自縛縛人，誰爲之解者？昭代風雅，自不屬此數公。若劉伯温之思理，高季迪之韻度，劉彦昺之高華，貝廷琚之俊逸，湯義仍之靈警，絶壁孤騫，無可攀躡，人固望洋而返，而後以其亭亭嶽嶽之風神，與古人相輝映。次則孫仲衍之暢適，周履道之蕭清，徐昌穀之密贍，高子業之戌削，李賓之之流麗，徐文長之豪邁，各擅勝場，沈酣自得。正以不懸牌開肆，充風雅牙行，要使光燄熊熊，莫能揜抑，豈與碌碌餘子争市易之場哉！又云：七言絶句，初、盛唐既饒有之，稍以鄭重，故損其風神。至劉夢得，而復宏放出於天然，於以揚扢性情，馺娑景物，無不宛爾成章，誠小詩之聖證矣。此體一以才情爲主。言簡者最忌局促，局促則必有滯累；苟無滯累，又蕭索無餘。非有紅罏點雪之襟宇，則方欲馳騁，忽爾蹇躓；意在矜莊，祇成疲苶。以此求之，知率筆、口占之難，倍於按律合轍也。夢得而後，唯天分高朗者，能步其芳塵，白樂天、蘇子瞻皆有合作，近則湯義仍、徐文長、袁中郎往往能居勝地，無不以夢得爲活譜。又云：艷詩有述歡好者，有述怨情者，三百篇亦所不廢。節　近則湯義仍屢爲泚筆，而固不失雅步。

薑齋詩話卷二論時文云：非有吞雲夢者八九之氣，不能用兩三疊實字；非有輕燕受風、翩翩自得之妙，不能疊用三數虛字。然一虛一實，相配成句，則又俗不可耐。故造語之難，非嵇川南、趙夢白、湯義仍、黃石齋，匙不墮者。又云：若經義正宗，節先輩中若諸理齋、孫月峯、湯若士、趙儕鶴，後起如沈去疑、倪伯屏、金道隱、杜南谷、章大力、韋孝忍、姜如須，亦各亭亭獨立，分作者一席。又云：非此字不足以盡此意，則不避其險。用此字已足盡此義，則不厭其熟。言必曲暢而伸，則長言而非有餘。意可約略而傳，則芟繁從簡而非不足。嵇川南、湯義仍諸老所爲獨絶也。又云：趙儕鶴、湯義仍、羅文止何嘗一筆做古？而時俗軟套，脱盡無餘，其讀書用意處别也。又云：唯有一種説事説物單句語，於義無與，亦無所礙，可以靈雋之思致，寫令生活。此當以唐人小文字爲影本。劉蜕、孫樵、白居易、段成式集中短篇，潔净中含静光遠致，聊擬其筆意以駘宕心靈，亦文人之樂事也。湯義仍、趙儕鶴、王謔菴所得在此，劉同人亦往往近之，餘皆不足比數。

李　漁

笠翁偶集卷一詞曲部結構第一云：湯若士明之才人也。詩文尺牘儘有可觀。而其膾炙人口者，不在尺牘詩文，而在還魂一劇。使若士不草還魂，則當日之若士已雖有而若無，況後代乎！是若士之傳，還魂傳之也。

同書詞采第二云：凡讀傳奇，而有令人費解，或初閱不見其佳，深思而後得其意之所在者，便非絶妙好詞。不問而知爲今曲，非元曲也。元人非不讀書，而所製之曲，絶無一毫書本氣。以其有書而不用，非當用而無書也。後人之曲，則滿紙皆書矣。元人非不深心，而所填之詞，皆覺過於淺近。以其深而出之以淺，非借淺以文其不深也。後人之詞，則心口皆深矣。無論其他，即湯若士還魂一劇，世以配饗元人，宜也。問其精華所在，則以驚夢、尋夢二折對。予謂二折雖佳，猶是今曲，非元曲也。驚夢首句云：「裊晴絲吹來閒庭院，摇漾春如綫。」以遊絲一縷，逗起情絲。發端一語，即費如許深心。可謂慘澹經營矣。然聽歌牡丹亭者，百人之中有一二人解出此意否？若謂製曲初心，並不在此，不過因所見以起興，則瞥見遊絲，不妨直説。何須曲而又曲，由晴絲而説及春，由春與晴絲而悟其如綫也。若云作此原有深心，則恐索解人不易得矣。索解人既不易得，又何必奏之歌筵，俾雅人俗子同聞而共見乎？其餘「停半晌，整花鈿，没揣菱花、偷人半面」及「良辰美景奈何天，賞心樂事誰家院」、「遍青山，啼紅了杜鵑」等語，字字俱費經營，字字皆欠明爽。此等妙語，止可作文字觀，不得作傳奇觀。至於末幅「似蟲兒般蠢動，把風情搧」與「恨不得肉兒般團成片也，逗的箇日下胭脂雨上鮮」、尋夢曲云：「明放着白日青天，猛教人抓不到夢魂前」、「是這答兒壓黄金釧匾」，此等曲則去元人不遠矣。而予最賞心者，不專在驚夢、尋夢等折，謂其心花筆蕊，散見於前後各折之中。診祟曲云：「看你春歸何處歸，春睡何曾睡？氣絲兒，怎度的長天日」、「夢去知他實實誰，病來只送得箇虚虚的你。做行雲，先渴倒在巫陽會」、「又不是困人天氣，中酒心期，魆魆的常如醉」、「承尊覷，何時何日，來看這女顔回」、憶女曲云「地老天昏，没處把老娘安頓」、「你怎撇得下萬里無兒白髮親」、「賞春香還是你舊羅裙」、玩真曲云：「如愁欲語，只少口氣兒呵」、「叫的你噴嚏似天花唾，動凌波，盈盈欲下，不見影兒那」，此等曲則純乎元人，置之百種前後，幾不能辨。以其意深詞淺，全無一毫書本氣也。

吴人

吴吴山（名人，字舒鳧）三婦評本牡丹亭卷首載還魂記或問十七條，今選録若干條。

或問曰：有明一代之曲，有工于牡丹亭者乎？曰：明之工南曲，猶元之工北曲也。元曲傳者無不工，而獨推西廂記爲第一；明曲有工，有不工，牡丹亭自在無雙之目矣。

或曰：子論牡丹亭之工，可得聞乎？吴山曰：爲曲者有四類：深入情思，文質互見，琵琶、拜月其尚也；審音協律，雅尚本色，荆釵、牧羊其次也；吞剥坊言讕語，白兔、殺狗之流也；專事雕章逸辭，曇花、玉合之亞也。案頭場上，交相爲譏。下此無足觀矣。牡丹亭之工，不可以是四者名之。其妙在神情之際。試觀記中佳句，非唐詩即宋詞，非宋詞即元曲，然皆若若士之自造，不得指之爲唐、爲宋、爲元也。宋人作詞，以運化唐詩爲難；元人作曲亦然。商女後庭，出自牧之；「曉風殘月」，本於柳七。故凡爲文者，有佳句可指，皆非工於文者也。

或曰：賓白何如？曰：嬉笑怒駡，皆有雅致。宛轉關生，在一二字間。明劇本中故無此白。其冗處，亦似元人；佳處，雖元人弗逮也。

或問：若士復羅念菴云，師言性，弟子言情。而還魂記用顧況「世間只有情難説」之句，其説可得聞乎？曰：人受天地之中以生，所謂性也。性發爲情，而或過焉，則爲欲。書曰「生民有欲」是也。流連放蕩，人所易溺。宛丘之詩，以歌舞爲有情，情也而欲矣。故傳曰：「男女飲食，人之大欲存焉。」至浮屠氏以知識愛戀爲有情，晋人所云「未免有情」，類乎斯旨。而後之言情者，大率以男女愛戀當之矣。夫孔聖嘗以好色比德，詩道性情，國風好色，兒女情長之説，未可非也。若士言情，以爲情見於人倫，倫始於夫婦；麗娘一夢所感，而矢以爲夫，之死靡忒，則亦情之正也。若其所謂因緣死生之故，則從乎浮屠者也。王季重論玉茗四夢：紫釵，俠也；邯鄲，仙也；南柯，佛也；牡丹亭，情也。其知若士言情之旨矣。

按：「師言性，弟子言情」句，陳繼儒批點牡丹亭題詞以爲係若士答張位語，似較可信。

洪　昇

昭代叢書、三婦評牡丹亭雜記末附洪昇女之則一文有云：予又聞論牡丹亭時，大人（昇）云：肯綮在死生之際。記中驚夢、尋夢、診祟、寫真、悼殤五折，自生而之死；魂遊、幽媾、歡撓、冥誓、回生五折，自死而之生。其中搜抉靈根，掀翻情窟，能使赫蹏爲大塊，隃糜爲造化，不律爲真宰，撰精魂而通變之。語未畢，四叔（吴人）大叫嘆絶。

周亮工

因樹屋書影卷一云：新建徐世溥曰：癸酉以後，天下文治嚮盛。若趙高邑、顧無錫、鄒吉水、海瓊州之道德丰節，袁嘉興之窮理，焦秣陵之博物，董華亭之書畫，徐上海、利西士之曆法，湯臨川之詞曲，李奉祀之本草，趙隱君之字學；下而時氏之陶，顧氏之治，方氏、程氏之墨，陸氏攻玉，何氏刻印，皆可與古作者同敝天壤。而萬曆五十年無詩：鑑（濫）於王、李，佻於袁、徐，纖於鍾、譚。

同書卷三云：徐文長知湯義仍先生特深。然評其感士不遇賦，既以四裔語譯字生譏之，又云此不過以古字易今字，以奇譎語易今語。如論道理，卻不過只有些子。其推之雖力，其詬之也亦甚不少矣。義仍先生諸賦尚是平易，古字施於賦中猶可。若今人竟用之序記中，十得六七，使人讀不得句，句不得解。文長見之，更不知如何毒詈矣。

朱彝尊

静志居詩話卷一五湯顯祖條云：義仍填詞，妙絕一時。語雖斬新，源實出於關、馬、鄭、白。其牡丹亭曲本尤極情摯。人或勸之講學，笑答曰：「諸公所講者性，僕所言者情也。」世或相傳云刺曇陽子而作。然太倉相君實先令家樂演之。且云：「吾老年人近頗爲此曲惆悵。」假令人言可信，相君雖盛德有容，必不反演之於家也。當日婁江女子俞二孃酷嗜其詞，斷腸而死。故義仍作詩哀之云：「畫燭摇金閣，真珠泣繡窗。如何傷此曲，偏只在婁江。」又七夕答友詩云：「玉茗堂開春翠屏，新詞傳唱牡丹亭。傷心拍遍無人會，自掐檀痕教小伶。」其後又續成紫簫殘本，身後爲仲子開遠焚棄。詩終牽率，非其所長。

姚燮

今樂考證著録六明院本引馮家楨云：「湯若士善南，徐青藤善北。」又引徐釚云：「湯若士詞曲小令擅絶一世。所撰牡丹亭記，西厢並傳。」

李調元

雨村曲話卷下云：（湯顯祖）所著玉茗四種，節以還魂爲第一部。俗呼牡丹亭。句如「雨絲風片，煙波畫船」，皆酷肖元人。惜其使才，於韻脚所限多出以鄉音，如「子」與「宰」叶之類。其病處在此，佳處亦在此。

梁廷枏

曲話卷二云：湯若士邯鄲夢末折合仙，稱呼爲八仙度盧，爲一部之總匯。排場大有可觀，而不知實從元曲學步。一經指摘，則數見者不鮮矣。混江龍，按：詞略。通曲與元人雜劇相似。然以元人作曲尚且轉相沿襲，則若士之偶爾從同者，抑無足詆譏矣。

卷三云：玉茗四夢，牡丹亭最佳，邯鄲次之，南柯又次之，紫釵則强弩之末耳。又：「南柯情著一折，以法華普門品入曲。毫無勉强，毫無遺漏，可稱傑構。末折絶好收束，排場處復盡情極態，全曲當以此爲冠冕也。」又：「牡丹亭對宋人説大明律，節作者故爲此不通語駭人聞聽。然插科打諢，正自有趣，可以令人捧腹，不妨略一見之。」

曲話卷三云：紫釵記最得手處，在觀燈時即出黄衫客。下文劍合自不覺唐突。而中借馬折避卻不出，便有草蛇灰綫之妙。稍可譏者，有門楣絮别矣，接下折柳陽關，便多重疊，且墮惡套。而款檄折兩使臣皆不上場，亦屬草率。

楊恩壽

詞餘叢話卷二云：（程雨蒼孝廉）嘗館余家。談及玉茗四夢，頗有微辭。謂先生得意者乃牡丹亭，而驚夢一齣疵纇尤多。余與辨論，遂逐句指斥。至「沉魚落雁鳥驚喧，羞花閉月花愁顫」，雨蒼以魚雁下單提鳥字，花月下單提花字，語落邊際。「閒凝眄，生生燕語明如翦，嚦嚦鶯聲溜的圓」，以下二句主聽，説與上三字不貫。此二條余亦不能爲先生附會也。

卷三云：湯若士居廬甚隘。鷄棲豚柵之旁俱置筆硯。玉茗一樹高出簷際，茂而不華。譜牡丹亭初成，召伶人演之。是夕花大放。自是無歲不開。文章有神，聲音動物，豈偶然哉！

焦循

劇説卷二云：明人南曲多本元人雜劇，如殺狗、八義之類，則直用其事。玉茗之還魂記亦本碧桃花、倩女離魂而爲之者也。又暌車志載，士人寓三衢佛寺，有女子與合。其後發棺復生遁去。達書於父母，父以涉怪忌見之。柳生、杜女始末全與此合。知玉茗四夢皆非空撰，而有所本也。按：下引齊東野語類似故事一，略。

卷三云：牡丹亭又有後牡丹亭。必説癩頭黿之爲官清正，柳夢梅以理學與考亭同貶。凡此者果不可以已乎！

卷五云：相傳臨川作還魂記，運思獨苦。一日，家人求之不可得，遍索乃卧庭中薪上，掩袂痛哭。驚問之，曰：填詞至「賞春香還是舊羅裙」句也。

又引雋區云：若湯若士之邯鄲夢，屠緯真之曇花，別是傳奇一天地，然識者有患其才多之議。節彩毫、紫釵、南柯三傳，俱出屠、湯手筆。而往往以學問爲長，徒令人驚雕繢滿眼耳。

又云：吾友談星符，名泰。江寧人，乾隆丙午舉人。深於音律之學。生平愛牡丹亭，詳爲注釋。嘗語余曰：冥判一齣用胡判官，蓋釋典中八月判官姓胡。杜小姐八月死，故用此也。

曲海總目提要

曲海總目提要卷六邯鄲記云：盧生與蕭嵩、裴光庭同登鼎甲，是借申時行、王錫爵、余有丁事。而盧生藉高力士之援以得之，則指萬曆丁丑張嗣修之榜眼，庚辰張懋修之狀元，皆由馮保傳旨特擢也。傳中本無宇文融，劇言盧生不出其門，又詩語譏之，故相結怨。其初貶官，其後羅織，皆出於融，乃係添出。史稱宇文融、蕭嵩、裴光庭同時宰相，劇言融相時，二人甫登第，亦是假託。崔氏織錦，蓋借用唐人繡作龜形以獻，得贖夫歸之事。東巡迎駕，蓋借用韋堅鑿潭通漕、牙盤上食兩事。小番作間，蓋借用种世衡使王嵩間野利事。節而其時魏學曾、葉夢熊等征哱拜，潘季馴、楊一魁等治河，皆宰相申時行輩所主。故湯顯祖序中亦及此二事，而又以爲非爲此二事作也。其摹寫沉着，貪戀於聲勢名利之場，亦頗以爲張居正寫照。

蔣瑞藻

小説考證卷四引見山樓叢録云：（湯顯祖）所作傳奇，往往託時事以刺貴要。牡丹亭曲相傳憑空結撰，羌亡故實者。予考之，亦未必然。隆慶時，總督王崇古招俺答來降。封爲順義王，其妻三娘子封忠順夫人。由是邊督之缺，爲時所慕。自方逢時、吴兑而後，其權愈重，稱曰經略，俗所謂七省經略者也。侍郎鄭洛字範溪，保定安肅人。心欲之。文選郎中廣西蔣遵箴者，聞鄭女甚美。使人謂曰：「與我女，經略可得也。」鄭以女嫁之，果得經略。而其女遠别，洛妻痛哭詬洛，洛亦流涕。女不久卒。張江陵聞之，笑曰：「範溪涕出而女於吴。」杜安撫者，蓋指洛爲經略也。洛家近畿，而杜陵最近長安，曰「去天尺五」，故以爲比。嶺南柳夢梅者，遵箴廣西人，故云柳，又曰嶺南也。夢梅譏杜寶云「你衹哄得楊媽媽退兵」者，洛等前後爲經略，皆結納三娘子，以鉗制俺答，又能約束蒙古，故以平得「李半」譏之。陳最良語李全妻云：「欲討金子，皆來宋朝取用。」蓋歷任經略，無一不以金帛結三娘子歡。吴兑嘗貽以百鳳裙等衣飾甚衆，故云然。柳夢梅姓名中「木」字凡兩，蓋丁丑狀元沈懋學，庚辰狀元張懋修，癸未榜眼李廷機，皆有二「木」字。丁丑、庚辰顯祖下第，癸未又不得翰林，懷才不遇，不能無芥蒂於胸中。柳夢梅之命名，豈無意乎！苗舜賓爲識寶使臣者，黄洪憲爲戊子北闈主試官，取中七人被劾。内鄭材爲鄭洛子，蘇人李鴻又申時行壻，屠大壯則有富名，巢士弘則有美名，時謂巢嬌。物論沸騰，雖壓榜者爲王衡、董其昌，而不能杜多口。洪憲由是回籍，不復補官。黄字去數筆爲苗，唇紅齒白明指巢嬌，李鴻宰相壻又以夢梅影射也。苗舜賓問戰守和三策。柳夢梅答能戰而後能守，能守而後能和，此固宋人舊語。然其影借者，萬曆間日本平秀吉攻陷高麗，神宗命劉綎、李如松等援之。沈惟敬往來日本，爲秀吉請封，令其入貢。兵部侍郎李頤上疏進戰守封三策，言能戰而後能守，能守而後能封也。索元一折借用彭時事。正統十三年戊辰，狀元彭時傳臚不到。有旨命錦衣衛拿，尚書胡濙奏改爲尋，正與此合。記中李全及妻楊氏，實有其人。楊善梨花鎗。全敗死，楊謂鄭衍德曰：「二十年梨花鎗，天下無敵手。今時勢已去，我欲歸漣水，汝等請降可乎？」翌日，楊氏絶淮而去。全所據州縣悉平。詳見宋史。但楊氏實未降耳。

按：曲海總目提要卷六還魂記條及王國維録曲餘談引傳奇彙考一段文字，與此同。以上所指失之穿鑿，須細加辨別。

又，明實録册三八二記鄭氏嫁女事云：萬曆十三年十二月御史辛志登「劾奏宣大總督鄭雒十二罪。一日廣人蔣遵箴夤緣舊輔。爲文選郎遵箴有妻之喪，聞雒有女及笄，托志登求之不得。再托所厚善王篆求之，亦不得。適宣大缺出，雒請篆。篆要之曰：『兄必欲得軍門，須成蔣婚事。』雒即許之，且屬篆，得相公一見爲信。篆、遵箴過居正，語如雒指。雒隨往謝。而婚媾諧不五日，遂有總督之命。雒妻聞而□絶。女哭且詈，雒亦無可如何。上以志登搜求追論，爲奪俸半年」。

又卷四引桐蔭清話云：「裊晴絲吹來閒庭院」，湯玉茗牡丹亭曲語也。前人詠遊絲有句云：「誰家柳絮閒庭院，風軟吹來寸寸愁。」或譏其用牡丹亭曲中字，余謂遊絲詩用牡丹亭亦不妨，因詩與題相稱也。漁洋「十日雨絲風片裏，濃春煙景似殘秋」，又何嘗不用牡丹亭耶！

同書拾遺引活埋菴識小録云：湯若士文章，在我朝指不多屈。出其緒餘爲傳奇，驚才絶艷，牡丹亭尤爲膾炙。往歲聞之文中翰啓孅云：「若士素恨太倉相公。此傳奇杜麗娘之死而更生，以況曇陽子，而平章則暗影相公也。」按曇陽仙蹟，王元美爲之作傳，亦既章章矣。其後太倉人更有異議，云曇陽入龕後復生，至嫁爲徽人婦。其説曖昧不可知，若士則以爲實然耳。聞若士死時，手足盡墮。非以綺語受惡報，則嘲謔仙真，亦應得此報也。然更聞若士具此風流才思，而室無姬妾，與夫人相莊至老，似不宜得此惡報，定坐嘲謔仙真耳。

同書拾遺引消夏閒記云：雲間陳眉公入泮，即告給衣頂，自矜高致。其實日奔走於太倉相王錫爵長子緱山名衡之門。適臨川孝廉湯若士在座。陳輕其年少，以新構小築命湯題額。湯書「可以棲遲」，蓋譏其在衡門下也。陳銜之。自是王相主試，湯總落孫山。王歿後，始中進士。其所作還魂記傳奇，憑空結撰，汙衊閨壼。内有陳齋長，即指眉公。

按：王錫爵卒於萬曆三十八年，據王文肅公榮哀録。時若士舉進士已二十七年。

陳田

明詩紀事己籤序云：嘉靖之季以詩鳴者，有後七子。李（攀龍）、王（世貞）爲之冠。與前七子隔絶數十年，而此唱彼和，聲應氣求，若出一軌。海内稱詩者，不奉李、王之教，則若夷狄之不遵正朔。節暨乎隨波之流，摹倣太甚，爲弊滋多。黄金紫氣之詞，叫囂亢壯之章，千篇一律，令人生厭。臨川攻之於前，公安、竟陵掊之於後。

同書庚籤序云：萬曆中葉，王、李之燄漸熸。公安、竟陵，狙起而擊。然公安之失，曰輕，曰俳；竟陵之失，曰纖，曰僻。節若專與弇州爲難者，江右湯若士，變而成方，不離大雅。節若區海目（大相）之清音亮節，歸季思（子慕）之澹思逸韻，謝君采（三秀）之聲情激越，高孩之（出）之骨采騫騰，並足以方軌前哲，媲美昔賢。湯若士、李伯遠（應徵）、謝在杭（肇淛）、程松圓（嘉燧）、董遐周（斯張）、吴凝父（鼎芳）、孫寧之、晉安二徐（熥、㶿兄弟），抑其次也。

庚籤卷二湯顯祖小傳按語云：義仍才氣兀傲，不可一世。集中五古，清勁沈鬱，天然孤秀。而時傷蹇澀，則矯枉之過也。其詩云：「常恐古人先，乃與今人匹。」又云：「文家雖小技，目中誰大手？何李色枯薄，餘子定安有？」李、何取法於杜，義仍則並杜而薄之。曰：「少陵詩少一清字。」可謂因噎廢食也。義仍與袁中郎善，捨七子而另闢蹊徑，趣向則一。但義仍師古，較有程矩，尚能別派孤行。中郎師心自用，勢不至捨正路而入荆榛不止。余論兩家之得失如此。不得一概抹殺，致没作者苦心也。

張德瀛

詞徵六云：湯義仍詞情文俱美，大致不出曲家科臼。若阮郎歸之「斷腸春色在眉彎，倩誰臨遠山」；「蜀妝晴雨畫來難，高唐雲影間」。舞身如環，綽有風度，斯足稱矣。

王季烈

螾廬曲談卷二論作曲云：玉茗四夢，其文藻爲有明傳奇之冠，而失宫犯調，不一而足。賓白漏略，排場尤欠斟酌。

又云：又如玉茗四夢，其所填之曲，每不依正格。多一字，少一字，多一句，少一句，隨處皆是。葉懷庭製四夢譜，爲遷就原文計，將不合格之詞句，就他曲牌選相當之句以標之。而正曲改爲集曲矣。

又云：傳奇中之主人，雖以一生一旦爲多，而亦有不盡然者，如邯鄲夢則以老生即盧生爲主。節作者苟能自出心裁，獨搆奇境，正不必拘守古人之成法也。

又云：玉茗四夢，排場俱欠斟酌。邯鄲、南柯稍善，而紫釵排場最不妥洽。蓋紫釵爲紫簫之改本，若士祇顧存其曲文，遂至雜糅重疊，曲多而劇情反不得要領。今日紫釵中祇有折柳陽關一折（本係一折，今人析爲二折）登之劇場，其餘均無人唱演，蓋實不能演也。明人臧晉叔於四夢均有改本，但臧之意，在整本演唱，故於各曲芟削太多，不無矯枉過正之嫌。兹譜就紫釵中選十四折，加以節改。如改議婚折，原本鮑四娘先見小玉，小玉始允婚事，後乃見浄持，浄持更喚小玉共議姻事；兹改爲鮑四娘先見浄持，後喚小玉出見四娘，共議姻事，似乎比原本情節得婚姻之正。就婚折，原本有鮑與小玉同登鳳簫樓望十郎一段。試思閨閣處女於將嫁時，方嬌羞匆急之不暇，豈有肯與媒人登高遠望新郎之理？兹亦删去之。不惟情節較合，於搬演亦較便利。邊愁折，原本首列一江風四支，其第二、三、四支即分述沙如雪、月如霜與征人望鄉情事，而其後三仙橋之第二、三支，亦復如是，未免疊床架屋。兹將一江風四支併作一支，則前者係總舉，後者係分叙，庶幾蹊徑稍異。且一江風、三仙橋均係慢曲，節去三支，歌者方可勝任也。又釵圓一折，原本共有引子四支、過曲十六支、不是路四支、尾聲及哭相思三支。如此長劇，南曲中實所罕覯。雖非一人所唱，而其中慢曲居多，安得此銅喉鐵舌以歌之。茲將前半悉删去，僅留商調一套，而前半劇情另填二郎神慢二支以包括之。方合套數之格式，歌者亦可勝任矣。此非輕議古人，好爲妄作，實於搬演之道不得不如此耳。紫釵尚有一病，則屢屢用賺是也。賺者，各宫皆有之，亦名不是路，用之排場改變移宫换羽之際，最爲相宜。節惟全部傳奇中用賺者以一折爲宜，一折中用賺亦不宜過二支。紫釵則全部用賺者四折，而託媒、議婚二折相連，皆用賺，釵圓折用賺至四支之多。皆於曲律排場欠考究也。

又云：國初傳奇，名作如林。若吴石渠、蔣心餘，皆學玉茗者。石渠諸作以療妬羹爲最勝。其題曲一折，筆墨酷似牡丹亭。

又云：玉茗四夢往往于平上去韻之間，參雜入聲韻一二字，則其入聲字必依北曲之歌法歌之，方可叶韻，殊不足以爲法也。

王國維

録曲餘談云：若士撰此曲時，正在太倉，正爲文肅（錫爵）而作，又在文肅家居之後。決不作此輕薄事。江熙掃軌閒談云：王文肅家居，聞湯義仍到婁東，流連數日不來謁，徑去。心甚異之。乃遣人暗通湯從者，以覘湯所爲。湯於路日撰牡丹亭。從者亦竊寫以報。逮成，袖以示文肅。文肅曰：「吾獲見久矣！」

按：傳説不足信。

吴梅

顧曲麈談第一章第三節論南曲作法云：前曲與後曲聯綴之處，不獨與别宫曲聯絡有卑亢不相入之理，即同宫同調亦有高低不同者。同一商調也，金梧桐之高亢與二郎神之低抑，相去不可以道里計也。故自來曲家卒未有以此二曲聯爲一套者。牡丹亭冥誓折所用諸曲有仙吕者，有黄鐘宫者，强聯一處，雜出無序。納書楹節去數曲，始合管弦。以若士之才而疏於曲律如是，甚矣填詞之難也。又云：板式緊密處，皆可加襯字；板式疏宕處，則萬萬不可。湯臨川作牡丹亭，不知此理。任意添加襯字，令歌者無從句讀。當時凌初成、馮猶龍、臧晉叔諸子爲之改竄。雖入歌場，而文字遂遜原本十倍。此由於不知板也。又云：套式之最不可遵守者，莫如李日華之南西廂及湯若士之玉茗四夢。節玉茗四夢，其文字之佳，直是趙璧隋珠。一語一字，皆耐人尋味。惟其宫調舛錯，音韻乖方，動輒皆是。一折之中，出宫犯調至少終有一、二處。

同章第四節論北曲作法云：湯若士於胡元方言極熟，故北詞直入元人堂奥。諸家皆不能及。又云：越調又有看花回一套，昉於施君美幽閨記。湯若士邯鄲記西諜折中亦用之。其詞聱牙詰屈，至不能分正贈。此亦越調中之別格也。缺此不録，則失卻光明大寶珠矣。今取長生殿合圍折詞，以爲程式，蓋正贈易於分晰也。節此套純仿若士邯鄲。故通篇句字，與舊譜不合者正多。惟時俗相沿，此套反居正格之列。學者須照此填詞，始能諧合絲竹耳。

第二章第一節論作劇法云：吾所謂脱窠臼者，蓋欲一新詞場之耳目也。即論舊劇，元、明以來從無死後還魂之事。玉簫女兩世姻緣，亦自投胎换身。自湯若士杜麗娘還魂後，頓使排場一新。且於冥間遊魂冥誓一節，又添出許多妙文。是還魂一節，若士所獨創也。又云：填詞者當知優伶之勞逸。如上一折以生爲主脚，則下一折再不可用生脚矣。節他脚色亦然。此其故有二也：一則優伶更番執役，不致十分過勞；二則衣飾裙釵更换，頗費時間。節文人填詞，能歌者已少，能知此理者，非曾經串演不能，故尤少也。往讀名家傳奇，此失獨多。湯若士之紫釵記，節更多是病。此所以不能通常開演也。又云：用故事，則不可一事蹈虚；用臆造，則一事不可徵實。此則詞家當奉爲科律也。所謂不可一事蹈虚者，蓋既用前人故事，是實有其人實有其事矣。則凡時代、朋舊、輿地、水火、盗賊、刀兵、衣服，及關涉其人一切諸事，皆當鑿鑿可據，確確可徵。雖在科諢之間，亦不可杜撰一語。此即實則實到底之謂也。所謂不可一事徵實者，蓋全本皆純是臆説，是其人其事已在子虚烏有之列，即使確考時地，終難取信於人。不若鼓我筆機，使通本可泣可歌，足以爲社會之警鐘。觀場者亦眉飛色舞，不自知心之何以若此爲愈也。此即虚則虚到底之謂也。節古今傳奇用故事之最勝者，莫如桃花扇；用臆説之最勝者，莫如牡丹亭。節牡丹亭之杜麗娘，以一夢感情，生死不渝，亦已動人情致。而又寫道院幽媾之悽艷，野店合昏之潦草，無一不出乎人情之外，卻無一不合乎人情之中。惟虜諜之立馬吴山，李全之鬧兵淮、潁，則是確有其事。但此爲本書之輔佐，故不能指爲全書之瑕疵也。又云：雖一小引或一過脈小曲，亦不可草草填去。試看牡丹亭老駝口中語，便可知矣。老駝在牡丹亭中是一不甚重要之人，而記中凡涉老駝諸曲如決謁、索元、問路等曲，竟無一字輕率者。可見作曲須切題也。決謁云：「俺橐駝風味，種園家世，雖不能展脚舒腰，也和你鞠躬盡瘁。」句句是駝背口吻。能移置他人口中否？又云：或曰：既須烹鍊，又云自然。二事不相類，何能併用爲一法乎？曰：君嘗讀四夢乎？紫釵記通本皆用此法也。第一折之「椒花媚早春，屠蘇偏讓少年人，和東風吹綻了袍花襯」。又云：「眉黄喜入春多分，酒冷香銷少個人。」字字烹鍊，字字自然也。蓋烹鍊者筆意，自然者筆機。意機交美，斯爲妙句。若只顧烹鍊，乃至語意晦塞，是違填詞貴淺顯之道矣。又安足取哉！又云：曲之佳否，亦且繫於賓白也。如牡丹亭驚夢折白云：「好天氣也。」以下便接步步嬌「裊晴絲吹來閒庭院」一曲，可謂妙矣。試思若無「好天氣」三字，此曲如何接得上？又云：「不到園林，怎知春色如許！」以下便接皂羅袍「原來姹紫嫣紅開遍」一曲。試思若無「不到園林」二語，曲中「原來」云云如何接得上，此皆顯而易見者也。

同章第二節論作清曲法云：傳奇中無論南北諸曲，其襯貼字頗多。如臨川四夢，且以襯字之多，覺得愈險愈妙者。

第四章談曲云：臨川湯若士顯祖，著有四夢傳奇。今世皆知之，且皆讀其所著矣。牡丹一記，頗得閨客知己。如婁江俞二姑、馮小青、吴山三婦皆是也。余所論四夢各語，已散見於前。兹不備論，惟臧晉叔删改諸本，則大有可議耳。晉叔所改，僅就曲律，於文字上一切不管。所謂場上之曲，非案頭之曲也。且偶有將曲中一二語改易己作，而往往點金成鐵者。如紫釵記中觀燈遺媒折三學士曲，若士原文云「是俺不合向天街倚暮花」，正得元人渾脱之意，而晉叔以「倚暮花」三字爲欠解，遂改爲「俺不該事遊耍」，强協【三學士】首句之格。而於文字竟全無生動之氣，抑知原文之妙，正在可解不可解。如此改法，豈非黑漆斷紋琴乎！葉廣明譏其爲孟浪漢，誠哉孟浪也。四夢删改處，不知凡幾，余亦不能一一拈出。姑引其一，以概其餘而已。然布置排場，分配角色，調匀曲白，則又洵爲玉茗之功臣也。

曲學通論第七章云：往往有標名某宫某曲，而所作句法，全非本調者。令人無從製譜，此不得以不知音三字諉罪也。此誤牡丹亭最多。多一句，少一句，觸目皆是。故葉懷庭改作集曲。

第十一章論尾格云：尾聲結束一篇之曲，須是愈着精神。末句尤須以極俊語收之方妙。凡北曲煞尾定佳，作南曲者往往潦草收場。徒取收場，戲曲中佳者絶少。惟湯若士四夢中尾聲，首首皆佳，顧又多襯字。如紫釵釵圓折云「再替俺燒一炷誓盟香寫向烏絲闌湊尾」，竟如北詞，亦不病也。

第十二章論家數云：自玉茗四夢，以北詞之法作南詞，而偭越規矩者多。節臨川天才，不甘羈靮。天葩耀采，争巧天孫。而詰屈聱牙，歌者咋舌。

四夢傳奇總跋云：明之中葉，士大夫好談性理，而多矯飾。科第利禄之見，深入骨髓。若士一切鄙棄，故假曼倩詼諧，東坡笑駡，爲色莊中熱者下一針砭。其自言曰：他人言性我言情；又曰：理之所必無，安知情之所必有；又曰：人間何處説相思，我輩鍾情似此。蓋惟有至情，可以超生死，忘物我，通真幻，而永無消滅。否則形骸且虛，何論勳業；仙佛皆妄，況在富貴！世之持買櫝之見者，徒賞其節目之奇，詞藻之麗；而鼠目寸光者，至詞爲綺語，詛以泥犁，尤爲可笑。夫尋常傳奇，必尊生角。至還魂柳生，則秋風一棍，黑夜發邱，而儼然狀頭也。邯鄲盧生則奩具夤緣，徼功縱敵，而儼然功臣也。若十郎慕勢負心，襟裾牛馬，廢棄貪酒縱欲，匹偶蟲蟻，一何深惡痛絕之至於此乎！故就表面言之，則四夢中主人，爲杜女也，霍郡主也，盧生也，淳于棼也。即在深知文義者言之，亦不過曰還魂，鬼也；紫釵，俠也；邯鄲，仙也；南柯，佛也。殊不知臨川之意，以判官、黄衫客、吕翁、契玄爲主人。所謂鬼、俠、仙、佛，竟是曲中之意，而非作者寄託之意。蓋前四人爲場中之傀儡，而後四人則提掇綫索者也。前四人爲夢中之人，後四人爲夢外之人也。既以鬼、俠、仙、佛爲曲意，則主觀的主人即屬於判官等四人，而杜女、霍郡主輩僅爲客觀的主人而已。玉茗天才所以超出尋常傳奇家者，即在此處。彼一切删改校律諸子，如臧晉叔、鈕少雅輩，殊覺多事矣。按：自盧前明清戲曲史轉録。

中國戲曲概論卷中論紫釵記云：通本據唐人霍小玉傳。而詞藻精警，遠出香囊、玉玦之上。四夢中以此爲最艷矣。余嘗謂，工詞者或不能本色，工白描者或不能作艷詞。惟此記穠麗處，實合玉溪詩、夢窗詞爲一手。疏雋處又似貫酸齋、喬孟符諸公。或云刻畫太露，要非知言。蓋小玉事，非趙五娘、錢玉蓮可比。若如琵琶、荆釵作法，亦有何風趣！惟曲中舛律處頗多。緣臨川當時尚無南北詞譜，所據以填詞者，僅太和正音譜、雍熙樂府、詞林摘艷諸書而已。不得以後人之律，輕議前人之詞也。且自乾隆間葉譜出世後，紫釵已盛行一時。其不合譜處，改作集曲者至多。其聲别有幽逸爽朗處，非尋常洞簫玉笛可比。然則謂此記不合律者，亦皮相之論耳。試讀臧晉叔删改本，律則合矣，其詞何如！

同書論邯鄲記云：臨川傳奇頗傷冗雜。惟此記與南柯皆本唐人小説爲之。直捷了當，無一泛語。增一折不得，删一折不得。非張鳳翼、梅禹金輩所及也。記中備述人世險詐之情，是明季宦途習氣，足以考萬曆年間仕宦況味，勿粗魯讀過。蓋臨川受陳眉公媒蘖下第，因作此洩憤，且藉此唤醒江陵耳。

同書論南柯記云：此記暢演玄風，爲臨川度世之作，亦爲見道之言。節四夢中惟此最爲高貴。蓋臨川有慨於不及情之人，而借至微至細之蟻，爲一切有情物説法。又有慨於溺情之人，而託喻乎沉醉落魄之淳于生，以寄其感喟。淳于未醒，無情而之有情也；淳于既醒，有情而之無情也。此臨川填詞之旨也。臨川諸作，還魂最傳人口。顧事由臆造，遣詞命意，皆可自由。

其餘三夢，皆依唐小説爲本。其中層累曲折，不能以意爲之。剪裁點綴，煞費苦心。紫釵之夢怨，離合悲歡，尚屬傳奇本色；邯鄲之夢逸，而科名封拜，本與兒女團圞相附屬，亦易逞曲子師長技；獨南柯之夢，則夢入於幻，從螻蟻社會殺青。雖同一兒女悲歡，官途升降，而必言之有物，語不離宗，庶與尋常科諢有間。使鈍根之人爲之，雖用盡心力終不能得一字。而臨川乃因難見巧，處處不離螻蟻着想。奇情壯采，反欲突出三夢之上。天才洵不可及也。

湯顯祖年表

明世宗嘉靖二十九年 公元一五五〇年	一歲	舊曆八月十四日 公曆九月廿四日 生於江西撫州府臨川縣城東方昌里。
嘉靖四十一年 公元一五六二年	十三歲	從泰州王艮三傳弟子羅汝芳遊。
嘉靖四十二年 公元一五六三年	十四歲	補縣諸生。
穆宗隆慶四年 公元一五七〇年	二十一歲	江西鄉試以第八名中舉。
隆慶五年 公元一五七一年	二十二歲	春試不第。
神宗萬曆二年 公元一五七四年	二十五歲	春試不第。
萬曆三年 公元一五七五年	二十六歲	所著紅泉逸草刊於臨川。

（續表）

萬曆四年 公元一五七六年	二十七歲	客宣城。與沈懋學、梅鼎祚遊。遊南京國子監。
萬曆五年 公元一五七七年	二十八歲	首相張居正欲其子及第。羅海内名士以張之。聞湯顯祖及沈懋學名，命諸子延致。顯祖謝勿往。春試不第。沈懋學以一甲一名進士及第，張居正次子嗣修以第二名及第。 遊南京國子監。 作廣意賦，厥後以海若爲别號。
萬曆七年 公元一五七九年	三十歲	紫簫記傳奇約爲萬曆五年秋至本年秋兩年内作於臨川。
萬曆八年 公元一五八〇年	三十一歲	不與張居正三子懋修交遊。春試不第。張懋修以一甲一名進士及第。張居正長子敬修以二甲十三名登第。 遊南京國子監。
萬曆十一年 公元一五八三年	三十四歲	以第三甲第二百十一名同進士出身。觀政於北京禮部。
萬曆十二年 公元一五八四年	三十五歲	不受輔臣申時行、張四維招致，出爲南京太常寺博士。正七品。
萬曆十三年 公元一五八五年	三十六歲	吏部驗封郎中以書來，勸與執政通，可陞爲吏部主事。作書卻之。

（續表）

萬曆十四年 公元一五八六年	三十七歲	羅汝芳至南京講學。湯顯祖日往討論。時刑部右侍郎王世貞、太常少卿王世懋並官南京，顯祖且爲世懋部屬，以文學主張不同，不相酬應。
萬曆十五年 公元一五八七年	三十八歲	紫釵記傳奇成於是年前後。
萬曆十六年 公元一五八八年	三十九歲	改官南京詹事府主簿。從七品。
萬曆十七年 公元一五八九年	四十歲	遷南京禮部祠祭司主事。正六品。
萬曆十八年 公元一五九〇年	四十一歲	初會達觀禪師於南京鄒元標家。
萬曆十九年 公元一五九一年	四十二歲	上論輔臣科臣疏，斥執政。謫廣東徐聞典史，添注。迂道往遊廣東羅浮山。在徐聞建貴生書院。
萬曆二十年 公元一五九二年	四十三歲	自徐聞歸臨川。
萬曆二十一年 公元一五九三年	四十四歲	量移浙江遂昌知縣。建相圃書院。

（續表）

萬曆二十五年 公元一五九七年	四十八歲	作感宦籍賦。爲礦税作感事詩。
萬曆二十六年 公元一五九八年	四十九歲	棄官歸臨川。作聞都城渴雨時苦攤税詩。作牡丹亭還魂記傳奇。十二月，達觀來訪。
萬曆二十七年 公元一五九九年	五十歲	夢達觀來書。此後以海若士爲别號，一作若士。
萬曆二十八年 公元一六〇〇年	五十一歲	作南柯記傳奇。長子士蘧卒。
萬曆二十九年 公元一六〇一年	五十二歲	歸家三年後，吏部考察以「浮躁」罷職閒住。作邯鄲記傳奇。
萬曆三十年 公元一六〇二年	五十三歲	李贄於北京獄中自殺，作嘆卓老詩哀之。
萬曆三十一年 公元一六〇三年	五十四歲	達觀禪師於北京監獄被害。作詩西哭三首悼之。
萬曆三十三年 公元一六〇五年	五十六歲	漕運總督李三才自揚州遣使來迎，謝之。

（續表）

萬曆三十四年 公元一六〇六年	五十七歲	玉茗堂文集刊於南京文棐堂。
萬曆四十二年 公元一六一四年	六十五歲	作續棲賢蓮社求友文。十二月母卒。
萬曆四十三年 公元一六一五年	六十六歲	正月，父卒。門人許重熙來謁，以文十卷付之。
萬曆四十四年 公元一六一六年	六十七歲	六月十六日 七月二十九日逝世。